⑯ 倪匡珍藏限量紀念版

衛斯理傳奇之

魔磁

（含：魔磁・鬼子・創造）

倪匡 著

魔磁

衛斯理傳奇

CONTENTS

鬼子

創造

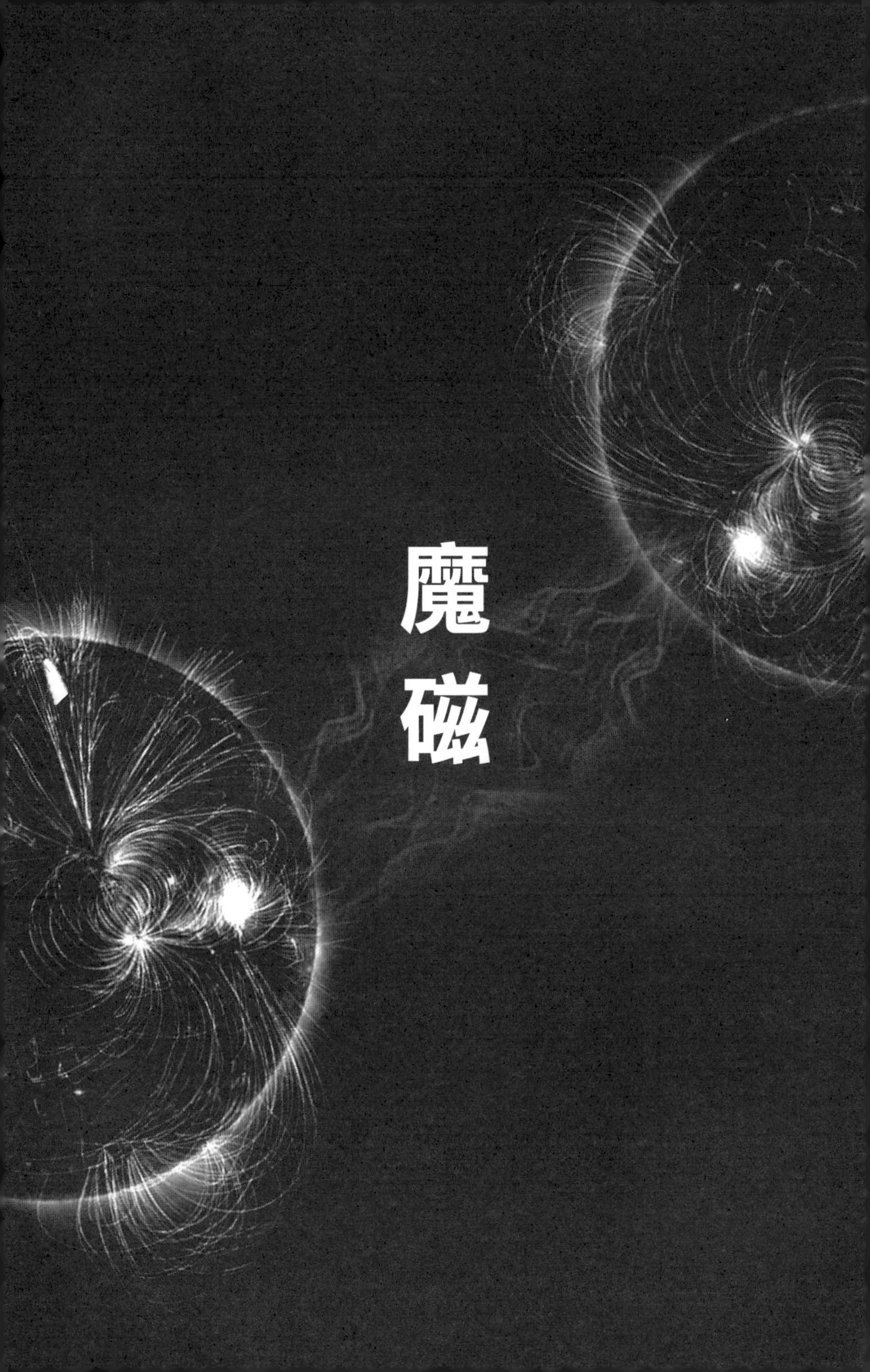
魔磁

序言

「魔磁」這個故事，原名「石林」，是早期的衛斯理故事。準確的創作日期已查不出，大抵是距今二十年左右的作品。故事假設了磁力的運用，提出磁力是地球上最大的能源，用之不盡，取之不竭，永遠存在，比起人類在運用的一切能源，都可靠得多。

故事中那具有魔幻一樣的強大磁力的物體——一個小小的圓鐵球，是哪裏來的，只提出了幾個假設，沒有定論，這種寫作法，現在還十分新奇——使讀者自己去下判斷，應用在科幻小說上，相當有趣，但自然也只可以偶一為之，不能每一個故事都那樣子的。

改了一個名字，是因為「石林」這個名稱，不如「魔磁」貼切，別無它意。

倪匡

第一部：三位偉人之死

有人說，人類世界將來使用的力能，一定是原子能，也有人認為，一定是太陽能，但是我卻認為，如果我們所說的「將來」，是真正的將來的話，那麼，人類世界所廣泛的應用的，一定是磁能。

以陸上的交通工具而論，現在的汽油內燃機車輛，其構造複雜，使用不便，可以說落後之極，進一步的發展，必然是摒棄內燃機，改用電，電汽車已經開始從實驗室到達街頭了。從電汽車再進一步，就一定是原子能汽車，再進一步，可能是太陽能汽車，然而，再進一步呢？那就要輪到磁力汽車了。

為甚麼說磁力將為人類最後應用的力量呢？因為地球本身，就是一個極大的磁場，地球上的每一個角落，都受到磁力的影響，在人類還未曾普遍應用磁力之前，不容易覺察到這一點，但當一旦普遍用磁力的時候，就可以發現，宇宙對於地球人，是多麼的仁慈，竟賜予地球人以如此永恆存在，用之不竭的力量。

再以汽車為例，原子能汽車，自然要在汽車內部，裝置小型的核反應器，作為動力的來源。太陽能汽車，也一定要裝置吸收太陽能的儀器。但是磁力汽車，卻根本不需要任何機器，簡單到只要在車頭裝置一塊可以和地球兩磁極發生作用的磁鐵就可以了。自然，這塊磁鐵，要可以轉換方向，利用同性相拒、異性相吸的原理，來改變行車的方向，也要有一套煞掣，來控制車行的快慢。也就是說，這樣的磁力汽車，如果不加任何控制的話，它就會一直向一個方向駛，就像我們用線吊起一枚有磁性的針，永遠向著南、北兩個方向一樣。

自然，這是將來的事，但磁力是如此之現成，人類必然會在這方面大動腦筋，這是可以肯定的事。

磁力是最奇怪的力量，所有的力量，都是動態的，但磁力卻是靜態的，它自然而然存在，全無跡象可尋。

最近的一則消息，美國加州大學的物理學教授，斯蒂華特和他的幾個學生，根據羅倫斯電磁推拒原理，發明了沒有螺旋槳的小潛艇。他們利用電力，使得海水中產生磁力線，整個海水便成為他們潛艇的馬達，磁力線之間的推力，可以將這艘百九磅重的潛艇，以每小時二浬的速度前進。這可以說是人類應用磁力的先聲。

最普遍的有磁性的物質是金屬，而金屬之中，又以鐵來得最容易接受磁性的反應。其他的金屬，鎳、鈷、錳（順磁質），鉍、銻、汞、鋅（反磁質）等，也都受磁性的作用，或迎或拒。

科學家已經發現，磁鐵之所以有磁性，是由於磁鐵與普通鐵的鐵分子排列有異之故，磁鐵的鐵分子排列整齊，各異極互相銜接。所以磁鐵如果加熱，或受猛烈的震盪，分子排列的整齊消失，磁性也隨之消失。

人類現在還未曾嘗試將其他金屬的分子做同樣的排列，如果開始做那樣的工作，那麼，就可以出現磁性的金、磁性的銀，甚或至於磁性的非金屬。

等到有一天，出現了磁性的非金屬之時，那麼，人類的生活，就會起極大的轉變。試想，如果有磁性的水，那麼，一切水泵，還有甚麼用？只要利用磁性，將水汲上來就可以了，如果水能磁化，那麼，要抽乾太平洋的海水，也不是甚麼難事。

說了很多題外話，當然，是因為我以下所敘述的那個充滿了神秘氣氛的故事，和磁力有關。

廣場上擠滿了人，陽光燦爛，雖然天氣並不是太熱，但是在長時間地等待，毫無掩遮地暴露在陽光之下，人叢之中，也開始有點不耐煩的感覺了，可是，只見廣場上的人越來越多，並不見聚集在廣場上的人散去。

廣場在一座博物院之前，那座博物院的仿希臘神廟式的宏偉建築才新落成。院中陳列的物品，也經過各方面的蒐羅、捐贈，連日來報章上的介紹，已經使人想要先睹為快，再加上來主持博物院開幕儀式的，是特地自遠道請來的幾個知名的科學家，人們更希望一睹他們的風采，所以才形成了廣場上的人潮。

我也擠在人叢中，看來，主持開幕儀式的大科學家遲到了，因為現在已是下午三時，而預定的開幕時間是一時半。

我抹著汗，無法退出去，只好等著。我的心中在想，電影明星遲到，那並不令人感到意外，而著名的科學家居然也遲到，這未免令人有點啼笑皆非的感覺。

顯然不是我一個人有那樣的想法，這一點，可以從人潮中不斷爆發出不滿的聲，得到證明。

時間在慢慢過去，踮起腳來向前看去，可以看到博物院的職員，忙碌地在進進出出，看來，他們也等得有點焦急了，我在想，一定有甚麼不尋常的事情發生了！

果然，又等了十分鐘左右，只見一個穿著禮服的老人匆匆走了出來，他是一位著名的學者，博物院的院長，他來到了預先安排好的講台前，那本來是準備給那三位遠道而來的科學家，發表簡短演說用的，兩排擴音器在台上整齊地排列著。

當院長站定之後，廣場上所有的人都靜了下來，人們可以清楚地聽到院長所發出的濃重的喘息聲，聚集了幾千人的廣場，在那一剎間，變得靜得出奇，然後，才聽到了院長乾澀的聲音。

院長的聲音是斷斷續續的，他道：「各位市民，有一個極不幸的消息，我很難過，竟要我來宣佈這個不幸的消息，我們的三位貴賓，他們的飛機，在海上失蹤，有漁船目擊，這架飛機墜進了海中！」

院長講到這裏，人叢中「轟」地炸開了不絕的驚呼聲、嘆息聲，有不少神經質的女性，甚至失聲叫了起來，或是哭泣了起來。

我也不由自主，大叫了一聲。

我看到許多人，站立在院長的身後，等到人叢中的聲音，漸漸靜了下去的時候，院長才繼續道：「這三位傑出的科學家，人類文明的先導者，他們的名字是……」

院長的話，已沒有法子再聽得見，人潮開始向四面八方散去，每一個人都發出嘆息聲、唏噓聲，淹沒了院長的話聲。

群眾心理本來很難理解和推測的，在開始的時候，可能只有極少數的人，因為發生了這樣不幸的事，是以打消了參觀博物院的念頭，而向外走去，當他們一走的時候，心靈上受了噩耗震動的人，便跟著他們。終於變得幾乎所有的人全走了。

我本來是在廣場中間的，當人潮四面八方推湧之際，我也被擠著，身不由主，向外走去。但是，當我來到了一根電燈柱之旁時，我便抱住了那根電燈柱，任由人像水一樣，在我身邊流過去，我不再動。

這三位科學家遇難的消息，對別人，造成甚麼樣的震動，我不清楚，在我心中所造成的震動，難以言喻，他們全是最傑出的人物，正像院長剛才所說的那樣，他們是人類文明的先導者，他們如果遭了不幸，那是全人類的重大損失。

所以我不想走，我還想獲得進一步的消息。

等到廣場上只有零零落落的幾十個人時，我向博物院走去，許多記者圍著院長，在探詢消息，院長難過得一句話也說不出來。

我走上了石階，看到了一個熟人，他就在博物院工作。

我來到他的身邊，他抬起頭來，木然地望了我一眼，喃喃地道：「太意外了！」

「于範，」我叫著他的名字，「搜索工作，應該已在進行了？」

于範搖著頭：「沒有用，據目擊的漁民說，飛機直衝進海中，任何人，在那樣的情形下，都不會有生還的機會。」

于範講到這裏，略微停頓了一下，才又道：「就算一條魚，那樣跌進海中，也淹死了。」

他在那樣說的時候，一點也沒有開玩笑的意思，而我也一點不感到好笑，只覺得心情更加沉重。

于範苦笑著：「剛才院長已經宣佈博物院正式開放了，你要進去參觀麼？」

我搖了搖頭：「不，多謝你了！」

我甚至不走進博物院去，就轉身下了石階，心情沉重地回到了家中。

一進家裏，就聽到收音機的聲浪很大，正在報告三位著名科學家飛機失事的新聞。白素坐在收音機前，表情嚴肅，直到我到了她的身後，她才抬起頭來：「你已經知道了？」

我點了點頭，她道：「這裏面，不會有甚麼陰謀吧？他們三個都太重要了！」

我苦笑著：「我不過知道了這個消息而已。」

白素有點憤慨地道：「如果因為陰謀，而令得這三位科學家致死，那麼，實在太醜惡了。」

我沒有說甚麼，只是聽著收音機中的報告，報告員是在直升機上，而直升機則是在海上，進行搜索。我聽得報告員在說：「到現在為止，搜索一點結果都沒有，據有關方面稱，這三位科學家中的一位，還攜來了一件極其珍貴的禮物，是贈給我們的博物院的，這件東西是甚麼，事先並沒有宣布，據說，是一個居住在彼邦的移民，捐贈出來的。現在，這件寶貴的禮物，已經和這三位科學家一起長沉海底了！」

我不禁有點愕然，大聲道：「胡說，飛機一定可以打撈起來的！」

收音機的報告員，自然聽不到我的話，仍然在敘述著海面上發生的事情。從他的報告傳來，海面上的天氣極好，而飛機也一直在順利飛行，照說，是絕不應該無緣無故跌進海中去的。

然而世事就是那麼不可測，這架飛機，畢竟跌進海中去了。

當晚，所有的晚報都報導著這不幸的消息，電視台的新聞片，也延長時間，我一直聽新聞報告到午夜，仍然未曾聽到發現飛機的消息，只知道，幾艘小型潛艇已經出動。

這件意外雖然令我大受震動，感到這是人類極大的損失，然而整件事和我不發生關係。

如果事情自始至終和我不發生關係，那麼，自然地無法成為故事，將之敘述出來了。

就在我聽完了最後新聞報告，已經午夜的時候，門鈴突然響起。

我打開門，看到門外站著兩個陌生人。衣著都很名貴，如果單從衣著上來判斷，他們都應該是上等人。但是，我一看到那兩個陌生人，卻立時可以肯定，其中有一個有教養、有地位，另一個卻只是個粗人。

我並沒有讓這兩個陌生人進來，只是問道：「找誰？」

被我認為是粗人的那個道：「找你！」

我的聲音很冷淡：「你們找錯人了，我不認識你們！」

另一個微笑著：「衛先生，請原諒我們的冒昧，我們的確不相識，但我們慕名來訪，有一件事情，想請衛先生幫忙！」

那時，白素也走了出來，對那兩個陌生人，我始終有著一種自然而然的戒心，是以我仍然不讓他們進來，只是道：「閣下是——」

那人道：「我是一家打撈公司的主持人，這是我的名片。」他取出了一張卡片來，交在我的手上。

我向名片看了一眼，只見名片上印著兩個頭銜，一個是「陳氏海洋研究所所長」，另一個則是「陳氏海底沉物打撈公司總經理」，這個人的名字是陳子駒。

我看了看名片，又抬起頭來，這位陳子駒已然指著另一個我認為是粗人的那個道：「這一位，是方先生，方廷寶，他是著名的潛水專家。」

方廷寶，我聽見過這個名字，並且知道他是遠東潛水最深，潛水時間最長的紀錄保持者。是以我忙道：「原來是方先生，請進來。」

我請他們坐下，方廷寶不斷打量著我客廳中的陳設，而陳子駒則神情猶豫，像是不知道該如何開口對我說話才比較恰當。

在那樣的情形下，我自然只好開門見山，提出詢問：「兩位來，有甚麼指教？」

陳子駒道：「我和方先生兩個人，設計了一種圓形的小潛艇，這種小潛艇，可以在深海中靈活地行駛，用來做很多事情。」

我皺了皺眉，陳子駒的話，聽來完全不著邊際，所以我略帶不滿：「陳先生，你來找我，是為了向我推銷你們發明的小潛艇？」

陳子駒忙道：「不，不，當然不，我只是想說明，在任何打撈工作之中，有了這樣的小潛艇，甚至在夜間作業，也和白天一樣！」

我皺眉更甚：「我仍然不明白你的意思。」

陳子駒吸了一口氣：「那三位著名的科學家，他們的飛機，沉進了海底，這一件事，你已經知道了？」

我一聽得陳子駒那樣講法，便不禁怦然心動：「當然知道，你的意思是——」

陳子駒講話，慢條斯理地，看來，他喜歡將每一件事，都從頭講起：「現在，軍方和警方，都在搜索打撈，我的打撈公司，只不過是一間民營公司，我想，如果由我的打撈公司，先發現了沉入海中的飛機，那麼，這是一個替公司宣傳的最好機會。」

我的心中多少有點憤怒，利用這樣的不幸事件，來替自己的公司宣傳，無論如何，這總不是一件高尚的事情，所以我的反應是沉默。

陳子駒忙又道：「衛先生，或者你還不明白我真正的意思，我是說，我們有最好的設備，最好的人員，他們可能永遠找不到沉入海底的飛機，但我們可以！」

我冷冷地道：「那你大可以向有關當局申請，參加打撈工作！」

方廷寶直到此際才開口，他有點悻然地道：「我們試過，但被拒絕，所以我們才決定自己行動，我們一定能有所發現。」

我的怒氣已漸漸平復，因為能及早將跌進海中的飛機找出來，是一件好事。

我點著頭：「你們可以去進行——」

我講到這裏，略頓了一頓，才繼續道：「這件事，你們似乎不必來徵詢我的同意。」

方廷寶立即道：「我需要一個助手！」

我明白他們的來意了，可是我的心中，卻更增疑惑，我道：「這更不可能，陳先生主持一個打撈公司，難道找不到別的潛水人？」

陳子駒道：「有，我們公司中一共有十二個潛水人，但是除了方先生一人之外，其餘的人，都難以擔當這個任務，所以我們想到了衛先生，想請你幫忙，衛先生的名氣大，本領高，我們一直佩服。」

我思疑著，並不立即回答。陳子駒給我戴了一連串的高帽子，但是我卻絕對沒有飄飄然的感覺，我反而感到事情更加古怪。或者直接一點地說，我感到方廷寶和陳子駒兩人來看我，有著一個不可告人的陰謀！

在我保持沉默的時候，方廷寶又道：「衛先生要是答應的話，我們立時出發，我相信，在天亮之前，我們就可以有結果了！」

能夠在天亮之前，找到那三個科學家所乘的飛機，這是一個極度的誘惑，但是我卻立時搖了搖頭，而且，為了試探他們的真正目的，我道：「我看我們之間的談話，應該坦白一些。」

陳子駒卻誤會了我的意思：「當然，衛先生如果參加我們的工作，我會付給酬勞，不論有沒有結果，都是一樣，我可以先付一半，你喜歡現鈔，還是支票？」

我連忙作了一個手勢，阻止他伸手入袋取錢出來：「你誤會了，我自知不夠資格，參加深海打撈工作，你們的心中，其實也很明白這一點！」

我講到這裏，只見陳子駒和方廷寶兩人互望著，現出十分尷尬的神色來。

我知道我的話，已說中了他們的心事，是以我立時又道：「而你們仍然要來邀我一起去，請問，有甚麼真正目的？」

我的這個問題一出口，他們兩人，不僅是尷尬，簡直有點不安！

我道：「除非你們據實答覆，不然，你們決不會有甚麼收獲。」

陳子駒嘆了一聲：「衛先生，要瞞過你真是不容易，是這樣，我們知道你對於一切神秘的事情，有著豐富的經驗……」

我聽得他那樣說，不禁陡地一呆：「這次墜機，有甚麼神秘？」

陳子駒攤著手：「三個知名的科學家，天氣又好，飛機忽然失了事，這還不夠神秘麼？」

聽得陳子駒以那樣空泛的話來回答我的問題，我的心中不禁冷笑了起來。陳子駒太滑頭了，我幾乎立時可以肯定，他一定知道有關這架飛機失事的原因，只不過他卻瞞著我，不肯講給我聽。

雖然他曾說，要瞞我是十分困難的事，裝出好像已被我逼出了說真話的樣子，但是那只不過是他的手法之一而已！

然而我也知道，這時候向他逼問，一定不會有甚麼結果，他不會向我說甚麼的。

要明白他所說的「神秘」，究竟是甚麼意思，唯一的辦法，就是接受他的邀請，參加他們的工作，看看他們究竟準備出甚麼花樣！

對付滑頭的人，最好的辦法，也就是滑頭，所以儘管我的心中，已經知道他根本不曾說實話，但是在表面上，我卻裝出十分同意的神情來：「是的，這件事，真可以說是十分神秘！」

陳子駒高興地道：「衛先生已經答應了？我們立時可以行動，我知道，軍警的聯合搜索，在晚上停止，我們可以趁機進行。」

我還在裝著考慮，可是那時，我的心中卻更可以肯定陳子駒在講鬼話，他的話中，破綻實在太多！

要知道，搜索一架跌進海中的飛機，那絕不是一件簡單的事，軍警的聯合行動，未有發現，原因是無法確定飛機墜海的正確位置。

而軍警的搜索行動，當然使用海底探索儀，除非陳子駒已掌握了詳細的飛機墜海資料，不然，他怎會那樣有把握？

而陳子駒只不過是一間民營打撈公司的主持人，他有甚麼辦法可以知道飛機墜海的詳盡資料？

當我想到這一點的時候，我甚至已不可避免地將飛機失事和陳子駒連在一起了。

有了這樣的聯想，我更不肯放棄這個機會。但是我還是假裝考慮了很久，才道：「我想，只怕我不能勝任！」

方廷寶忙道：「衛先生，我有你的潛水紀錄，知道你一定可以成為我最得力的助手。」

我心中的疑惑，又增加了幾分。的確，我有著不錯的潛水紀錄，但是我也知道，我決不以潛水出名，而且，我的潛水紀錄，在一個業餘潛水者而言，已很不錯了，但是也決不應該得到一個職業潛水者的推崇。

由此可知，方廷寶他們來找我，是另有目的的，決計不是為了找一個潛水助手那樣簡單。

可是，他們究竟有甚麼目的呢？我卻又沒有法子想得出來。

第二部：受邀請找尋沉機

在那樣的情形下，最好的辦法，自然是走一步瞧一步，看他們的葫蘆之中，究竟是在賣些甚麼藥！

所以我道：「既然你認為我可以有資格，我很有興趣！」

一聽到我已答應了，他們兩人，互望著，顯得很高興，我又試探地問道：「是不是那飛機中有著甚麼特別的東西，所以才引起了你們的興趣？」

方廷寶忙道：「不，不，沒有甚麼特別的東西。」

他那樣忙於掩飾，只有使我的心中更疑惑，我不再問，免得他們知道我在疑惑，反倒使我不容易獲知真相。

我可以肯定他們在利用我，愚弄我，而我則裝著根本不知道，唯有這樣，我才能更有效地反擊企圖愚弄我的人！

我道：「那麼，我們該出發了，我的潛水裝備，只怕不足以應付深海的打撈工作！」

方廷寶道：「不怕，我們有一切的設備！」

我又道：「那麼，請你們稍微等一下，我去和妻子說一說必須深夜離家的原因。」

我一面說，一面裝出了一個無可奈何的神情來，他們也都笑了起來：「最好別太久！」

我將他們兩人，留在客廳中，自己上了樓，到了書房中，我之所以要離開他們一會兒，一則是因為我需要一個短暫時間的寂靜，以便將這件事情，從頭至尾地想一遍。二則，我還要帶一些應用的小工具，以備不時之需。

我在書房大概逗留了七、八分鐘，在這段時間內，我的確將整件事好好想了一遍，仍是不得要領，我帶了幾樣小巧的工具，下了樓。他們兩人，已經有一點不耐煩的神色。

接著，我們就出了門，登上了一輛極佳的汽車，由方廷寶駕駛，疾駛而去，一直到碼頭，我們之間，都保持著沉默，沒有說甚麼話。

到了碼頭，我看到一艘四十呎長的白色遊艇，停在碼頭邊，從我的經驗而言，一眼就可以看出，那是一艘性能頗佳、非同凡響的遊艇。

只有我和方廷寶兩人，登上遊艇，陳子駒偽托有事，慢一步再來，我心中冷笑，也不去戳穿他。遊艇離開碼頭，速度漸漸加快，終於碼頭上的燈光，也漸漸模糊。

我從甲板上回到了駕駛艙中，遊艇仍在向前疾駛，我道：「方先生，只有我們兩個人！」

方廷寶很顯得有點神色不定，他「嗯」的一聲，表示回答。我又道：「如果我們兩個人都下水的話，那麼，誰在水面上接應？」

方廷寶咳嗽了幾下，他的那種咳嗽，顯然是在掩飾他內心的不安。

我立時又逼問道：「方先生，你還未曾回答我的問題，我在問，如果我們兩個人都下水的話，那麼由誰做接應工作？」

在我的逼問之下，方廷寶才勉強回答道：「你別心急，還有人在前面和我們會合！」

我心中暗忖，事情已快到揭盅的時候了，方廷寶還有同黨在前面，那麼，我就必須趁現在只有方廷寶一人，比較容易對付的時候，更多了解一點事實才好。

是以我立時又問道：「在前面的是甚麼人？」

方廷寶顯得有點不耐煩，他粗聲粗氣地道：「你問得實在太多了！」

我知道，對付方廷寶這種人，是絕對不能夠客氣的，是以我陡地出手，五指一緊，抓住了他的後頸，我的拇指和食指，分別用力捏住了他頸旁的動脈，手臂一縮，將他整個人硬生生自駕駛盤前，扯後了一步，厲聲喝道：「回答我的問題！」

方廷寶的體格很強壯、魁偉，如果我和他對打的話，只怕很要費一些工夫，才能將他制服。但這時，我在他身後，猝然發難，方廷寶根本沒有抵抗的餘地，他一被我扯開了一步，在他的臉上，立時現出了駭然欲絕的神色來：

「我不知道，我真的不知道！」

我狠狠地瞪著他：「你真的不知道，你這樣說，是甚麼意思？」

方廷寶高聲叫了起來：「放開我！」

我非但不放開他，而且手指更緊了緊：「說，不然，我可以輕易扭斷你的頸骨！」

方廷寶駭然道：「別那樣，我說了，我們接到委託，去打撈那架飛機！」

我道：「那麼，關我甚麼事？」

方廷寶道：「我們的委託人，指定要你一起去，所以我們才來找你，委託人是誰，我也不知道，我們只是約定了在前面相會！」

我呆了一呆，這倒是我全然意料不到的一個變化。

方廷寶他們，原來並不是主使人，主使者另有其人！

我道：「你們來找我的時候，為甚麼不說明這一點，而要花言巧語？」

方廷寶苦笑著：「怕你不肯去，那麼，就接不到這筆生意了！」

我鬆開了手指，在鬆開手指的同時，我伸手用力向前推了一推，又將方廷寶推得向前跌出了一步，然後才道：「你知道我是不夠資格參加這種專門的打撈工作的，是不是？說！」

方廷寶用力揉著後頸，一臉怒容，可是他卻也不敢將我怎樣，只是憤然地道：「你當然不夠資格，真不明白我們的委託人為甚麼一定要你參加！」

我迅速地轉著念，在如今那樣的情形之下，我必須肯定方廷寶剛才所講的，是不是實話，我立時有了肯定的答案，我相信他的話。

我既然相信了他的話，那麼，我和他的敵對地位，就已經不再存在了。

所以我道：「那麼，對不起，我必須保護我自己，請原諒我剛才的行動！」

方廷寶仍然憤怒地悶哼著，不再出聲。

我又道：「你是一個潛水專家，你可想得到為甚麼委託你們去打撈的人，一定要我參加？」

方廷寶的聲音很憤然：「那我怎麼知道，反正就要和他們會合了，你自己可以去問他們！」

方廷寶一面說著，一面向前指了一指。

海面上是漆黑的，但是循著他所指，我看到有一盞燈，大約在五百碼之外，一閃一閃，那盞燈離海面相當高，看來在一支桅桿之上。

而方廷寶駕駛的遊艇，那時也正在向著這盞燈，疾駛了過去。

我順手拿起了駕駛控制台上的一具望遠鏡，向前看去，我看到在前面，停著一艘雙桅遊艇，那艘船足有一百呎長。

黑暗之中，雖然看得不是十分真切，但也隱隱約約，可以看到那船上有著不少人。不一會兒，那艘艇上，還有人向著我們打燈號。

而我們遊艇的速度，也慢了下來。我放下望遠鏡，十分鐘後，兩艘船已經靠在一起，在那艘船上，跳下了兩個穿著水手制服的大漢。那兩個大漢肌肉發達，上衣繃在他們的身上，像是隨時可以被他們的肌肉爆裂一樣，那兩個大漢一跳上了遊艇的甲板，便齊聲問道：「誰是衛斯理，跟我們來！」

我一直在甲板上，方廷寶這時，也從駕駛艙中走了出來。

老實說，我絕不喜歡這兩個大漢的態度，他們的那種態度，就像是獄卒在監房中提犯人一樣！

但是我卻忍著並沒有發作，我只是轉過頭去，對方廷寶道：「方先生，奇怪，他們好像專門是在等我，而不是在等你這個潛水專家！」

方廷寶「哼」的一聲，也顯得很不滿。而我這樣一說，我就是衛斯理，這實在再明白也沒有了，那兩個大漢，竟直向我走了過來，一邊一個，伸手挾住了我的手臂，推著我向前便走。

剛才，他們那種惡劣的態度，我還可以忍受，但這時，他們那種惡劣的行動，我實在無法忍受了。

他們兩人，才推著我向前走出了一步，我便用力一掙，身子陡地向後一縮，他們兩人，還未及轉回身來，我已雙拳齊出。我這兩拳，攻向他們的脊柱骨，「砰砰」兩聲響，那兩個彪形大漢的身子，向前仆去，我立時踏步向前，橫肘再攻。

那兩個大漢，連還手的機會也沒有，當他們的腰際，又被我的肘部，重重撞中之際，他們兩人，一起發出驚呼聲，「撲通」、「撲通」，仆出了船舷，跌進了海中。

這一切，雖然只不過是幾秒鐘內發生的事，但是對方的船上，已聚集了不少人在船舷上。當那兩個大漢落水之際，又有三四個人，跳了下來。

同時，在那艘船上，有人沉聲喝道：「怎麼一回事？為甚麼打起來了？」

隨著那一下呼喝，聚集在船舷上的人，一起向後，退了開去。

而那幾個躍下遊艇的人，本來看情形，是準備一躍了下來，就準備向我動手的，但這時，他們也一起退了開去。我抬頭看去，只見對面的船上，出現了一個身材矮胖，穿著船長制服的中年人。

那中年人直視著我，我知道他一定就是特地要方廷寶邀我一起來的人。

這時，那兩個被我弄跌海去的大漢，已經在水中掙扎著，游到了船邊。那中年人向他們厲聲喝道：「我叫你們去請衛先生，為甚麼打起架來了？」

那兩個大漢在水中著實吃了不少苦頭，這時他們才冒上水面，如何答得上來？我立時道：「不干他們事，只是我不喜歡他們請我的態度！」

我講到這裏，略頓了一頓，伸手直指那中年人：「同時，我也很不高興你要見我的辦法！」

那中年人略呆了一呆，隨即「呵呵」大笑了起來，道：「真是快人快語，請接受我的道歉，但是我相信，你一定很樂於與我會面！」

我冷冷地道：「憑甚麼？」

那中年人道：「我叫柯克，人家都叫我柯克船長，當然，我不是那個發現柯克群島的船長，我是我！」

聽了他這樣的自我介紹，我不禁呆了一呆。

我和警方的高層人員，有一定的來往，其中，傑克上校和我不知合作了多少次，也不知吵了多少次，我們見面時，從來也沒有好言好語的。

我還記得，有一次，傑克上校曾告訴我，現在，一樣有海盜，其中有一個叫著柯克船長的，擁有最現代化的設備，在公海中出沒無常，走私、械劫，連國際警方，也將之莫可如何。

由於這個現代海盜的名字，和著名的柯克船長相同，所以我很容易就記住了，我實在再也想不到，今晚會見到了這樣一個人物！

既然要見我的是柯克船長這樣的人物，那麼，整件事，便變得更複雜了，而且，我還立時感到了嚴重的犯罪行為的可能！

我在呆了一呆之後，立時道：「原來是鼎鼎大名的柯克船長，你要見我做甚麼？不見得是為了提供資料，好讓我寫小說吧！」

柯克船長仍是「呵呵」地笑著，他那種空洞的笑聲，給人以一種極其恐怖的感覺：「我知道你曾將經歷過的許多古怪事，記述出來，作為小說，你放心，這次我一定可以供給你一個很好的小說題材，請上來！」

我審度著當時的情勢，在柯克船長的身邊，列著十來個大漢，在遊艇上，也有四個大漢在。

我雖然剛才一出手，就將兩個大漢打得跌進了水中，但是我無法敵得過那麼多人。而且，那些人既然是在柯克船長的船上，他們自然都是亡命之徒。柯克的船，是各地著名罪犯的最佳避難所！

不能力敵，我除了接受邀請之外，也就決沒有別的辦法可想了。

我向前走去，一面道：「我相信你的話，因為單只是和你這樣的人會面，已經可以寫成一篇小說了。」

柯克船長仍然「呵呵」笑著，他走向前來，伸手拉我，當他的手抓住我的手之際，我立時感到這個身形矮胖，其貌不揚的中年人，握力之強，遠在我的想像之上！

他將我拉了上船，才對方廷寶道：「請上來，方先生，多謝你代請到了衛先生，來，我喜歡立即開始工作，不喜歡耽擱時間。」

方廷寶顯然也想不到他的委託人，會是這樣的一個人，是以很有點神色不定。他也上了船，我和他跟著柯克船長，一起來到了一間艙房之中。

我雖然還未曾有機會參觀這艘船的全部，但是我已有理由相信那艘船上，有著一切現代化的設備，可是當我走進那間艙房時，我卻幾乎笑了出來。

那毫無疑問，是一間船長室，寬敞、豪華，可是它的一切佈置，全是十八世紀的，置身其間，根本不覺得自己是在一艘現代化的機動船上，而真的像是在一艘古老的海盜船上！

柯克船長也看出了我的神情有點古怪，他攤著手：「覺得奇怪？沒有辦法，我是一個極其懷舊的人，我懷念海盜縱橫七海的時代，那時，海盜就是海的主人，不像我現在那樣，只是一個要靠東躲西藏，逃避追捕的小偷，所以我懷舊！」

我冷冷地道：「你能夠像老鼠一樣地逃過追捕，已經很不容易了！」

我的話，可能很傷了他的心，是以在我講完了之後，他瞪著我好一會兒，然後才道：「好了，從此之後，為了避免不愉快，我們不再談這個問題，你們來看！」

他說著，走到了一張桌子前，桌上攤著一大幅地圖，柯克船長指著一處，道：「方先生，我知道你在這裏，曾有過潛水經驗。」

方廷寶仔細審視了地圖片刻：「不錯，在這裏，我曾深潛過三百五十呎。」

柯克的手指，在地圖上面南移，移到了許多插著小針的地方，道：「這裏，便是軍警聯合在搜尋沉機的地方，他們一共派出了十二艘船，但是他們找不到沉機。」

我沉聲道：「為甚麼？」

柯克船長連頭也不抬，十分平靜地道：「因為沉機不在他們找的地方！」

他的手指向西移，移出了寸許，照地圖的比例即距離大約是十五哩，他道：「在這裏！」

我立時道：「你怎麼知道？」

但是柯克船長卻並沒有回答我這個問題，他只是自顧自道：「這裏的水深六百呎以上，方先生，你認為找到沉機的機會是多少？」

方廷寶沉吟著：「那很難說。」

他一面回答柯克船長的問題，一面望了我一眼，我又道：「我絕非深海潛水專家，你找我來幹甚麼？」

柯克船長仍然不回答我的問題，只是道：「方先生，請你和我的大副去聯絡，準備下水，我已下令駛往沉機的地點了。」

直到柯克船長如此說了，我才感到，船的確已在向前駛，可能速度還很高，但由於船身極其穩定，是以若不是他說了，還當真感覺不出來。

方廷寶的神情很害怕，他像是決不定如何做才好，柯克船長的態度仍然很客氣，但是他的話中，已然有了命令的意味：「請出去，我的大副已經在外面等著你了！」

方廷寶神情猶豫地望著我，我雖然是被他騙到這裏來的，也很鄙視他的為人，可是，這時我卻很可憐他，他顯然完全沒有那樣的經驗。

我道：「方先生，你放心，柯克船長雖然是著名的海盜，但是他目的是要你工作！」

方廷寶苦笑著，無可奈何地走了出去，船長室的門關上之後，柯克船長忽然吁了一口氣：「你知道麼？我討厭和蠢人在一起，和愚蠢的人在一起，我會不能控制自己的緊張！」

我冷笑道：「多謝你將我當作聰明人！」

柯克船長指著一張安樂椅：「請坐！」

他自己，也在我的對面，坐了下來：「那架飛機中，有三個著名的科學家

——」

本來不知有多少疑問要問他，但是他一坐下來，就已開始談到了問題的中心，是以我也不再發問，由得他講下去，只是點了點頭。

柯克船長又道：「那三個科學家之中，有一個齊博士，他帶了一件禮物，是贈送給博物院的，你知道那是甚麼東西？」

我吸了一口氣：「不知道，齊博士保守秘密，沒有人知道。」

柯克船長道：「我知道，那是一個中國人，交給齊博士，要他送給博物院的。當這件東西，未到齊博士手中的時候，有人曾經出極高的價錢，向這個中國人購買這件東西，可是他不肯脫手！」

柯克船長講到這裏的時候，略頓了一頓，才補充道：「你們中國人的脾氣真古怪，叫人難以理解。」

我冷笑著，並不和他辯論有關中國人的性格。

柯克船長又道：「那方面的價錢十分高，可是得不到，他們知道那東西到了齊博士的手中，於是，就只好用最不得已的辦法了！」

我只覺得一股怒火，直向上升，我漲紅了臉：「謀殺！」

柯克船長皺了皺眉：「你不必對我大聲叫嚷，弄跌飛機的並不是我，是某方面的特務，在他們而言，弄跌一架飛機根本是一件小事，他們甚至可以挑起戰爭，那才是他們的拿手好戲。」

我瞪著他：「你扮演的又是甚麼角色？」

柯克道：「我在飛機失事之後，才接到委託，要在飛機之中，將那東西取出來，交給他們。」

我霍地站了起來：「那和我有甚麼關係？」

柯克船長道：「你聽我說下去，我和你一樣，是一個好奇心極強的人，當我接到這樣的委託之際，我的心中，便自然而然地想起了一個問題來——」

當他說到這裏的時候，我現出十分厭惡的神情來，表示對他所講的話，一點也不感興趣。

但是，柯克船長卻一點也不在乎我這個聽眾的反應如何，他還是自顧自地說了下去：「我想到的問題是：那究竟是甚麼東西？」

我臉上的神情儘管仍然同樣厭惡，但是我的心中卻也不禁在想：的確，這是一個很令人感到興趣的問題，那東西究竟是甚麼？

第三部：雲南石林遠古臆想

我還在想，由此可知，柯克和我，至少有一個共通點，那便是如他剛才所說的那樣，我和他，都是好奇心極強烈的人。

柯克船長再繼續說下去：「這的確是個很耐人尋味的問題，你想，某方面的特務所感興趣的，應該是走在科學尖端的東西，而那玩意兒，是要被送到博物院的，某國的特務為甚麼會對一件老古董發生了那麼強烈的興趣，你不以為事情奇怪麼？」

我心中暗嘆一聲，我對柯克的抵制失敗了，我不得不承認，他十分會說話，而且，他深切了解對方的心理，他已找到了我這個好奇心極強的人的弱點，使我不能不接受他的話！

我自然而然地點了點頭：「是的，那太奇怪了，看來極不調和。」

柯克船長道：「所以，我才接受了這件任務，更何況對方出的價錢，是如此之高。」

我不但不再厭惡他，而且，有點開始喜歡他的坦白。他擺明就是這樣的一個人，為了錢，為了對自己有利，甚麼都做，那反倒容易應付得多了，老實說，他至少比將我騙到這裏來與他會面的陳子駒和方廷寶這兩個人，要可愛得多了！

我再和他講話時的語氣，也減少了敵意，而變得和他討論起來，我問道：「既然你有了那樣的好奇心，你難道未曾向對方詢問一下，那究竟是甚麼？」

柯克船長點頭道：「我問了，但是他們不肯說。」

我笑了起來：「算了，你有辦法令他們說出來的，是不是？」

柯克船長也笑了起來：「的確，我曾用了很多方法使他們說出來，但是他們堅持不肯說，不過我自己有自己的辦法，我作過一番調查，對那件東西的來龍去脈，多少有了一點概念。」

我被柯克船長的話，引得心癢難熬，忙道：「那麼，是甚麼東西？」

柯克船長道：「在中國，有一個地方，叫雲南？」

我皺了皺眉，因為我不明白何以柯克船長忽然在現在這種情形之下，提起中國的雲南來，但是他既然提起了中國的一處地方，做為一個中國人，總應該多少有表示，是以我道：「是的，雲南省，那是中國許多美麗的省份之一，你提起它來，是甚麼意思？」

柯克船長卻並不回答我的問題，只是自顧自地說下去：「在雲南省東部，有一個地方叫路南？」

我又點了點頭，道：「是的。」

我一面回答著他，一面心中，不禁十分奇怪。老實說，像柯克船長那樣的海盜，知道中國有個雲南省，已經不容易了，至於自他口中講出雲南東部的路南地方來，簡直令人驚奇了。

柯克船長含笑望著我：「你是一個中國人，你可知道中國雲南省的路南地方，有甚麼著名的東西？」

我也笑了笑：「自然知道，路南有舉國聞名的石林，那是景色最奇特的地方，成千上萬奇形怪狀的石柱，聳立在地上，有的高達十幾丈，那是地質學上喀斯特現象形成的一個奇景。」

柯克很有興趣地聽著：「你去過？」

我道：「去過，不過，現在我們討論的事，和路南石林，有甚麼關係？」

柯克船長道：「你等一會兒就可以明白了，請你多對我說一些石林形成的事。」

我皺了皺眉，因為我一時之間，實在猜不透柯克船長究竟是為了甚麼，將路南石林，和三個知名科學家墜機，某國特務的陰謀這幾件看來完全風馬牛不相干的事聯繫起來。

我自然心急地想獲得答案，但是我也知道，如果我不是首先回答了他的問題，他是不會再往下說的，是以我道：「路南石林的景象，極其雄偉，石林的形成，有不少美麗的傳說——這些全是神話，其中之一，和八仙之一的張果老有關，關於八仙——」

我講到這裏，頓了一頓：「中國的神話傳說太多了，各個神話人物之間的來龍去脈，牽涉著許多不同的故事，除了生長在中國，從小就聽慣了這種傳說的人，才弄得清他們的關係之外，我認為一個外國人，根本無法弄得明白。」

柯克船長道：「我同意你的說法。」

我於是不再說路南石林形成的神話，我道：「從科學的觀點來看，石林這片地方，它的面積，約有二十平方里，原來是海底，那些石頭，是海底的巨石，經過了億萬年海水的侵蝕，後來由於地殼變動，海水變成了陸地之後，大石見到了陽光，這些大石全是石灰岩，容易風化，脆弱的部分，經過了上億年的風化而消失，剩下的就是千奇百怪的石柱，這種現象，在地質學上稱為『喀斯特』現象，世界各地都有，在南斯拉夫，也有一大片喀斯特現象形成的自然奇觀。」

柯克船長一直用心聽著：「那些石柱，自然都有著悠久的歷史了？」

我道：「自然，地質學家的估計是，兩億八千萬年之前，它已形成了！」

柯克船長像是十分嚮往地道：「它們的歷史，實在太久遠了！」

我好奇地望著他：「你這樣說是甚麼意思？路南石林，只不過是集中了許多形狀奇特的石頭，形成了一個奇麗的景色而已，它們的年齡，並不是特色，地球上任何一塊石頭，都有上億年的歷史。」

柯克道：「是，可是它們不同。普通的石頭，並沒有被風化，你明白我的意思麼？我是說，石林中的石柱，從海底到了陸地，又經過風化作用，本來是深藏在海底的石頭中心部分，現在暴露在空氣之中了。」

我呆了片刻：「我仍然不明白你的意思。」

柯克船長忽然變得異常興奮了起來，他揮著手道：「你真的不明白？要是在三億年前，海底的一塊巨石中心部分，藏著一件秘密的東西，經過三億年之後，這件秘密東西，就可能暴露在空氣之中！」

我又呆了片刻，才道：「船長，你的想像力，實在太過豐富了！」

柯克船長搖著頭：「衛先生，你太令我失望了，照你以往的紀錄來看，你決不是用這樣的話來回答我的人！你應該同意我的想法！」

我聳了聳肩：「並不是不同意你的想法，你準備到路南石林去，在每一根石柱上，檢查有沒有甚麼秘密東西，暴露在石柱之外？」

柯克道：「事實上我不必要那麼做，因為有一件東西，已經被人發現，而且，正是我們現在要去找的！」

我陡地站了起來。

在剎那間，我心中的驚訝，當真是難以形容的。

柯克道：「現在你一定完全明白了，剛才我已經說過，那件本來該陳列在博物院中的東西，是由三位科學家帶來的，而那件東西，原來屬於一個中國人，根據我了解的結果，那位中國人，是在一次路南石林的旅行之中，從其中一根石柱上敲下來的。」

我深深吸了一口氣，一半像是在自言自語：「那是甚麼？」

柯克船長笑了起來：「這也正是我的問題，那是甚麼？請別輕視我，我的了解工作做得十分廣泛。那位中國人是一個大富翁，有一幢很大的房子，那東西曾做為他廳堂的裝飾，我甚至已約晤了見過那東西的人，據說，那是一塊形狀十分奇特的石頭，但是在石頭中，有一個圓形的球狀物露出來，那球狀物大小，約有一呎直徑，露出的部分，不足六分之一，看來相當光滑，像是一個製作極精美的金屬球。」

我道：「太有趣了，某國特務，何以會對之有了興趣？」

柯克船長道：「那是我的推測，我想，可能是其中有一個特務，看到過那東西，感到這東西有研究的價值，是以發生了興趣。」

我搖著頭：「船長，你的推測太膚淺了，如果他們僅僅認為那東西有研究的價值，他們決不會因之而謀殺了三名科學家，並毀了一架飛機，他們之所以那麼做，是因為對那東西，已有了初步的認識。」

柯克點頭道：「你說得對。」

我道：「那位中國人，他為甚麼寧願將這東西送給博物院，而不願高價讓給某國呢？」

柯克道：「第一，他有錢，不在乎錢。第二，他極其憎恨某國。」

我嘆了一聲：「於是乎，造成了三個科學家沉屍海底的悲劇。」

柯克船長沒有立時說甚麼，船艙中沉默了大約半分鐘，我又道：「又回到老問題上來了，這件事，和我一點關係也沒有，你找我幹甚麼？」

柯克船長道：「我讀過許多你的記述，知道你是對一切怪誕的事有興趣，而且想像力豐富，你相信任何尋常人認為不可能的事，我需要你這樣的一個助手。」

我並沒有立時表示我的意見，柯克船長又道：「或者，我的說法應該修正一下，我需要你的幫助，因為你有處理不可思議的怪事的經歷，我不知那東西是甚麼，如果有你在一起，那麼，就好得多了！」

我瞪著他：「你的意思，是指那個球形體？你以為裏面會是甚麼？」

柯克船長攤著手，道：「我不知道，完全無法想像，你想，石林形成，已有將近三億年的歷史，那東西的年齡，至少在三萬萬年以上，我怎能想像得出裏面是甚麼？可能是史前怪獸的巨蛋——」

我不等他講完，便笑了起來：「好了，別再往下說了，再講下去，就變成第八流的幻想電影了！」

柯克有點不滿地瞪著我，我道：「船長，你或許不明白，中國人的手工精巧，世界聞名，我們能將象牙雕成二十三層，層層都可以轉動的象牙球，要將一個球形物體，鑲進石頭中去，令它只有六分之一露在外面，那是容易不過的事！」

柯克的神情，顯得很憤怒，他的聲音也提得很高，他道：「你不肯和我合作，還是你以前的一切記述，全是虛構的？」

我立時回答：「兩者都有！」

柯克也站了起來，他雙手按在桌上，身子俯向前，有點惡狠狠地瞪著我：「請你別忘記一點，剛才是你自己說的，某國特務一定對那件東西已有了初步的認識，是以才會做那樣的事！別忘記，某國特務決不是笨蛋，他們全是最聰明的人！」

我呆了半晌。在這以前，我已經承認過，柯克是一個十分會說話的人，這時，他用我的話來駁斥我，使我根本沒有辯駁的餘地。

我想了一想：「或許那東西真的很有研究價值，但和我不發生關係，甚至和你也不發生關係，因為就算你將它找到了，它也會立時落在某國特務的手中，他們不見得會請你我來一起研究！」

當我的話說完之後，柯克船長忽然大笑了起來，他一面大笑，一面用手用力拍著我的肩頭，道：「好朋友，你忘了一件事。」

我翻著眼：「甚麼事？」

他大聲道：「你忘了，我是柯克船長！」

我立時明白了他的意思，在那一剎間，我也不禁深深地吸了一口氣。

我道：「船長，你不是在開玩笑吧，你準備欺騙他們？你明知他們不是好對付的！」

柯克船長仍然笑著：「正因為他們不易惹，我去惹他們，那才夠刺激，而且，國際警方既然找不到我，他們自然也沒有法子找得到我！」

我的腦中，那時真是十分混亂。三個科學家的死，沉在海底的飛機，某國特務的謀殺行為，一個富有的中國人送出來的東西，中國雲南的路南石林，一個球狀物，三萬萬年前的歷史，這一切一切，在我的腦中糾纏著，使我的思想，極度紊亂。

我當然極有興趣來看看那東西究竟是甚麼，那正是我的興趣。

但是當我想及我必須和柯克船長在一起的時候，我就寧願捨棄我的興趣了。

所以，我在呆了半晌之後，搖著頭，道：「對不起得很，我不想和你一起永遠在海上流浪，如果你還可以稱得上君子，那麼，請你讓我回去，不論你自己如何去做，都與我無關！」

當我毅然拒絕了他的話之際，他顯得極其憤怒，他漲紅了臉，捏著拳頭，甚至連指節骨，也正「格格」地發出聲響來。

當他在發怒的時候，他看來的確十分可怖。

但是，等我把話講完之後，他那種憤怒的神情，忽然消失了，他變得有幾分沮喪，也有幾分鄙夷，揮著手，帶點疲倦地道：「好，你走吧，算我找錯了人，你可以走了，我不再需要你。」

我立時向艙門口走去，當我打開門的時候，他忽然又道：「但是，如果你真對一切不可解釋的事有濃厚興趣，那麼，你一定會後悔的。我一生之中，也遇到過不少奇特的事，但是我認為，這一件事，最值得仔細研究，也一定會有極其驚人的發現！」

柯克船長的話，的確使我動心，但是他那種鄙夷和看不起我的神情，卻傷害了我的自尊心，是以我毫不客氣地道：「祝你早日孵出一頭恐龍來！」

我不等他有甚麼反應，就用力關上門，甲板上幾個大漢，好奇地轉過頭來望著我，我已跳上了船舷，立即跳到了由方廷寶駕駛來的那艘遊艇上。

我也不去理會方廷寶了，我懷疑陳子駒和方廷寶兩人，和某國方面，多少有一點聯繫，他們也有可能根本就是柯克船長的手下。方廷寶既然曾將我騙到這裏來，我這時已可以離去，當然不必關心他了。

我一上了那艘遊艇，第一件事，就是拋開纜繩，柯克的船上，有很多人望著我，但是他們並沒有阻止我。接著，我發動了引擎，遊艇在海面上轉了一個彎，向前疾衝了出去，漸漸地，柯克的船已看不見了。

雨。

當我駕著遊艇，快近岸的時候，天氣便變得惡劣起來，接著，便是滂沱大

幸而這時，我早已看到了碼頭上的燈光，在一片迷霧和大雨之中，我跳上了岸，只不過奔了幾步，身上已被雨淋得濕透了。

我奔過了對面馬路，在一個電話亭避著雨，本來，我還不想吵醒白素，想等到一輛街車經過，然而等了很久，連車影都不見，我只好打電話回去，由她駕著車來接我。

大雨仍未止，當我向白素敘述的時候，就像是做了一場很長的噩夢一樣。

白素靜靜地聽著我的敘述，並沒有參加甚麼意見，她也見過不少古怪的事了，是以並不感到如何驚奇。她在我講完之後，才道：「你的決定很好，和柯克船長這樣的人在一起，有甚麼好處？」

我皺著眉道：「我現在在考慮，是不是應該和警方聯絡一下，告訴他們，他們找的位置不對，而且通知他們，柯克船長就在附近。」

白素微笑著：「那也不必要了，軍警聯合搜索，有著最新的儀器配備，不見得會不如柯克船長。」

她望了望窗外，自言自語地道：「天氣那麼壞，海面搜尋工作，根本無法展開。」

我洗了一個熱水浴，躺了下來，很快就睡著了，一覺睡到下午二時才醒，翻開報紙來看看，仍然是打撈工作毫無進展。

我在看完了所有的報紙之後，打了一個電話給傑克上校，當我報出了自己的名字之後，傑克上校粗聲粗氣地道：「對不起，有話快說，我很忙！」

如果不是我太了解這位上校的脾氣的話，我一定立時就放下電話了！

我道：「好的，你很忙，那麼我不說了，雖然我有一點關於沉機的資料。」

傑克上校叫了起來：「別放下電話，你是怎麼得到那資料的，是些甚麼資料？說！」

我笑了起來：「你不是很忙麼？」

傑克上校咕噥地罵了一聲，我道：「現在的搜尋地點是錯誤的，我已經知道，飛機之所以會失事，是由於某國特務的破壞。」

傑克上校呆了片刻：「你真是神通廣大，我們也是才從一些跡象中，開始在懷疑這一點，你怎麼倒早已經知道了！」

我道：「這才叫神通廣大啊，上校，我建議你應用聲波金屬探測儀，將你現在的位置，向左移，那你就有機會，先發現那飛機了！」

傑克上校呆了一呆：「你說『先發現那飛機』，是甚麼意思？」

我絕不想出賣柯克船長，但是，在柯克船長和傑克上校之間作一選擇，我當然選擇後者，因為我並不曾忘記，國際警方曾頒發給我一種特殊的證件，證明我和國際警方之間的特殊關係，全世界有這樣證件的人，不超過十七個。這可以說是我的一種殊榮。

是以，當傑克上校那樣問我之際，我就道：「那還不容易明白？傑克，除了軍警聯合的搜尋隊之外，還有別人，也在找尋那架沉進了海底的飛機！」

傑克上校呆了片刻，我想，那一定是我的話，令他感到震驚了。可是，出乎我的意料之外，在他呆了片刻之後，他忽然「哈哈」大笑起來：「衛斯理，你雖然詭計多端，但是這樣的謊話，決計騙不過我！」

當我向他道出了實情之後，我絕料不到他的反應竟會是那樣的，我不禁十分惱怒：「上校，我是有確鑿的證據，才向你那樣說的。」

可是傑克卻繼續笑著，像是因為他識穿了我的「陰謀詭計」，而感到十分高興。老實說，我決不欣賞傑克的為人，他那種令人討厭的自作聰明，有時，簡直是令人無法忍受的。他一面笑著，一面道：「你以為在海底打撈飛機，是普通的潛水打魚？告訴你，我們有著最新的儀器配備，尚且沒有把握可以找得到沉在海底的飛機，別向我危言聳聽，說是有甚麼犯罪分子，也在打撈這架飛機！」

我冷冷地道：「我沒有話說，我怎能對一頭驢子說甚麼？」

傑克怒道：「你別出口傷人，辱罵警官是有罪的！」

我笑道：「在電話中辱罵也有罪麼？而且，你的確是一頭驢子，不但我這樣認為，連柯克船長，一定也有相同的感覺。」

在我還未曾說出「柯克船長」的名字來之際，我已經聽到了傑克發出了一連串憤怒的咆哮聲，但是他總算還好，未曾摔壞電話，是以他聽到了我最後的一句話，突然之間，他靜了下來。

過了相當長的時間，他的聲音變得平靜得多了，他道：「你是想告訴我，柯克船長這個臭名昭彰的傢伙，也在打這架飛機的主意。」

我道：「你明白這一點，那就好了！」

傑克又道：「等一等，我們的確有柯克東來的情報，但是這架飛機上並沒有甚麼值錢的東西，只有三個科學家的屍體。死了的科學家，和死了的癟三，沒有甚麼分別，是甚麼打動了柯克的心？」

傑克既然在向我請教了，我倒也不必太為已甚，是以我沒有繼續諷刺他，只是道：「據我所知，三位科學家之中的一位齊博士，帶了一件禮物來，給本市的博物院。」

傑克道：「是，那不過是一件古董。」

我立時道：「就是這件古董，某國的特務，對之感到極大的興趣，他們因此製造了飛機失事，由於他們不便公然露面，是以才出了重價，委託柯克船長，找到這件東西，這便是整件事的過程。」

傑克「嘿嘿」地乾笑著，他雖然對我的話，沒有作任何批評，但是我和他認識，決不止一年半載了，我自然知道他這樣乾笑著是甚麼意思，他是根本不信我的話，但是又怕萬一是真的，是以不敢用尖酸刻薄的話駁斥我。

我不等他有進一步的反應，又道：「希望你們留意一下，別讓柯克船長先得了手！」

傑克有點心不在焉地道：「某國特務感到興趣的東西，究竟是甚麼？」

本來，我可以將我和柯克船長的談話，詳詳細細告訴他的，那就得從石灰岩風化，形成「喀斯特現象」講起，再講到中國雲南省的路南石林。

但是我卻知道，就算我詳細說了之後，傑克的反應，一定仍然是一陣「嘿嘿」的乾笑，我自然不必為了聽他的那種乾笑而大費唇舌。

是以我只是簡單地道：「我不知道，上校，我不知道那是甚麼。」

我並沒有騙他，事實上，我的確不知道那是甚麼。根據柯克船長所說的，那是有六分之五，嵌在石頭中的一個圓球，然而，那圓球是甚麼，他不知道，我也不知道。

我自然知道柯克的意思，他的意思是，那圓球在至少三萬萬年之前，陷在石灰岩之中，在三萬萬年之後，由於石灰岩的風化，才顯露了出來。

然而對於柯克船長的那種設想，我不敢苟同（這或者就是柯克船長對我失望的緣故），因為三萬萬年之前，那時，地球上還處於洪荒時代，可能還是三葉蟲作為地球主人的時代！

我自問是一個想像力很豐富的人，但是無論如何，我的想像力還未曾豐富到認為三葉蟲會製造一隻圓球，將之藏在海底的石灰岩中的程度。

自然，這時我所想到的一切，也未曾向傑克上校，作任何表示。

傑克在略呆了一呆之後，道：「你真的不知道？」

我道：「真的不知道，連柯克船長也不知道，但是某國特務可能知道一些梗概，要不然，他們不會如此不擇手段地想得到那東西，你不妨和情報部門聯絡一下，或者可以有一點頭緒。」

傑克又呆了片刻，才道：「謝謝你，無論如何，謝謝你告訴我這些。」

聽得他說「無論如何」，我的怒意，不禁往上直冒，我幾乎忍不住又要破口大罵起來，因為說了半天，傑克仍然不相信我的話。

但是我卻沒有罵出來，我只是嘆了一聲，放下了電話。我已盡了責，實際工作如何進行，那並不是我的事，我已然通知了傑克上校，信與不信，是他的事！

除了我仍然不時在想，那東西究竟是甚麼之外，倒也沒有甚麼別的牽掛。

一連兩天，報上有很多有關打撈工作的新聞。但是失事飛機卻仍然未曾發現。

從報上的報導來看，傑克上校最後還是相信了我的話的。因為他們變換了找尋的地點，並且派出很多水警輪，在作現場的戒備。

我相信在那樣的情形之下，即使傑克上校沒有甚麼發現，柯克船長一定也揀不了便宜去。

到了第三天早上，傑克上校方面，事情仍然沒有甚麼進展。我忽然想到，警方的行動，再沒有結果，可以在報上獲知，但是柯克船長是不是有了收獲，新聞記者是不會知道的。我可以到陳子駒那裏去打聽一下消息，是他藉詞騙我和柯克船長會面的，可知他和柯克船長有一定的聯絡，我不妨去打探一下消息。

第四部：專家身分參加打撈

我找出了陳子駒的卡片，駕著車，來到了商業區的一幢三十層大廈，上了二十五樓，找到了陳子駒的那家公司。當我推門進去的時候，一個笑靨迎人的女職員問：「先生，需要甚麼幫助？」

我道：「我想見陳子駒先生。」

那女職員道：「可有預約麼？」

我笑了一笑：「我並不知道他偉大到要先預約才能見到，而且，前幾天他來我家中時也似乎沒有預約。」

那女職員呆了一呆：「先生是——」

我報了姓名，女職員轉身向「總經理室」走去，我跟在她的後面，在她敲門的時候，我已經踏前一步，將門推了開來，走了進去。

陳子駒在辦公桌後抬起頭來，當他看到了我的時候，他的臉色，顯得極其尷尬，我向那女職員一笑，然後我關上了門：「好久不見，打撈工作順利麼？」

我自顧自地在他的對面，坐了下來，陳子駒勉強地笑著：「我以為我們之間，已沒有糾葛了，你並未曾接受委託，是不是？」

我道：「當然是，不過我們之間，倒並不是全沒有糾葛，至少，你還沒有表示該如何感激我。」

陳子駒呆了一呆，像是不明白我那樣說是甚麼意思，我湊過頭去：「別忘了，我並沒有向警方提及你和柯克船長的關係！」

當我進來之後，陳子駒一直強作鎮定地坐著，可是等到我這一句話出口之後，他卻像是被踩中了尾巴一樣，霍地站了起來，失聲道：「我不明白你在說甚麼，我和他沒有關係。」

我冷冷地望著他：「希望你在警方人員之前，語氣也同樣堅定！」

他瞪了我好一會兒，才像是洩了氣一樣，坐了下來：「好，你想得到甚麼？老實說，在我身上，你得不到甚麼好處。」

我「哈哈」笑了起來：「你以為我來向你勒索？我只不過是想來打聽一下，柯克船長的工作，有了甚麼進展？」

我的話剛一說完，陳子駒還未曾作任何回答，在我的身後，突然響起了一個聲音：「如果不是你向警方作了卑鄙的報告，我已經得手了！」

那是柯克船長的聲音！

那實在是令我吃驚得難以形容。雖然我早已料到，陳子駒和柯克船長，有一定的聯絡，但是我也決計想不到，柯克船長會在這裏出現。他是一個五十餘國警方通緝的逃犯，居然公然在此出現，那膽子也實在太大了！

我立時轉過身去，只見一道暗門正在迅速移開，柯克船長自暗門中走了出來。

我聽到陳子駒立時站起來的聲音。柯克船長的臉色很陰沉可怕，他凝視著我：「我對你實在太失望了，衛斯理！」

我冷笑道：「要怎樣才不失望，跟你一起去做海盜？」

柯克船長的聲音，帶著惱怒，他道：「你明知我不是這樣的意思。那東西，被送到博物院去，決不會有人研究它，而如果在你和我的手中，那就大不相同，我所指的失望是這一點，衛斯理，你對於一個可能蘊藏著宇宙最大奧秘的東西，一點也沒有興趣！」

柯克船長這樣指責我，倒令我在一時之間，難以反駁，我只好冷冷地道：「我知道你是怎樣的一個人，誰知道你得到那東西之後，作甚麼用途？」

柯克船長呆了半晌，忽然嘆了一聲：「我們算是各有各的理由，你來探聽甚麼，你以為在二十多艘水警輪的監視下，我還能有甚麼收獲？」

柯克船長不可能揀到甚麼便宜，這是早在我意料中的事，現在已經證明了這一點。可是令我感到奇怪的是，為甚麼經過了那麼多日子，軍警的聯合行動，也沒有結果呢？我還沒有將我心中的疑問提出來，柯克船長已經道：「警方何以還沒有收獲，他們應該已找到那架飛機了，為甚麼他們還找不到？」

我搖著頭：「我也正在懷疑這一點，我想，可能你也受了蒙蔽！」

柯克船長道：「你是指某國特務？」

我點了點頭，柯克立時道：「不可能，我在海上，親眼看到飛機跌進海中的，沒有爆炸，完整的整架飛機，跌進了海中。」

我道：「那麼，事情便無可解釋，你一定知道，現在搜尋的地點是對的，飛機在跌進了海中之後，難道會消失無蹤？」

柯克揮著手：「不知道，真的不知道，我已經放棄在水中搜索了。」

我呆了一呆，柯克船長決不是會輕易放棄一件事的人，而我也立時明白了他的意思，我道：「你的新辦法很聰明，本來就應該那樣。」

柯克船長望著我：「我不信你已知道我準備採取甚麼步驟。」

我笑著：「打賭？」

柯克道：「說出來！」

我笑得更有趣：「你果然不敢打賭，如果你打賭的話，那麼我輸了，因為我不知道你想怎樣！」

柯克也笑了起來。剛才，他的神態很是緊張，我就是因為看到了他那種緊張的神態，是以才突然轉變了念頭，故意如此說的。

事實上，柯克船長放棄了海底搜索，新的措施，再容易料到都沒有了。

他是在等著，等到警方有了發現之後，再從警方的手中，得到他要的東西。

自然，要在警方的手中，得到那東西，並不是易事，然而以柯克船長的神通而論，卻又不是甚麼難事。

我那時之所以不揭穿他的原因，自然是因為如果我一語道穿，他可能另有他法，而他的別的辦法，我又未必能夠猜得著的緣故。

柯克船長走過來，拍著我的肩頭：「你並不算出賣了我，我相信你自然不會報告警方，說我在這裏？」

我道：「我不會，那是因為我知道，通知了警方，也沒有用處，你比泥鰍還滑，他們捉不了你！」

柯克得意地大笑了起來，我站起身，向門口走去，當我向外走去的時候，我已經估計到柯克船長可能會阻止我的了。

果然，我才來到了門口，還未及伸手去拉門，柯克已叫道：「衛斯理，等一等。」

我站定了身子，並不轉過身來，而在那一剎間，我緊張到極點，我實在不能不提防，因為柯克船長是一個聲名如此之壞的犯罪分子。

可是，事情倒很有點出乎我的意料之外，當我站定了身子之後，柯克船長道：「我最近幾天，又搜集到了一些有關那件東西的資料，你有沒有興趣聽一聽？」

他雖然問我「是不是有興趣聽」，但是從他的語氣之中，我可以聽出，他實在是渴望講給我聽。人常常會有這種情形的，如果有一件事，是自己感到興趣，而明知對方也感興趣的，那麼，不講給對方聽一聽，真比甚麼都難過。柯克船長那時的情形，就是這樣。

我轉過身來：「當然有，甚麼發現？」

柯克船長道：「第一，那圓球形的物體，至少它露在岩石外的那六分之一，表面十分平滑光潔。」

我揚了揚眉：「你好像已經提及過這一點的了。」

柯克船長道：「還有，那圓球性物體，有極強的磁性，它可能是一塊鐵。」

我略呆了一呆，稍有地質學常識的人都知道，石灰岩之中，不會有鐵礦，自然也不可能有天然的磁鐵在石灰岩中。

我道：「你怎麼得到這些資料的？」

柯克道：「我的手下，奉命替我與一切曾見過那東西的人接觸。其中的一個抱怨說，他曾伸手撫摸過那圓球，而結果，他的一隻名貴手錶，變得毛病百出，修理者說是受過強烈磁性感應的緣故。」

我笑了笑：「很有趣。」

柯克道：「如果那東西有磁性，那就證明它決不是天然生長在岩石中的東西。」

我點頭表示同意：「有人嵌進去。」

自柯克船長的臉上，可以看到一股狂熱的神情，他揮著手，加強語氣：「問題是甚麼時候的人放進去的，我有一個設想——」

他講到這裏，略頓了一頓，像是怕我會出言譏嘲他的設想一樣。

等到看到我並沒有譏嘲他的意思，他才繼續說下去：「我推想，那圓球是地球還在一團熔岩時代留下來的，等到地球上的熔岩全成了岩石，它就深埋在岩石的中心，如果不是地殼變化，那一大幅石灰岩，成了石林，它永遠也不會被人發現。」

我對柯克船長，仍然沒有甚麼好感，但是我對他的看法，卻多少有點改變。

我佩服對事情有著一股狂熱的人，而最討厭溫吞水，柯克船長就對他自己所喜歡的事有著那股狂熱，這很合我的興趣。而且，他先後的幾個設想，也都不是完全沒有根據的。

我在他講完了之後，略想了一想：「那麼，這圓球是自何而來的呢？」

柯克船長看到我正式和他討論起來，他的興致更高，道：「這才是真正的問題，而這個問題，亂加猜測是沒有用處的，我們必須得到這圓球，才能有答案。」

我吸了一口氣：「這種圓球實在太神秘，照現在看來，誰也得不到它，因為，搜尋隊根本找不到那架飛機，飛機不見了！」

柯克船長忽然瞇著眼睛，望定了我，從他的神情看來，他好像想向我提出甚麼。他望了我好一會兒，才道：「旁人找不到，那是因為他們的能力有問題，如果是我和你，有了儀器的幫助，又可以好好工作，不必擔心水警輪襲擊的話，一定可以找得到的。」

我表示冷淡地道：「多謝你看得起我。」

柯克船長又道：「直接說吧，我有一個提議，我和你，參加軍警的搜索組！」

我笑了起來，柯克船長真是妙想天開了，像他那樣的人物，出現在任何一個警務人員的面前，都會立時將他用手銬銬了起來的。

在我發聲笑的時候，柯克船長又急急地道：「我的計畫是，你去參加搜索工作，傑克上校一定不會拒絕，他和你合作過很多次了，而你再介紹我去，我以專家的身分出現，我們一定可以成功。」

我感到了憤怒：「你是在提議，我和你去合作欺瞞警方？」

柯克船長嘆了一口氣：「你別那麼固執，不論我過去做過甚麼事，這一次，我只是想找到那架飛機，我想，你也不想那三個無辜的科學家，一直沉屍海底的吧！」

柯克船長的最後一句話，倒的確打動了我的心，我猶豫了一下：「我和你有甚麼把握，一定可以找到那架沉在海底的飛機？」

柯克船長道：「我自己有很多發明，我的發明，加上他們有的大型儀器，別說是海底有一架飛機，就算有一枚針，也可以找得出來。」

我冷笑：「如果照你的計畫去做，那麼，等於是通過我，將你引進警方去！」

柯克船長攤開了雙手：「那又有甚麼關係？我幫警方做事，不是犯罪！」

我不禁笑了起來：「你倒真會說話，你是幫警方做事，還是想得到那東西？」

柯克船長道：「我想得到那東西，意義更大了，那和整個宇宙的秘奧有關！」

我望著柯克船長：「你究竟以為自己是甚麼？是揭開宇宙秘奧的先知？」

柯克船長道：「人人都有這樣的權利，不論我是甚麼人，只要我是人，就能如此！」

我搖著頭：「就算有你去參加，一定可以發現那架飛機，我也不能做這種事，將你引進去，參加警方的工作，那簡直是開玩笑！」

柯克船長嘆了一聲：「你無論如何不肯和我合作，我真不知道說甚麼才好，我想以後，你對我多了解一些，會改變主意的，我其實……」

他講到這裏，略頓了一頓，像是在設想如何為他自己辯護。

但是結果，他只說了一句話：「警方有關我的那些資料，其實很多是不可靠的。」

我只是聳了聳肩，不置可否。我的態度已經很明顯，我不會照他的計畫去做。但是我卻自己有了自己的計畫，我道：「我想到了一點，那是由於你的啟發，我決定去參加他們的打撈工作。」

柯克船長又嘆了一聲：「如果你遇到了困難，不妨來找我。」

我道：「找你？」

柯克船長道：「是的，你只要找到陳先生，就隨時都可以找到我的。」

我沒有再說甚麼，柯克船長的話，使我很感到意外，他那樣說，等於是我隨時可以找到他，隨時可以和警方合作來逮捕他！

而當我在那樣想的時候，我又一次領略到柯克船長的非凡聰明，他竟能猜中了我的心意，他笑了一笑，道：「我相信你，你雖然瞧不起我，但是總還不至於向警方告密！」

我攤了攤手：「事實上是，就算我向警方告了密，也未必捉得到你！」

柯克船長「哈哈」笑了起來：「隨便你怎麼想好了，我希望你能來找我，我們一起去發現這個秘密！」

我的神情和語氣，都十分堅決：「不必等，決無可能！」我一面說，一面打開了門，走了出去，等到我離開了那幢商業性的大廈之際，我回頭望了一眼，大廈高聳著，幾百個窗子，有誰能想得到，在其中的一個窗子之中，有著柯克船長那樣的人在？

我定了定神，驅車直赴警局，求見傑克上校。傑克上校雖然擺出一副不情願的樣子，但是還是讓我進了他的辦公室，他用手中的鉛筆，敲著桌子：「有甚麼事，請快一點說！」

我笑道：「我想參加海上搜索隊的工作，請你批准！」

傑克立時瞪大了眼睛，望著我，隨即，他又笑了起來：「你以為自己萬能？衛斯理，潛水並不是你的擅長，算了吧！」

我道：「或許，潛水不是我的所長，但是好幾天了，搜索隊卻連飛機也沒有發現。一架飛機沉在海底，不是一枚針，沒有理由找不到的，而居然找不到，你想想，這其中是不是很有些古怪？」

傑克上校皺起了眉，不再出聲。

我笑道：「解決古怪的問題，卻是我的所長，我想，你也不能否認這一點吧！」

傑克嘆了一聲：「你真會說話，算是我說不過你，好的，你可以向林上尉去報到，做為警方邀請來協助的人，我寫公文給你。」

我看到傑克答應得如此爽快，心中也很高興：「那位林上尉是——」

傑克道：「他是一艘巡邏艇的指揮官，實際的搜索工作是由他來負責的，他現在正在海面上，要不要警方派直升機送你去？」

我簡直有點受寵若驚了，因為傑克從來也不是那樣肯和我合作的人，我站了起來，手按在他的桌子上，道：「那太好了，我有點奇怪，這一次，為甚麼你竟對我如此幫忙，可以告訴我原因麼？」

傑克上校也站了起來，皺著眉，道：「事實上是，我們已開了好幾次會，正如你所說，一架飛機沉在海中，沒有理由找不到的，我們有最好的探測設備，可是一連幾天，沒有結果，我也想到這其中可能有一些特殊問題存在。」

我點頭道：「我明白了，我來得正好，是不是？」

傑克點頭道：「可以說是！」

他按下對講機的掣，吩咐秘書準備一封簡短的公文，又吩咐準備直升機。

二十分鐘之後，我已經在天上。城市在迅速地遠去，向下望去，是一片碧藍的海。大海最神秘，表面上看來，平靜得似乎甚麼事也不會發生，但是事實上，在海上，在海底，簡直可以發生任何匪夷所思的事情！

四十分鐘後，我看到了海面上的搜索隊，由許多船隻組成，直升機下降，停在水面，由於早已有了無線電聯絡，是以一艘快艇，在直升機剛停在水面上時，便駛了過來。我沿著繩梯，落到了快艇中，快艇駛向一艘大約有兩百四十呎長的軍用巡邏艦之後，一個年輕的上尉軍官，走過來和我握手。

這位軍官高大而黝黑，顯得很熱情，一望便知是容易相處的那一類人，他握緊著我的手，連聲道：「歡迎，歡迎，衛先生，歡迎你來幫我們解決疑難，我已召集了所有有關人員，來和你共同商討問題！」

我先將傑克的公文給了他，心想，原來我如此受重視，看來是以專家的身分來參加這項工作了。然而我的心中，總不免有點奇怪，何以他們會如此重視我。

而這個疑問，幾乎立即有了答案，那是我在進了一個寬大的主艙之後，見到了方廷寶之後的事。

方廷寶是極其出色的潛水專家，這一點，是毫無疑問的事，而我之所以受重視，原來是他不斷地在替我吹噓的緣故。

我自然也明白，方廷寶替我吹噓，是配合柯克船長的計畫的，柯克船長希望能夠通過我，使他也來參加正式的搜尋工作，只不過由於我的阻撓，柯克船長的計畫，難以得到實現，然而方廷寶以第一流專家的身分，對我的讚揚，卻起了很大的作用。

當我走進那主艙，看到了方廷寶的時候，他的神色十分尷尬，他的尷尬自然有理由，他原來為柯克船長工作，後來因為警方在海面加強巡邏和警戒，柯克船長根本無法展開工作，而軍警的搜索行動，又未有結果，方廷寶是由傑克上校聘請來為警方工作的。

方廷寶大約是怕我將他和柯克船長之間的關係說出來，但是我當然不會那樣做，至少暫時不會，因為現在如果說了出來，對於找尋那艘失蹤了的飛機，絕對沒有幫助。

艙正中是一張會議桌，桌旁除了方廷寶之外，還有不少潛水人員、軍官和警官，林上尉替我一一介紹完畢之後，一個警官，就攤開了一張海圖來。

他指著海圖中的一點：「根據種種的資料，飛機是在這裏墜海的！」

他講到這裏，抬頭向我望了一眼，我示意他繼續說下去，他又道：「我們也是從這裏開始搜索，我們所使用的儀器，可以探測到八百呎深的海底的金屬反應，而這裏的海域，其中最深的一道海溝，也只不過六百八十呎。」

那警官略頓了一頓，又道：「我們採取了圓形的搜索法，到今天為止，以可能點為中心，已經搜尋了直徑十二海浬的範圍！」

我插言道：「那架飛機的墜海地點，不可能隔得如此之遠。」

那警官道：「正是，而我們的儀器，又一切操作正常，只不過我們未曾發現那架飛機。」

我道：「海底的實際搜索，有沒有進行過？譬如說，用一艘小型的潛艇，在海底尋找之類。」

林上尉苦笑了一下：「有，但是一樣沒有發現，事實上，目力在海水中所能達到的效果，遠不如儀器在海面上的探測來得可靠。也就是說，如果人可以在海底中看到那架飛機的話，儀器一定早就測到它的存在了！」

我笑了笑，道：「我的意見略有不同，我以為，人的雙眼，比任何儀器，都來得可靠，因為人在看到了可疑的情形之後，立時會進行各種不同的推測，而儀器沒有這種本領。」

林上尉呆了一呆，才道：「那麼，閣下的意見是——」

我站了起來，道：「我的意見是用小潛艇在海底作實際的搜索，海面的探索，可以暫時停止了，我們是不是有那樣的小潛艇？」

林上尉立時道：「有一艘，是方先生帶來的，可以容納兩個人。」

我道：「那還等甚麼？就讓我和方先生進行搜索，從飛機可能墜海的地點找起，一架飛機，決不會在海底失蹤，可能是有甚麼東西將它蓋起來了，是以儀器才會沒有反應，一定要下海去看，才能發現，不知道各位是不是同意我的見解？」

所有的人，在我發出了詢問之後，都點著頭，我看得出，其中真正贊成我的人，只怕還不到三分之一，其餘的人，不是由於禮貌上的緣故，便是抱著反正沒有辦法，不如照你的辦法試試的心理。我向方廷寶望去，語帶雙關地道：

「方先生，很高興終於和你一起工作了！」

在場的所有人中，除了方廷寶之外，沒有別的人會了解我這句話中的意思。

方廷寶的臉色變得很蒼白，他正在竭力掩飾他心中的恐慌：「很高興和你一起工作！」

我又問林上尉拿了一些資料，我們一起來到甲板上，方廷寶的那艘潛艇，就掛在甲板上，那艘潛艇的大小，恰如一輛跑車，是尖形的，前面有著一排玻璃窗，看來樣子很討人喜歡。

第五部：海底涉險

方廷寶和我，一起走向潛艇，我向他低聲道：「你可以放心，我尊重你是一個第一流的專家，是以不會做甚麼別的事，希望你除了盡你的專家本份之外，也不要做任何別的事。」

我的話說得再明白也沒有，方廷寶的臉上，立時出現了十分感激的表情，頻頻點頭。我們一起攀進了那艘潛艇，他先向我解釋這艘潛艇的性能，和它的操作方法。

當他說到一半的時候，我已經知道，這艘潛艇，一定是柯克船長的傑作。

我們在艇中逗留了大約半小時，就關上了艇蓋，通過了無線電話，指揮著甲板上的人，將那艘潛艇，漸漸地沉進水中，當潛艇進入水中之後，掛鉤脫離，由方廷寶駕駛著，向前駛去，一面前駛，一面下沉，很快地，就變得貼近海底在行駛了，潛艇駛過之際，在艇尾捲起海底的海沙來，形成一股混濁，但是在艇首，倒始終是海水澄澈，可以看得十分遠。

我專心地四面看著，一面問道：「照你的看法，何以飛機落海之後，會找尋不著？」

方廷寶道：「那很難說，剛才你曾說，可能被甚麼東西蓋住了，是原因之一，也有可能是恰好飛機下沉的地方，海底是一片浮沙，那麼，飛機就會沉進浮沙之中，自然也就找不到了！」

我呆了一呆：「如果照你所說，是沉進了浮沙之中，豈不是永遠沒有希望發現了？」

方廷寶道：「那只不過是我的想像，事實上這一帶的海沙，不可能超過六呎厚。」

我吸了一口氣，不再說甚麼，我是在設想著，那架飛機究竟為甚麼不見了。

過了一會兒，方廷寶道：「現在我們所在的位置，就是假設的飛機墜海地點。」

我向前看去，海底很平靜，奇怪的是，平靜得出奇，幾乎沒有魚，只有在一堆岩石上，可以看到很多附生著的海葵。

我道：「你有這一帶海域的潛水經驗？」

方廷寶點頭道：「有，超過一百小時。」

我道：「我們以這裏為中心，走圓圈看看，你不覺得海中的魚類太少了？」

方廷寶道：「我上兩次潛水時，已經注意到這一點了，可能有一群鯊魚在附近，其他的魚都給嚇走了！」

我心中更是疑惑：「如果這種現象，已經維持一天以上，那就不會是鯊魚，鯊魚很少固定在一個地方不動，而且我們看不到鯊魚。」

方廷寶轉過頭來望我：「那麼，你以為是甚麼特別的原因，會使得魚減少呢？」

我搖頭道：「我不知道，但是我可以肯定，一定有原因，在這一帶的海底，一定有著甚麼不尋常的事發生，那可以肯定。」

方廷寶的神色有點緊張，我忙道：「怎麼，是感到不安全？」

方廷寶忙道：「那倒不會，這艘潛艇，有好幾件攻擊性的武器，而且最高速度十分高，根據海流，我們其實應該向南行駛才是。」

我道：「還是轉圓圈可靠！」

方廷寶遵照我的意見，潛艇一直在海底打著圈子，不多久，我就發現，當潛艇向北駛的時候，海底的情形，比較正常一些。

而當潛艇駛向南的時候，海水中的魚類，似乎越來越少，再接著，我們看到了海底的沙上，有著幾道極深的痕跡，直通向前去。

那樣的痕跡，在海底出現，實在十分古怪，那情形，就好像是有甚麼人，在海底拖著重物走過一樣，我向那些痕跡一指：「那是甚麼？」

方廷寶的神色，顯得十分嚴肅和緊張，他望著那些痕跡，像是根本未曾聽到我的問題，他的嘴唇掀動著，發出的聲音十分低，第一次，我根本聽不清楚他在說些甚麼，直到他說了第二遍，我才聽到，他是在講：「天啊，這是甚麼東西所造成的？」

當我聽得方廷寶是在這樣自言自語之際，我也吃了一驚，因為方廷寶是一個潛水經驗十分豐富的專家，他的潛水時間極長，見聞也極廣，現在，他既然如此說法，可知他也未曾在海底，見過那樣的痕跡！

這時，他已將潛艇停了下來，停在一塊岩石的後面，我忙問道：「這些痕跡，表示甚麼？」

方廷寶道：「我不知道，但是我可以肯定，一定有甚麼古怪的事在海底發生，我們不能再繼續前進，必須向上面報告！」

我呆了一呆：「向上面報告有甚麼用？我們下海來，就是為了探索有甚麼事在海中發生，現在已經有了發現，為甚麼不再前進？」

方廷寶的神情，顯得很猶疑不決，他遲疑著不肯答覆我的問題，在我一再催逼之下，他才嘆著氣，道：「照我的估計，這些痕跡可能由巨大的海洋生物所造成的！」

看到他剛才這樣疑懼，我的心中，不禁也十分緊張。可是這時，聽得他如此說法，我不禁笑了起來，道：「我還當是某國特務的超級潛艇所造成的哩，如果是海洋生物，你怕甚麼？」

方廷寶吸了一口氣：「我倒寧願有一艘敵方的潛艇在前面，你不知道，海洋中的生物，有時龐大得令人難以想像，我見過足有五呎長的大蝦，也看到過——」

方廷寶才講到這裏，我陡地看到，在那幾道痕跡向前直伸過去的地方，有一大堆岩石，忽然動了起來，我才出聲一叫，只見海水陡地一陣混濁，突然之間，在混濁的海水之中，有一條直徑足有半呎，黑白相間，圓形的帶子，直伸了過來，重重地擊在潛艇之上。

那一擊的力量，是如此之大，以致整個潛艇，在一被擊中之後，就像陀螺一樣，旋轉起來。

這變故實在來得太突然了，我和方廷寶兩人，根本來不及作任何的準備，當小潛艇才一翻轉的時候，我們兩人，就從座位上，跌了出來。

幸而，潛艇的內部很小，我們就算跌出了座位，也不致於跌到甚麼地方去，但是那也已經夠狼狽的了，當第一次翻倒的時候，我的頭重重撞在潛艇的頂上，而我的背部，則撞到了不知道甚麼硬物，那東西被我壓斷了，發出了「啪」一聲響，而我的背部，也是一陣奇痛。

接下來，根本就像是世界末日一樣，我和方廷寶兩人的身子，被拋上拋下，窗外面的海水是一片混濁，無數氣泡，向上升了起來。總算我在旋轉之中，用力拉下了一枝槓桿，潛艇在翻滾中，向後疾退了出去，等到潛艇終於停止了翻滾，我又使得潛艇停了下來之後，我和方廷寶兩人，只有喘氣的份兒。

過了好一會兒，我才道：「這……這是甚麼？」

方廷寶的面色鐵青，他一面叫著，一面手忙腳亂地去發動潛艇。他叫道：「別問那是甚麼？我們快回去！」

他扳動著槓桿，可是機器顯然已經失靈，他的面色也越來越青，而我也看到，潛艇的螺旋葉，斷成了三截，正在向外飄出去，我拍了拍正在忙碌操作、頭上已在冒汗的方廷寶的肩頭，向窗外指了指，方廷寶向窗外一看，就像是被判了死刑一樣慘叫：「我們完了！」

我倒不覺得事情嚴重，雖然我們剛才所受到的攻擊，突如其來，而且如此猛烈，但是方廷寶說「我們完了」，這我絕不同意。

我忙道：「為甚麼完了？潛艇雖然損壞了，可是我們有全套的潛水設備，可以浮出海面去！」

方廷寶的聲音，變得十分尖銳：「離開潛艇？我們還不夠牠塞牙縫！」

聽得他那樣說，我不禁陡地一呆，忙道：「甚麼意思，甚麼叫做——」

我的話還未曾問完，方廷寶已然以顫抖的聲音，指著前面：「你看！」

我覺出情形十分不對頭了，是以立時向前看去。

當我在緊急中扳下後退的槓桿時，潛艇約莫後退了四五十碼左右，前面的海水一直很混濁，而這時，當我向前看去時，海水已漸漸變清，我首先看到了一座緩緩移動著的小山。

我用「小山」去形容我所看到的東西，絕不過分，那的確是一座巨大之極的小山，花白相間，我一時之間，還看不清那究竟是甚麼。

但是我終於看清楚了！

在那座「小山」之下，有著許多條長的、圓的帶子，我還看到了一對巨大的，直徑足有兩呎的，閃耀著幽綠色光芒的眼睛。

我只感到一陣發麻，天，那是一隻烏賊，是一隻碩大無朋的烏賊！

而剛才那一下猛烈的攻擊，就是那大烏賊觸鬚的一揮，一定是潛艇艇首的燈光，刺激了牠，是以牠才發出了那樣的一擊！

附近海域之中，為甚麼魚類特別稀少之謎，總算揭開了，而那架失事飛機之所以遍尋不獲之謎，同時也揭開了，我的意思，當然不是那隻大烏賊，將整架飛機，吞下了肚子，而是我看到，有一角機翼，就在牠龐大如山的身體下現出來。

那架飛機，本來一定是被牠的身子完全壓住了的，是以一切的探測儀器，才不發生任何作用，而剛才由於牠對我們的一擊，身子稍微挪動一下，所以，壓在牠身下的一角機翼，才顯露了出來。

我呆呆地望著我們前面不到一百碼處的那隻大烏賊，我實在不想再望那可怕的東西，但是我的視線，一時之間，竟然無法移得開去。

我聽到身邊，不住傳來「啪啪」聲，我覺得頭頸僵硬，要費很大的勁，才能轉過頭去。

而當我轉過頭去之後，我發現方廷寶正神色倉皇，滿頭大汗地在擺弄無線電通訊儀，當我轉過頭去之後，他才停手，也不抹汗，道：「通訊系統損壞了，我們和上面失去了聯絡！」

方廷寶對我說那樣的話，顯然是想我提出一個我們可以逃生的辦法來。

但是，我卻也是愣愣地望著他，一句話也說不出來。

我實在是沒有話可說。

我們在一艘損壞了的潛艇中，而面對著的每一條觸鬚，至少有一百公尺長，身體大到可以蓋住整架飛機的一隻大烏賊，你說有甚麼辦法？

方廷寶急得緊握著拳頭：「怎麼辦，我們不能永遠這樣等下去，潛艇中的壓縮氧氣供應，至多還能夠維持四小時！」

本來，我也在極度的慌張之中，可是在聽了方廷寶的話之後，我反而鎮定了起來。

我頓了一頓，問道：「筒裝氧氣呢？」

方廷寶道：「一共是四筒，我們兩個人，可以使用一小時左右。」

我點了點頭：「別慌張，我們可以有五小時的時間來想辦法，五小時是一段很長的時間！」

方廷寶苦笑著：「可是，那大烏賊隨時可以向我們進攻的！」

我望著前面，的確，那大烏賊隨時可以向我們進攻，但是我立即又想到了一點，我道：「我想不會，那大烏賊伏在那架飛機之上，至少已經有好幾天了，幾天內牠沒有移動過，現在牠也不至於移動。」

方廷寶吁了一口氣，我道：「照你看來，這隻大烏賊，牠在做甚麼？」

方廷寶的神情雖然還惶急，但是已比較好得多了，他喘著氣：「牠……如果已經伏了幾天不動的話，那麼，牠應該是在保護牠所產的卵！」

我點了點頭，方廷寶海洋知識極其豐富，他的推測很有道理，而我也知道，烏賊的卵，孵化為小烏賊，通常需要兩個星期的時間。

那也就是說，牠暫時不會動，除非必要。

我將這一點告訴了方廷寶。方廷寶啞著聲：「你的意見是，我們離開潛艇，浮上海面去？」

我道：「正是，牠暫時不會離開，而牠的觸鬚又不夠及到潛艇，這是唯一逃生的方法。」

方廷寶搖頭道：「可是你看牠的口，牠的身體，就像是一個皮袋，當牠張口吸進海水的時候，會產生一股巨大的吸力，將我們吸過去！」

我呆了一呆：「那麼，我們只好使用你曾提過的攻擊性武器了！」我一面說，一面注意著那隻大烏賊的口。方廷寶講得不錯，海沙形成一股流動的泉，不斷地投向牠的口中，由此可知牠的口，有著極強的吸力。

而當我提及攻擊性武器之際，方廷寶又苦笑了起來，他道：「潛艇上的魚雷，只可以炸沉一艘小型的巡洋艦！」

我呆了一呆：「那還不夠麼？」

方廷寶搖著頭：「不是不夠，當魚雷擊中牠的時候，牠或者會死，但是在臨死之前，以牠堅韌的生命力而論，牠至少還可以掙扎半小時之久，在牠掙扎的時候，海底就會翻天覆地，我們肯定，會在牠之前死去！」

我呆了半晌：「那樣說來，我們沒有辦法？只能在這裏等死？」

方廷寶抹著汗，現出苦澀的笑容來：「至少，我沒有辦法。」

我們一直在注視著那隻大烏賊，那隻大烏賊似乎也在注視著我們，牠大而幽綠的眼睛，在緩緩轉動著，像小山一樣的身子，在作緩慢的起伏，牠的鬚不時撥動著海水，我們隔得牠雖然還相當遠，但當牠一撥動海水之際，潛艇就會左右搖擺。

時間在慢慢過去，我和方廷寶兩人，都一句話也不說，很快就過去了一小時。

我在想，這時上面的人，自然還未曾開始為我們著急，因為我們預定在海中搜索的時間相當長，但是長時間未作報告，他們是不是已經開始起疑了呢？

想到這裏，我又不禁苦笑起來。

因為，就算上面的人，已經完全知道我們的處境，也是沒有辦法的事，似乎還沒有甚麼力量可以令那隻大烏賊立時死去，而令我們脫險！

我望著方廷寶，他雙手抱著頭，身子在不由自主地發著抖，看他的樣子，活像是在做死前的祈禱。

我緩緩地轉著頭，看到了斷落在十碼之外的推進器，推進器已斷裂，但其中的一瓣，約莫有三分之二左右，如果我能將這一瓣，仍然安裝上去，那麼，我們的潛艇速度，自然大大減慢，但是總可以脫險了。

我立時推著方廷寶，當他鬆開雙手，抬起頭來時，我將我的意見，告訴了他。

方廷寶像是一個白癡一樣地望著我，對我的話，一點反應也沒有。

我完全知道他心中在想些甚麼，所以我立即道：「你放心，我不是要你離開潛艇，我去！」

我打開了後艙的門，鑽了進去，關上了艙門，後艙是一個十分狹窄的空間，在那裏換上了潛水設備，又打開了一個圓門，當圓門才打開一道縫之際，海水就湧了進來，轉眼間，整個後艙便全是海水了，我才將門完全打開，然後我慢慢地浮了出去。

我出了潛艇，抓住潛艇上的環，向前望去時，我雖然並不是膽小的人，但是在我的心中，也不禁起了一股極度的戰慄之感。

我離那隻大烏賊之間的距離，雖然沒有變，但是我和牠之間，已經毫無阻隔！

我那時的感覺之恐怖，尤甚於面對一大群沒有遮攔的餓虎！

我停了很久，直到我肯定那大烏賊並沒有因為我的出現而有所異動，我才離開了潛艇，慢慢地向前游去，我游得十分慢，直到幾分鐘之後，才到了那斷螺旋槳之旁，我伸手拾起了螺旋槳來。

也就在那時，我發現那大烏賊兩隻幽綠色的眼睛，轉了過來，望定了我。牠的眼睛，簡直像是兩盞幽靈的探射燈一樣！

我緊張得屏住了氣息，一動也不敢動，那大烏賊緩緩移動牠的鬚，向我伸過來。

在那一剎間，我實在不知道該怎麼做才是了，我是立即後退呢，還是停留不動呢？當我在考慮的時候，牠的觸鬚已到了我面前，只有三、五碼處，牠觸鬚上每一個吸盤，直徑都在一呎以上，吸盤在蠕蠕移動，當真是可怖到了極點。

我仍然一動也不動，在那時候，我的感覺幾乎已全部喪失了，而更奇特的，是我再也沒有仍在地球上的感覺，我感覺到我完全是在另一個星球之上，對著一個碩大無朋的星球怪物。

我實在是無可躲避的了，但就在這時，一條魔鬼魚救了我，那條魔鬼魚就在我前面，突然游動而起，牠的身子本來是埋在沙中的，連我也未曾發現牠，如果牠繼續不動的話，我也不信那大烏賊會以牠為目標。

但是牠卻沉不住氣了，牠突然游了起來，那只不過是百分之一秒的事，大烏賊的觸鬚，立時向牠捲了過來。那條魔鬼魚，也足有兩碼長，可是一被捲住，立時就被扯向前去。

在那剎間，我身子迅速地向外游了開去。

海水因為大烏賊觸鬚的迅速展動而起著漩渦，我竭力向前游著，幾乎不能相信，我居然游到了潛艇的旁邊。

這時候，在我眼前的海水，一片混濁，我根本看不清那隻大烏賊在做甚麼，我只希望牠正在享受那條魔鬼魚，不會再來對付我。

我在潛水出來的時候，已帶了簡單的工具，這時，我定了定神，看螺旋槳的軸，已然扭曲了少許。

我自然沒有力量將它扭直，我只好將三分之二的殘破螺旋槳，套了上去，又用鋼線，將它固定。

一艘最現代化的小型潛艇，要用這樣破殘的方法，來安裝螺旋葉，那實在是一件十分可笑的事。可是在如今那樣的情形下，我也沒有別的辦法可想。

我盡量使螺旋葉固定得堅固，然後，我鑽進了後艙，開動抽水機，抽出了後艙中的水，才除下了潛水的裝備，回到了艙中。

我看到方廷寶雙手掩著面，身子在發抖，我大聲道：「我回來了！」

我一連說了兩遍，方廷寶才如同大夢初覺也似，鬆開了手，向我望來。

我攤了攤手，道：「試試發動，我們或者可以使潛艇移動，不致困守在這裏了！」

方廷寶卻像全然未曾聽到我的話一樣，他仍然張口結舌地望著我，半晌，他才道：「我……我看到牠的觸鬚向你伸過來！」

我道：「是的，但是接下來的事，你沒有看到？」

方廷寶聲音之中，帶著哭音：「我沒有再看下去，我……我不敢看下去！」

我拍了拍他的肩頭，一面向前看去，海水又已變得清澈，那條大魔鬼魚已經不見了，大烏賊仍然像小山一樣，伏在飛機上。我道：「別提這件事了，我已盡我所能，固定了螺旋葉，你試試後退！」

方廷寶深深地吸了一口氣，又呆了幾分鐘，在那幾分鐘之中，他的神情，顯然鎮定了不少，他拉下了槓桿，小潛艇突然左右搖擺著，抖動起來，但是儘管潛艇的身子，顫動得厲害，潛艇總算在漸漸向後退開去了。

潛艇向後退，方廷寶的信心，又增加了不少，他漸漸壓下槓桿，潛艇抖得更厲害，但是速度也更快，十分鐘之後，已經離開那大烏賊，有兩三百碼了。

在那樣的距離之下，如果不是我們早知道前面有那麼可怕的東西在，是全然無法察覺到牠的存在的，因為牠龐大的、灰白色的身體，看來簡直就是海底一大堆的石頭。潛艇還在繼續後退，然而不多久，艇身一陣劇顫，我又看到螺旋葉向外飛出去，潛艇立時翻了一個身，沉在海底不動了。

方廷寶頭上冒著汗，但是他的神情，卻十分興奮：「好了，我們可以浮上水面去了！」

我和他一起來到後艙，十分鐘之後，我們已換上了潛水裝備，慢慢地向水面上浮去。為了適應水底和水面壓力不同，我們明知在海底多耽擱一分鐘，便多一分危險，但是我們不得不在水中多停留一會兒。

等到我們終於浮出了水面之後，最近的船隻，離我們也相當遠，方廷寶立時射出了兩響訊號槍，一艘快艇，立時向我們駛來。

當那般快艇漸漸駛近的時候，我們看到，林上尉也在艇上。

第六部：神秘物體在海底

快艇駛到了我們的身邊，我們攀上了艇，林上尉的神情，十分緊張，連聲問道：「你們遇到了甚麼意外？」

方廷寶一上了快艇，顯然是因為他才從極度的緊張之中鬆懈下來之故，他躺在快艇之上，除了喘氣之外，一句話也說不出來。

我也喘了好一會兒氣，才道：「上尉，只怕你怎麼也想不到，有一隻極大的大烏賊，伏在失事飛機之上，牠的身子全壓在飛機上，我們幾乎被牠吞了。」

林上尉呆了一呆，我道：「現在，飛機總算找到了，我已記得正確的位置，只要想辦法對付那隻大烏賊，問題就解決了！」

方廷寶到這時候，才站了起來：「林上尉，絕不能用任何船隻來對付那大烏賊，我們的船隻，經不起受創後的大烏賊一擊。」

林上尉似乎不相信，這也難怪他的，因為他未曾在海中親眼看到那隻大烏賊的可怕情形，那的確是不容易相信的。而我卻看到過那隻大烏賊，是以我立時同意了方廷寶的說法。

我道：「不錯，如果牠用力一擊的話，我看我們的船隻，會齊腰斷成兩截！」

林上尉聽得我也那樣說，不禁駭然道：「那麼，我們應該怎麼辦？」

我道：「撤退船隊，派飛機來，投擲深水炸彈。」

林上尉吸了一口氣：「先回去再說，我要向上級作請示。」

我道：「那麼我們至少可以先撤退船隊，那隻大烏賊現在雖然蟄伏不動，但如果牠忽然移動起來，海面上的船隻，一樣有危險！」

林上尉看來很肯聽從我的意見，他立時點頭，表示同意，一面已和上級開始聯絡。在所有的船隻，駛出了四分之一浬之後，幾架直升機，一起降落，我看到快艇迎接著傑克上校和一位少將，一起登上了艇，傑克上校一見到我，就道：「你在海底，究竟發現了甚麼？」

他的話，是充滿了揶揄的意味的，但是我卻沉著臉，表示事情嚴重，我決不是在和他開玩笑，我道：「我發現了那架飛機，而有一隻極大的烏賊，伏在飛機之上！」

這時，傑克上校轉身，向他身後一個中年人望了一眼，那中年人是和傑克上校、將軍一起來的，樣子很普通，可是傑克上校一稱呼他，我就知道，他是一位著名的海洋生物學家。

傑克上校道：「朱博士，你認為有可能麼？」

朱博士的神情也很嚴肅：「有可能，據這兩位先生的報告，那隻烏賊，似乎比已經發現過的任何大烏賊都要大！」

那位將軍插言道：「我以為海洋中最大的生物，應該是鯨魚！」

朱博士點頭道：「鯨魚自然是龐大的生物，但是至今為止，海洋生物中最大的還是烏賊，這種生物，簡直可以大到無限制。」

那位將軍和傑克上校互望了一眼，傑克來回踱了幾步：「將軍，用飛機投擲深水炸彈，自然是最妥捷的辦法，但是如果炸彈的威力，足以炸死那隻烏賊的話，那麼，飛機也不會保全了！」

那位將軍沉吟著，未曾立即回答。

朱博士道：「請恕我問一句，那架飛機之中，是不是有甚麼極其重要、非獲得不可的東西？」

傑克上校道：「沒有，只不過有三位科學家的屍體，必須打撈起來。」

當傑克上校那樣回答朱博士的時候，我和方廷寶兩人，互望了一眼。我們雖然沒有說甚麼，但是我們都明白，彼此的心中在想甚麼！

因為，在那架飛機中，重要的不是那三位科學家的屍體，而是我們要得到的那件東西。

傑克上校也知道其中一位科學家，是帶了一件東西來送給博物院的，但是也顯然並不以為那件東西有甚麼大不了，所以未曾提起。

朱博士搖著頭，道：「如果只是那樣，我的意見是消滅那隻大烏賊，不理那架飛機，那三位科學家反正已經死了，而那隻大烏賊，以後會造成甚麼禍害還不知道，至少目前，已可以使這一帶海域的漁船，根本一無所獲，捕不到魚！」

傑克上校吸了一口氣，望著那位將軍，那位將軍皺著眉，沉默了大約一分鐘，才道：「好，我去下命令！」

將軍、傑克上校和林上尉走了進去，我和方廷寶仍然留在甲板上。

方廷寶低聲道：「這一次，柯克船長恐怕要失望了！」

我望了他一眼：「你的意思是，如果深水炸彈炸死了大烏賊，我們就甚麼也得不到了？」

方廷寶沒有再回答我的問題，他只是攤了攤手，作了一個無可奈何的神情。

海面上很平靜，船隻在海上，幾乎靜止不動，在那樣的情形，望著美麗廣闊的汪洋大海，實在是一件心曠神怡的事。

但是我卻幾乎對美麗的大海，視而不見，因為我心中只在想著那件東西，那來自路南石林的一塊石灰岩石，中間嵌著一隻金屬球，那究竟是甚麼？

這件東西，如果被順利地從海底撈了起來，自然可以慢慢研究，弄個水落石出，如果它毀在深水炸彈之下，那麼，這究竟是甚麼，恐怕永遠是一個謎了。

約莫在半小時之後，我們聽到了飛機的軋軋聲，接著，看到四架飛機，一起低飛，然後，擲下炸彈，我們看到自海面升起了足有二十碼高的水柱來，大約投下了十二枚深水炸彈之多，而且，我們都可以肯定，一定已炸中那隻大烏賊了！

因為到後來，自海面升起的水柱，幾乎全是烏黑色的，一大片海水，都變成黑色。

而且，那隻大烏賊，在受了傷之後，一定未曾立即死去，而在掙扎，因為那一地區的海水，像是沸騰了一樣地在翻動著，間中，還可以看到巨大的烏賊觸鬚，翻出海面，又迅速隱沒。

足足過了半小時之後，海面才漸漸平靜了下來，在那一段時間中，幾乎所有的人，都在甲板之上，遙觀那千載難逢的奇景。

傑克上校站在我的身後，直到海面開始平靜了下來，他才道：「好傢伙，衛斯理，你說的是真話！」

我心中十分氣惱，冷冷地說：「對不起，我不知道在你的印象中，我是一個慣於說謊的人。」

那位將軍就在旁邊，傑克受了我的搶白，顯然十分惱怒，但是他卻也不敢說甚麼。方廷寶在一旁和林上尉討論，他道：「我以為要潛水下去看一看，如果飛機的殘骸還在的話，一定可以撈起來的！」

林上尉則道：「我想不必了吧，不會有甚麼東西剩下來的了。」

但是方廷寶卻還是堅持他的意見。我自然知道方廷寶為甚麼要那樣，因為他如果能找到那東西，又將那東西交到柯克船長手中的話，他一定會有很大的好處。

我向他們走了過去：「上尉，我同意方先生的意見，而且，我準備和他一起潛水去看個究竟。」

方廷寶略呆了一呆：「衛先生，你好像並不適宜這項工作！」

我向他笑了笑：「我一定要參加，我想你也一定知道我為甚麼要參加的原因！」

方廷寶深深吸了一口氣，沒有再說甚麼。

這時候，船隊已繼續向前駛去，到了確定的地點，海水中仍然有著殘留的墨汁。

我和方廷寶都換上了潛水的裝備，在下水之前，隔著潛水的銅帽，我和他互望著。我突然發現，他的眼神之中，有一種很陰險狠毒的神采。

方廷寶是一個膽小鬼，這一點，我曾和他一起經歷危險，可以肯定。但是他一定也是一個極其貪婪的人，要不然，在他的眼中，決不會顯出那種狠毒的光芒。

一接觸到了那種眼光，我知道除非我們在海底，甚麼也找不到，要不然，他一定會在海中，對我不利！

如果是在陸地上，我當然不會怕他，但是在海中，他是一個第一流的潛水專家，他要害我的話，再容易不過。我立即在心中警告自己，非要加倍小心不可！方廷寶在我的逼視之下，轉過頭去，我先他下水，他立時也下了海，在海水中，我們相距不到兩碼，一起向前面游了過去。

我們首先看到海底一個又一個深坑，但是卻見不到那隻大烏賊的屍體。

那隻大烏賊被炸中之後，一定仍掙扎游出了很遠才死去的，牠游到了甚麼地方去，自然難以揣測了！

然後，我們便看到了一截折斷了的機尾，我們將帶下來的尼龍繩，縛在那斷機尾上，用無線電話通知了水面，讓他們把機尾繫上去。

然後，我們看到了其餘的飛機碎片，有一隻座椅，正在浮脫海沙，向水面上升。

我們也找不到那三位科學家的屍體，方廷寶和我一樣，幾乎留意著每一塊海底的石頭。

我和方廷寶，都未曾見過那件我們要找的石頭，所以我們只好那樣，而且，我已經打定了主意，就算我發現了那塊石頭，我也決定不出聲。

然而，對我來說，事情不幸得很，我和方廷寶，幾乎是在同時，在一大片扭曲的機身之旁，看到了一塊長方形的木箱。

那只木箱還十分完整，只有其中的一片木板，翹了起來，我和他一起向前游去，我們同時看到，在那木箱之中，是一塊柱形的石頭——我們找到了那塊石頭！

方廷寶比我游得更快，他立時到了那木箱之前，翻了一個身，抱住了那木箱，面對著我。

我想趁他還未有所動作之前，就撲上去抓住他的手腕，可是我卻已慢了一步，方廷寶已經抽出了一柄鋒利的小刀，而且，他一抽出小刀，就向我一刀刺了過來！

我在那剎間，實在不明白他如果在海底刺死了我，如何向人交代，但是從他出刀的那一下狠勁來看，他的確想將我刺死。

我立時後退，方廷寶跟著追了上來。

在水中活動，他比我快得多，我立即被他追上，他拉住了我背後氧氣筒的氣管，我翻轉身，以雙足用力蹬向他的頭部。

他被我蹬得向後退了開去，但是在他後退之際，卻也已割斷了氣管，大量氣泡，迅速上升，我用力向上升去，我必須在我還可以屏住呼吸之前，升上海面，不然我必死無疑！

然而，我才升上了三四呎，方廷寶便拉住了我的雙足，我一面掙扎著，一面拋開了頭罩，拉過了氣管來，咬在口中，使我又獲得氧氣，那時，我和方廷寶糾纏成一團，他手中的小刀也跌落了，而且，他的氣管，也被我用力拉斷，隔著頭罩，我可以看到他那驚惶失措的神情。

本來，我是完全可以任由他死在海底的，但是我卻拉著他，一起向海面上升去，同時，還幫他將頭罩弄了下來，將斷管塞在他的口中。

等到我們兩人一起浮上了水面，我們都喘著氣，我一手拉住了方廷寶的頭髮，一手重重地在他的臉上拍著。方廷寶完全沒有反抗的餘地，他給我拍了十七八下，我才停了手，問他：「你知道我為甚麼要打你？」

方廷寶半邊臉已經紅腫了起來，他連連道：「我知道，你別再打了！」

我厲聲道：「像你這種人，我應該讓你死在海底！」

方廷寶捂著臉：「是我錯了，柯克船長許我一大筆錢，我財迷心竅，請你原諒我！」

這時，船上的人已看到我們升上了水面，是以有兩艘快艇向我們駛來。在快艇還未曾駛近之前，我冷冷地道：「現在，你準備如何向柯克交代？」

方廷寶喘著氣：「我準備告訴他，甚麼也沒有剩下，全給炸彈毀了！」

我略呆了一呆，因為在那時候，我也決定不下，是不是要將那東西還在海底一事，告訴打撈人員。

照說，我自然是應該將在海底的發現，報告給傑克上校知道，而如果我那樣做的話，那東西就會被打撈上來，送到博物院去。

然後，柯克船長就會用種種方法，將那東西自博物院中弄出來。

我也不得不承認，根據柯克船長所說的一切，那東西確然有著研究價值，一個圓球，嵌在石頭之中，可能是三億年之前留下來的東西，那對於一個有著強烈好奇心的人而言，的確是一種誘惑。

然而，我只考慮了極短的時間，就決定讓那東西繼續留在海底。

我想弄明白那東西究竟是甚麼，但是我卻絕不想再和柯克船長這樣的人，發生任何聯繫，我打算過得一年半載，等到柯克船長完全忘記這事了，我再來這裏打撈那東西。

所以我立時又警告方廷寶：「你要記得你自己所說的話！」

方廷寶連連點頭：「是！是！」

那時，有一艘快艇，已離得我們很近了，而我警告方廷寶的時候，話又說得十分大聲，我猜想艇上的一個警員，已聽到了我的話。

（後來，事實證明，我的猜度沒有錯，那警員果然聽到了我的話。）

我和方廷寶上了小艇，回到了船上，傑克上校忙道：「怎麼了，發生了甚麼事？」

方廷寶望著我，一句話也不敢說。

我不管傑克上校信還是不信，只是道：「發生了一點小意外，沒有甚麼，我看，搜索行動可以停止了，那架飛機，只剩下了一些碎片，根本沒有打撈的價值了！」

傑克上校用疑惑的眼光望著我，過了片刻，才道：「真的甚麼都沒有了？」

我點頭道：「你自己可以潛水下去看看的。」

傑克上校轉過身去，和那位將軍商量著，將軍顯然也同意收隊，我們由快艇登上了直升機，先行回去，下直升機的時候，一大群記者圍了上來，傑克上校、將軍和那位海洋生物學家，忙於應付記者，我和方廷寶兩人，逕自離開。

當我和方廷寶分手的時候，我又重新提了一遍我對他的警告，方廷寶連聲答應。

我看得出，方廷寶所以答應得如此毫不猶豫，一半固然是為了對我的忌憚，但是也有另一半是對我的感激。因為他企圖在海底殺死我，而我在有了殺死他的機會之際，卻並沒有下手，反倒拉著他一起升上了水面。

方廷寶並不是一個壞得不可救藥的壞人，我很相信他對我的解釋，他之所以要害我，全然是柯克船長許給他的報酬實在太大了，是以他才會出手的。財迷心竅，那是人之常情。

和方廷寶分手之後，回到了家中，當我花了半小時左右，向白素描述那隻大烏賊的可怖情形之後，我已疲乏不堪，在一個熱水浴之後，就沉沉睡了過去。

我不知道自己睡了多久，但是我卻是被一陣爭吵聲弄醒的，我首先聽到白素的聲音，她在高聲說話，她很少那樣高聲說話的。

她在道：「太荒唐了，他一回來，就在家中，沒有出去過，你們來找他幹甚麼？」

我欠身坐了起來，心中在想：是甚麼人找我來了？白素為甚麼要那樣激動？

接著，我就聽到了傑克上校的聲音：「我們一定要見他，他涉嫌謀殺！」

我陡地一呆，看了看床頭鐘，我竟睡了十小時左右。

傑克上校說我「涉嫌謀殺」，我倒絕不放在心上，因為我一直在睡覺，人在熟睡之中，是不會殺人的。

令我關心的是，甚麼人被殺了？何以有人被殺，我會有重大的嫌疑？

我立時披了睡袍，打開臥室的門，當我出現在梯口的時候，我看到傑克帶了六七個警員，而那些人，一看到了我，神情大是緊張，如臨大敵！

我也立時知道，事情不是開玩笑的，是以我忙道：「傑克，我在這裏，你也知道我決不會殺人，何必那樣大驚小怪？」

傑克昂著頭，望定了我，我迅速地向下走下去，傑克一直望著我：「你是唯一的嫌疑人，這位警員，他聽到你以死威脅死者！」

我向著傑克所指看去，他指著一個警員，我可以記得，那位警員，就是當我和方廷寶兩人，浮上水面之後，首先駕著快艇駛近我們的人。

我陡地吸了一口氣：「方廷寶死了？」

傑克有點不懷好意地笑了笑：「我並沒有告訴你甚麼人死了！」

我只覺得怒意陡地上升，大喝一聲：「傑克，少賣弄你那種第三流的偵探術，告訴我，方廷寶是怎麼死的，死在甚麼地方？」

在我的呼喝之下，傑克也顯得很惱怒，他大聲道：「我來逮捕你，你有甚麼資格來問我？」

我踏前了一步，在他還來不及後退之際，我就一伸手，抓住了他制服胸前的皮帶，將他的身子，疾拉了過來。傑克的動作也十分快，他立時掣槍在手，但是他才一掣槍在手，我就伸指一彈。

那一指的力道，不算是太大，可是恰好彈在他手肘的麻筋之上，令得他手一鬆，槍「啪」的一聲，跌在地上，被我一腳踢了開去。

其餘的警員，看到了這種情形，卻呆住了，而我不等他們有任何動作，就大喝了一聲：「傑克，你聽著，不錯，我威脅過他，但是我未曾殺死他！」

傑克怒不可遏：「你們兩人，在海底顯然曾發生過打鬥！」

我道：「是的，但方廷寶活著浮出水面的，你也曾見到！」

傑克立時道：「可是，他和你一起離開機場的，離開機場之後不到一小時，他就死了，被一柄利刃刺進了心臟，死在一條冷僻的巷子中。」

當時，我的腦中極之紊亂。當然，我不曾殺人，但是在那樣的情形下，要證明我未曾殺人，最有力的證據，自然是找出兇手來。

然而，誰是兇手呢？

可能是陳子駒，可能是柯克船長！不論怎樣，方廷寶的死，和柯克船長一定脫不了干係。

當我想到了這一點之際，我鬆開了手：「走，我帶你去見柯克船長！」

傑克上校本來滿面怒容，在我將他鬆了開來的那一剎間，我看到他揮著手，像是想叫那幾個警員湧上來，將我逮捕。

但是，當我一講出了「柯克船長」的名字之際，他的神情陡地變了，變得驚愕無比，而他揚起的手，也僵在半空之中不再動。

他在呆了一呆之後：「甚麼？你要帶我去見甚麼人？柯克船長？」

我道：「是的，柯克船長，他匿藏在市中。我還可以告訴你，方廷寶受他收買。我曾告訴你，柯克船長也準備打撈沉機，但因為警方有了準備，他無從下手，所以買通了方廷寶這樣的潛水專家。」

傑克上校在不由自主地喘氣：「原來你和柯克船長也有聯絡！」

我不禁又是好氣，又是好笑：「你要是再那樣夾纏不清，我不會再幫你忙，由你將我帶回去，一個最普通的律師，就可以替我洗脫罪名，究竟怎樣，由你自己去決定吧！」

當我說出了那一番話之後，傑克上校的態度，顯然軟了下來，他考慮了片刻：「如果你能帶我們找到柯克船長，那麼對於方廷寶的死因，自然會有進一步的了解。」

我回頭對白素道：「拿衣服下來給我換，不然，上校會以為我會趁機畏罪潛逃！」

白素沒有說甚麼，走上了樓去。

本來，我絕對沒有打算將柯克船長在本埠一事，告訴警方。我沒有那樣的打算，柯克船長也相信我不會，以柯克船長的地位而論，他對我付出那樣的信任，絕不是一件簡單的事。

但是現在，情形不同了，方廷寶死了！而方廷寶之死，十之七八，可能死在柯克船長之手，我甚至還想到了方廷寶的死因，我的猜測是，因為方廷寶遵守著對我的諾言，不肯將在海底發現了那東西的實況告訴柯克船長，是以才招致了死亡。

傑克上校仍然呆望著我，我大聲道：「別呆立著，我這裏有電話，快調大批便衣人員，去包圍商業區的××大廈，並且密切監視其中一間打撈公司的出入人員，不然，我們可能甚麼人也見不著。」

傑克略呆了一呆，他這個人，雖然有著過分的自信，但是在緊要關頭，倒還是肯聽別人的意見，他立時拿起了電話，發出了一連串的命令。

十分鐘後，我和傑克上校一起出了門，三十分鐘後，我已推開了陳子駒那家打撈公司的門。

而在我們登上樓之前，我看到至少有過百名警方人員，守在這幢大廈的四周和走廊上。我自然也知道傑克上校這時的心情，如果他能夠捉到柯克船長的話，那麼，他立時就可以成為國際知名的人物。

當我推開門，和傑克一起走進去的時候，公司的職員，都以極疑惑的眼光，望著我們，將近十個警員立時湧進來，傑克大聲道：「都留在原來的位置上，誰也不准隨便亂動！」

看到了那樣的陣仗，眾職員不禁相顧失色，我已直趨陳子駒的辦公室門口，我還未曾去開門，門便已打了開來，陳子駒探出頭：「甚麼——」

他只說了兩個字，就看到了我，看到了在他公司中的那些警員，他的面色變了。

陳子駒立時要縮回身子去，但是我卻立時扣住了他的手腕，一腳踢開了門，將他推進了他的辦公室之中。

傑克立時跟了進來，陳子駒掙扎著：「這是怎麼一回事？你們幹甚麼？」

傑克冷冷地道：「我們來捉人！」

陳子駒道：「有拘捕令麼？你們怎能亂闖進來？」

我冷笑一聲：「陳先生，別拖延時間了，告訴你，甚麼都沒有用，整幢大廈全被包圍了，或許你有神秘的通路，但是柯克船長一定走不了！」

陳子駒的面色煞白，一句話也說不出來，我立時提高了聲音，叫道：「船長，出來吧。」

我知道柯克船長這種人的性格，他一直以為是沒有甚麼人可以找得到他的，但一旦到了他發覺已被人找到的時候，這種人，也絕不會作無謂的掙扎。

那時，已有幾個警官在開始尋找辦公室中的暗門，但是我只叫了兩聲，一道暗門，就打了開來。

當暗門打開之際，氣氛真是緊張到了極點，連傑克上校手中的槍在內，至少有十柄槍，對住了暗門。可是柯克船長卻滿臉笑容地走了出來，看他走出來的那種樣子，像是他走進了一間全是老朋友在聚會的房間。

他在暗門口，略站了一站，望著我：「衛斯理，我為你感到羞恥。」

我自然明白他那樣說是甚麼意思，他指我帶著警員來找他。

雖然，帶著警員來捉拿柯克這樣的犯罪分子，絕不是甚麼有愧於心的事，但是在柯克這種人而言，他卻另有一套想法，他這時那樣說，自然是在譏嘲我不夠「江湖義氣」和出賣了他！

即使是根據他的思想邏輯，我也不甘心被他譏嘲，我立時道：「你才應該臉紅，船長，你殺了方廷寶！」

我的話才一出口，我就知道，我的估計，一定是出了差錯了！

因為柯克船長的臉色，陡地一變，他顯然是直到此際，才知道方廷寶的死訊，不然，他是決不會有那樣神情的。他甚至沒有說甚麼，只是呆了約莫十秒鐘，才道：「謝謝你來告訴我這個不幸的消息，你是為了方廷寶的死，才帶他們來找我的？」

我在那一剎間，倒真的有點難以回答了！

的確，我是因為方廷寶的死而帶著傑克上校來找他的，但現在，方廷寶的死，顯然與他無干！

第七部：嵌在岩石中的金屬球

只不過傑克上校卻不理會這些，他已然走了過去，替柯克船長加上了手銬。柯克船長一點也沒有反抗，只是冷冷地道：「上校，是用那麼大的陣仗，來對付一個只犯了非法入境輕微罪行的人，未免太過分了吧！」

傑克上校陡地一呆，立時向我望了一眼。

的確，柯克船長並沒有在本埠犯甚麼案，將他解上法庭，大不了是非法入境而已。但是，事實上，柯克船長當然不會那麼輕鬆，在他非法入境的罪名成立之後，他立即會被引渡到其他的地方去受審。

我立時道：「對於方廷寶的死，你有甚麼意見？」

柯克船長道：「一點意見也沒有，我一直在這裏等著，還記得我和你約定過，我等你來邀請我一起參加打撈工作？」

我立時向陳子駒望去，陳子駒憤然地道：「船長一直在我這裏，我也早勸過他，別相信你，他卻以為你不會做老鼠一樣的事。」

我雙手緊緊握著拳，方廷寶不是柯克船長殺的，而我卻帶著傑克上校來到了這裏。

我深吸了一口氣，轉向傑克上校：「上校，沒有我的事了？」

傑克緊皺著眉：「不行，你仍然是殺害方廷寶的嫌疑人！」

我一肚子悶氣，本就無處發洩，聽得傑克那樣講法，我立時大聲吼叫了起來：「如果你要尋找真正的兇手，你就得放我走。」

傑克呆了半晌，才道：「可是你得每天向警方報到。」

我沒有再理睬他，自顧自大踏步走了出去，我的心中，煩亂到了極點，以致我幾乎不知道如何出了那幢大廈的，而等我的情緒漸漸平定下來的時候，我發現自己，是站在一家珠寶公司的櫥窗之前。

我可能已在那珠寶公司的櫥窗之前，呆呆地站了好久了，是以珠寶公司門口的守衛，以一種異樣的目光，望定了我。

我轉過身，繼續向前走去，我要去找殺方廷寶的兇手，可是我該從何處著手？

我走過了幾條馬路，又在一個櫥窗前，停了下來，我的心中仍然十分亂。這一次，當我停下之後，自櫥窗玻璃的反光中，我看到有三個人，站定了腳步，望著我，而他們在經過了一番交談之後，其中一個人，向我走來。

當那人漸漸走近我之時，藉著玻璃的反光，我已可以將他看得十分清楚，他是一個面目極其普通的普通人，像他那樣的人，你每天可以在路上碰見一千個一萬個，而絕不會留下甚麼印象。

那人來到了我的身邊，停下，也作看櫥窗模樣，我已可以肯定他一直在跟蹤著我，而這時他還在裝模作樣不開口，我冷笑一聲：「朋友，有甚麼事，說！」

那人顯然料不到我會突然開口的，而我也預料著他會大吃一驚。可是，他卻仍然是那麼鎮定，像是甚麼事也沒有發生一樣，只不過略揚了揚眉，來表示他的驚訝。

從他的這種反應看來，他毫無疑問，是一個受過極其嚴格的特種訓練的人物！

他立時沉聲道：「衛斯理先生？」

我道：「我可以拿出身分證明來，供你檢閱。」

那人一點也沒有發笑的意思，他只是道：「請問，你是不是願意和一個人見見面。」

我略呆了一呆，這時，我已約略有點料到這個人，和另外兩個，站在離我不遠處的是甚麼人了，他們一定是柯克船長說及的某國特務！

而這個特務如此說，顯然是他們的頭子，要和我見面，我緩緩地道：「除了特務頭子之外，甚麼人我都願意見，這樣的答覆，滿意麼？」

這一次，那人不能再維持鎮定了，他的神色略變了一變，那自然是因為我一語道破了他的身分！

他後退了一步，另外兩人，立時向前走來，我立即又道：「如果用強迫的手段，我更不去！」

那人忙道：「絕不是強迫，只是請你去！」

我冷笑著，這時，一股極度的厭惡之感，自我的心底升起：「你們何必對我那麼客氣，你們已殺死了三位世界知名的科學家，又殺死了方廷寶，為甚麼要對我那麼客氣？」

那人像是全然無動於衷地道：「衛先生，請原諒，我們只知道奉命行事。」

我狠狠地瞪著他們：「那麼你們是三條狗，好，狗主人在哪裏！」

那三個人仍然一點也不惱怒，那人道：「請跟我們來，就在不遠處。」

這裏是鬧市，我很難設想某國特務的高級人員，會在鬧市之中有據點。但是，當我看到這三個人中的一個，伸手不斷在腰際的皮帶扣上按著的時候，我也明白了，他是在通知他們的上司，到這裏來。

我們沿著馬路，走出了不到五十碼，一輛房車在我們身邊停下，車門自動打開，車中有人道：「衛先生，請上來，我們只不過談談。」

我毫不考慮就登上了車，車子由一個穿著黑衣服的司機駕駛，車後，坐著一個矮個子，面目也很平常，笑容可掬，看來十足像是一個小商人。

我一上了車，車就向前駛去，那小商人模樣的人道：「請放心，車子只在鬧市之中兜圈子。」

我道：「我們說話，大可不必兜圈子，是你們殺死了方廷寶？」

那人道：「這話得從頭說起，我們委託柯克船長做一件事，但是柯克船長卻出賣了我們！」

我並沒有出聲，那人又道：「柯克船長出賣我們，和你接頭的詳細經過，方廷寶都對我們作了報告！」

我的心中不禁暗罵了一聲，人實在太下流了，方廷寶一方面是柯克船長的人，然而，他同時卻又受了某國特務的收買！

我仍然不出聲，那人又道：「方廷寶潛水回來之後，我發現他又想出賣我們，衛先生，我們只不過處置了一個叛徒，你不必緊張！」

我道：「方廷寶不會叛變你們！」

那人道：「他竟編造了一個荒唐透頂的故事，說甚麼有一隻大烏賊伏在飛機上，而當深水炸彈，炸死了那隻大烏賊之後，海底除了零星碎片之外，就甚麼也沒有剩下了，這樣的故事，騙得了誰？」

我呆了片刻，不禁嘆了一口氣。方廷寶沒說出我和他同時在海底發現了那東西，是為了遵守諾言，還是為了別的原因。這一點，方廷寶已經死了，自然也無法求證了。

但是，那人所說的「荒唐的故事」，卻千真萬確。我在嘆了一聲之後：「你錯了，方廷寶所說的一切，是真的！」

那人瞪大了眼睛：「真的？你要叫我相信，真有一隻那樣大的烏賊？」

我道：「是的，這一點，我相信報上立刻就可以有消息，你的手下，也應該查得出，的確出動過飛機，投擲過深水炸彈。」

那人呆了一呆：「那麼，在海中，我們要找的東西，真的已不存在了？」

那人終於問到正題上來了，他這個問題，我實在十分難以回答，因為我已經知道，方廷寶死在他們的手上，而且，他們為了要得到那東西，曾經做了不少工作，謀殺了三個著名的科學家，還和臭名昭彰的海盜柯克船長合作，如果我只是簡單地回答一聲「沒有」，他們一定不肯就此干休，那麼，我就有可能死在他們的手中，步方廷寶的後塵！

我迅速地轉著念，而且也立即決定，裝著甚麼也不知道，是以我只是呆望著那人：「你們要找的？你們要找的東西是甚麼？」

那人立時現出十分不耐煩的神色來：「衛先生，你是知道的，全知道的！」

我仍然搖頭：「對不起，我真的不知道！」

而當我在繼續裝成甚麼也不知道之際，我知道，我可能已犯了一個極大的錯誤！因為如果對方得到我簡單的回答，說是根本未曾看過那東西，那麼，他可能不相信，但卻也只能心中疑惑。但現在我那樣抵賴，如果對方確知我知道內情，那麼，這就糟得很了。

果然，當我表示我不知情之後，那傢伙的臉色，變得極其難看，他拉長了臉：「我們以為你是痛快的人，怎知道你比方廷寶還要討厭！」

我心中很惱怒，但是我卻也無法發作，因為這時，我正在他們的手中。

我只是悶哼了一聲：「我不明白你在說些甚麼！」

我既然一開始便已決定否認一切，自然不能再在半途更改，只好一直否認下去，這時，連我自己也聽得出，我的聲音，顯得十分尷尬。

那人突然哈哈笑了起來：「你為甚麼人工作？」

我立時道：「我不為任何人工作。」

這句話，由於是實情，是以說來，倒也理直氣壯。

那人又道：「你如果不為任何方面工作的話，那麼，我勸你別和我們作對了……」

他講到這裏，略頓了一頓，才又道：「你敵不過我們的，而且，那東西到了你的手中，一點用處也沒有！」

我呆了半晌，那傢伙的態度雖然囂張，樣子雖然可惡，講的話也極其不中聽，但是我卻也不得不承認他所講的，乃是事實。我無法和他們作對，他們是遍佈全世界的特務組織，我怎能和他們作對呢？

但是，那人也犯了一個錯誤，他如果以為我就此便會向他們屈服，那也大錯特錯了。

我考慮了一會兒：「我無心與你們作對，但是你們和柯克船長一樣，都想要我的幫助，而找到一樣東西，可是卻又不肯說出那是甚麼東西來。」

那人望著我，他想在我神情上看出我的感覺來，那是一件枉然的事，我就算心中慌張，面上也不會顯露半分的。他道：「那是一件很奇特的東西，為了要得到它，我們已做了不少工作，但是到手之後，究竟有甚麼用處，卻也難以肯定！」

我笑了起來：「如果不是一件有用的東西，你們肯花那麼大的工夫麼？」

我故意壓低了聲音：「那是甚麼？是不是能夠剎那間毀滅全世界的武器？」

那人給我弄得有點啼笑皆非，但是這個特務頭子，究竟不愧是有辦法的人，他笑了笑：「衛先生，我們既然見了面，而你又知道我的身分，所以，儘管你不肯說實話，但是我卻不能不坦白，我告訴你，對於那東西，我們也只知道一點點。」

我不置可否，也不表示我很想知道那東西究竟是甚麼，雖然我心中極想知道。

我記得柯克船長說過，他說，他對那東西究竟是甚麼，還不甚了解，但是他相信某國特務，一定知道了不少，現在那人這樣說，和柯克船長的說法，恰好吻合。

那麼，他是不是會講給我聽，有關他們已知那東西的資料呢？

我不出聲，那人繼續講下去：「那是一件十分奇異的東西，我想先讓你看看它的外形！」

他伸手，按下了椅背上的一個鈕，彈開了一扇門來，那地方，本是豪華房車的一個酒格，但在那人的車子上，裏面卻是一個小小的文件櫃，他在櫃中抽出了幾張放得相當大的照片來，交在我的手中。我在接過照片之前，抬頭向窗外，看了一眼。

至少那人直到如今為止，還是在遵守著諾言的，因為車子只是在鬧市中打著轉。

路上的人、車都很擁擠，但是我在這輛車中，就像是在另一個世界中一樣！

我接過了照片，那人道：「這幾張照片，還是那東西在一個富翁家中陳列時，我們的人拍下來的，請你注意那只露在石外的圓球面。」

我仔細地看著，我還是第一次看到那東西的照片，然而我對這東西，卻一點也不陌生，因為柯克船長曾向我詳細地描述過它的外形。

那東西真和柯克船長描述的一樣，一條長條形的石筍，有大約六分之一的球體，露在外面，即使是在照片上，也可以看到，那球面是光滑細緻的金屬，那絕不會是天然的東西。

那人的手指，指著那個球面：「我們對石頭沒有興趣，重要的是那個圓球。」

我仍然不出聲，那人又道：「我說的全是實話，對於這個圓球，我們所知不多，但是已知道它有極強烈的磁性反應，強烈到難以想像的地步。」

我一樣不出聲，心中卻在想，關於這一點，柯克船長也已經向我說過了。

那人又道：「關於那個圓球，我們的人，費了很大的心機，才刮下了一點屑末來，經過化驗——」

他講到這裏，又停了一停，我登時緊張了起來，但是我仍然未曾出聲，因為我知道那人一定會繼續說下去的。果然，他在略停了一停之後，嘆了一口氣：「我們竟不知道那是甚麼東西。」

我實在忍不住不發問了：「你是說，那是一種地球上所沒有的金屬？」

那人望了我一眼：「我要修正你的話，那是地球上沒有的東西，因為我們甚至不能肯定它是不是金屬。」

我皺起了眉，自照片上看來，露在石外的那球體，有著金屬的光輝，它毫無疑問，應該是金屬。然而這時，我卻也沒有理由不相信那人的話。

那人續道：「我們的科學家費了很多工夫，只能假定這些粉末的性質，和石墨有一點類似，但是它的性質卻十分穩定，地球上似乎還沒有性質如此穩定的物質，或者說，還未曾發現。」

那人微微嘆了一聲，才又道：「現在你該知道，我們為甚麼亟想得到那東西了？」

我並不直接回答他的問題，只是道：「我有點不明白，為甚麼當那東西在那富翁家的大廳，做為擺設的時候，你們不下手？」

那人攤了攤手：「那時，我們還不能肯定這東西是不是有研究價值，而當我們肯定了這一點的時候，他已經決定交給齊博士了。」

我冷笑道：「據柯克船長說，你們曾企圖出高價購買，但遭到了拒絕。」

那人「哈哈」笑了起來：「的確是，衛先生，現在你已不能不承認，你對那東西是早已知情的了吧？」

我呆了一呆，我在無意中，已經推翻了我以前的一切否定，那使我感到相當尷尬，但是我卻仍然繃住了臉，一聲不出。

那人又吸了一口氣：「現在，我再問你一次，你和方廷寶一起潛入海底，是不是見到了那東西？」

那人的這一個問題，以十分嚴重的語氣，提了出來，我知道，如果不小心回答的話，那人一定不會再對我如此之客氣的了。

我略想了一想，才道：「我想我不必瞞你，當深水炸彈趕走了那隻大烏賊之後，我和方廷寶，再度下水，的確是為了想發現那東西。」

當我講到這裏的時候，那人欠了欠身子，現出十分關注的神情來。

我立即又道：「但是我們失望了，連續爆炸的深水炸彈，威力太大，飛機也被炸成了碎片，三位科學家的屍體，不知所終，我們甚麼也沒有發現。」

那人的面色很陰沉，一聲不出。

我又道：「所以，你們以為方廷寶叛變了你們，而將他殺死，是十分不智的錯誤行為。」

那人的臉色更加難看，車子仍在市區之中，兜著圈子，我略挺了挺身：「我想，我應該下車了！」

那人卻並不示意司機停車，只是緩緩地道：「我還會來找你，希望你考慮一下。」

我已經決定不將在海底看到過放到木箱中的石頭一事對任何人說。在海底看到過那東西的，只有我和方廷寶兩人，現在方廷寶已死了，只要我不說，就決不會有人知道這件事。

所以我道：「我沒有甚麼可以考慮的，事實上，我是一個好奇心極強的人，如果我在海底發現了那東西，一定早已將它弄上海面來，不會仍讓它留在海底。」

我講的話，在情理上，十分可信。

不過那人仍然抱著疑惑的態度：「或許，你準備留著，自己來研究。」

我不得不佩服那特務頭子的推測力，因為我的確是想那樣做的。但是我卻立即道：「你想想，以你們國家的科學水準，尚且不能弄明白那是甚麼，我個人有甚麼力量，可以獨立來研究這東西？」

那人點了點頭，看來，他對我是信任得多了，他用手指，在和司機隔開的玻璃之上彈了一彈，車子駛到路邊，停了下來。

車子一停，那人便道：「再見，衛先生。」

我開車門，跨下車的時候道：「先生，我倒不想和你再見了。」

那人笑了起來：「我們是不是再見面，那得看你今天和我講的，是不是全是實話。」

我沒有再說甚麼，下了車，走上了人行道，當我再轉過身來時，那輛車子已經駛走了。

那時，我的心中十分亂，我對那東西，又有了進一步的認識：其一，那東西有強烈磁性反應，其二，是那圓球的構成物質，因某國科學之進步，尚且研究不出那是甚麼物質。

我呆立了一會兒，才慢慢向前踱去，由於我心中一直在翻來覆去地想著事，是以在不知不覺間，已來到了離我住所不遠之處，我又停了停，停在街角，當我繼續向前走去的時候，一個高級警官，自車上跳下，向我疾奔了過來。

我站定了腳步，那高級警官直來到了我的身前：「衛先生，上校請你去。」

我皺了皺眉：「我才和他分手不久。」

那警官道：「是，但是事情又有了新的變化，衛先生，請你立即登車。」

我跟著那警官，上了那輛警車，警車上有七八名警員在，我才一上車廂，那警官便關上了車門，那使我呆了一呆，然而更使我發呆的事，還在以後！我那時還彎著身，未曾坐下來，就看到三五個警員，一起用手槍對準了我！

就算是一個白癡，在那樣的情形之下，也可以知道事情是大大不對頭了！但是，在那一剎間，我還只當事情有了甚麼突變，易於衝動的傑克上校，又將我當作敵人了。

然而，我卻料錯了，就在那一剎間，一個一直背對我的警員，轉過頭來，向我微笑著，當我看到了那警員的面孔時，我實在不能相信自己的眼睛！

那「警員」竟是柯克船長！

那實在是沒有可能的事情！柯克船長被傑克上校帶走了，那是我親眼目睹的事，就算柯克神通廣大，那也是不可能的事。

是以一時之間，我實在是呆住了，我一生之中，不知經歷過多少稀奇的事，但是卻以現在這一件最為不可能了！然而，事實畢竟是事實，柯克船長望著我，笑著，已開了口：「感到意外，是不是？」

他已開了口，他是柯克船長，那已是沒有疑問的事情了，我深深地吸了一口氣，坐了下來。我一坐下，立時有兩柄手槍，抵住了我的腰際，而警車已然向前疾駛而出。

我像是自言自語地道：「你是怎麼逃出來的，我真不明白。」

柯克船長「哈哈」笑了起來：「你們太低估我的力量了，我的力量，無遠弗屆，這裏警方，也有我的人，當傑克想押解我回去的時候，我就命令我的人發難，現在，上校還在那家潛水打撈公司的秘室之中，大發雷霆，只怕他要很久才能出來！」

我又深吸了一口氣，柯克實在是一個難以用一般形容詞去形容他的犯罪分子，他竟做了一件那樣驚人的事，我只是呆呆地望著他。

柯克船長又道：「自然，傑克上校有人作伴，大約有七個警員陪著他，而現在在這裏的，全是我的人，你不必想反抗！」

我略略看了一下車廂中的情形，我實在是沒有反抗的餘地，我只好問道：「你準備帶我到哪裏去？」

柯克搓著手，他現在，可以說是大獲全勝了，是以他的神情，也非常得意，他道：「我是從海上來的，當然回海上去。」

我吃了一驚，忙道：「我可不是從海上來的。」

柯克船長大笑了起來：「放心，我不會逼你做海盜，但是你一定要帶我到那東西所在的地點，只要我能找到那東西——」

一等他講到這裏，我便大聲道：「我根本沒有發現那東西！」

柯克船長根本不理會我的話，他只是冷冷地道：「那麼，你將要沉在海底了，真可惜，你美麗的妻子，等不到你回來了！」

我又倒抽了一口冷氣，這個萬惡不赦的海盜，他真是說得出做得到的，他是在以殺我作為威脅，要我帶他去找那東西！

第八部：剖開圓球的意外

在這樣的情形下，我再否認我未曾在海底見過那東西，也是枉然，我只好問他：「你如何這樣肯定我一定在海底見到了那東西？」

柯克笑了一下：「我早知道方廷寶出賣了我，你和方廷寶一起下水，如果你們在海底發現了那東西，方廷寶一定會在海底害你，而你們兩人，在極狼狽的情形之下，浮出海面，傑克這傻瓜，可以相信你們只在海中發生一點小意外，我不同，我知道在海底曾發生了甚麼！」

柯克在講著，我一聲不出。

等到他講完了，我嘆了一口氣：「船長，我不得不佩服你的推理本領，好了，我帶你去！」

從警車的車窗外望去，車子已經駛上了往海灘的公路了，接著，警車駛出了公路，在一條高低不平的小路上駛著，直達海邊。

陳子駒也走出來，他站在海邊，有一艘船停在海邊，我已不是第一次看到那艘船，我第一次和柯克船長會晤，就是在那艘船上。

我是被幾個警員押著下來的，直趨海邊，登上了那艘船，當我站在甲板上的時候，看到那輛警車，在那警官的駕駛下，以極高的速度，衝向海中，在快到海邊時，那警官縱身自車中跳了出來，而車子繼續向前衝去，直衝到海水之中，轉眼之間就沉沒。

所有的人全上了船，船立時向前駛去，我被押進了駕駛艙，停在一張桌前，桌上鋪著海圖，柯克道：「請你指出地點！」

我苦笑了一下，事情發生得實在太突然了，我幾乎無法應變。

我本來的計畫是，在回到家中之後，至少在三個月之中，當做甚麼事也未曾發生過一樣，然後，等事情冷下去之後，再到海中去找那東西。

在我的計畫中，柯克船長至少會在監獄度過三年五載。

可是柯克船長卻像是變魔術一樣，突然冒了出來，我的計畫自然也完全無法實行了！

我望著海面：「船長，我聲明在先，我對於這件事已完全不感興趣，當你找到那東西之後，我一定要回去，你得先答應我。」

柯克船長道：「你不和我一起研究？」

我大聲道：「我決不和你這種人一起，做任何事，哪怕這隻圓球之中，會有仙女跳出來，我也不感興趣！」

聽我說得那麼堅決，柯克船長也不禁呆了半晌，他才冷笑著：「我倒認為，從我們見面起，直到現在，我的行為，並沒有甚麼對不起你的地方。」

我的手指在海圖上移動著，然後，指出了我記得的地方，駕駛的船員，立時照我所指的方向，向前駛去，在那時候，我只感到十分疲倦，而且，還感到有一點昏眩，我實在想休息一下。

我後退了幾步，在一張椅上，坐了下來。

我之所以感到疲倦，當然不是生理上，而是心理上的疲倦。因為我在和柯克船長的交手過程之中，幾乎是沒有一次佔上風的。

最後，我帶人去找柯克，是以為柯克殺了方廷寶，當我知道自己料錯的時候，心中已有著說不出來的不舒服，何況忽然之間，又有了那樣的變化！

我坐著，以手撐著頭，閉上了眼睛，對於四周圍發生了甚麼事，根本不加理會。我只聽得柯克船長問了我兩次，問我到時是不是想下水，但我卻沒有睬他。

我至少維持著同樣的姿勢不變，足有一小時之久，才覺出船的速度，已經慢了下來。

當我抬起頭，睜開眼來時，只見已有四個人，換上了全套的潛水裝備，站在船舷。

船終於完全停下了，那四個人相繼跳進了海中，柯克船長以一種十分異樣的神情望著我，我給他望得更不舒服，忍不住道：「你放心，我絕不是一個不肯承認失敗的無賴，我所指的地點是正確的！」

柯克船長用很低的聲音道：「希望那樣。」

正在這時，無線電通訊儀中，有了訊號聲，柯克忙轉過身去，按下了一個掣，有聲音傳了出來，道：「地點正確，我們看到了一些飛機的碎片。」

柯克回過頭來，向我笑了一下。

接著，又有另一個人的聲音道：「我看到了一條大到不可思議的烏賊觸鬚。」

我道：「告訴他們，那東西是在一塊岩石的旁邊。」

柯克船長照我的話說了，過了不到五分鐘，便聽到有人道：「船長，找到了，在一個木箱中。」

柯克船長的神情興奮至極，他不由自主地揮著手：「快將它帶上來，快！」

我站了起來：「船長，是實現你諾言的時候了，請下令給我一艘快艇，我自己會回去。」

柯克望著我：「我已經找到那東西了，你難道連看都不想看一看？別忘記，那東西可能是你一生之中所見過的最奇特的東西！」

柯克船長的話，自然有著極強的誘惑力，但是我在心灰意冷之餘，這樣的誘惑，對我也不起作用了，連我自己也有點奇怪，我竟能立時拒絕，毫不考慮，或許，那是因為我很少遭到那樣的失敗，而這樣的失敗，使我心理遭到了莫大打擊的緣故。

艇！」

我立時道：「不，我不感興趣！」

柯克船長又望了我片刻，才向一個船員道：「好，給他一艘燃料充足的快艇！」

那船員答應了一聲，立時走了出去，我也跟著來到了甲板上。

當我來到了甲板上的時候，已經有幾個潛水人，托著那木箱，浮上水面來了。當我看到了這樣情形之後，我不由自主，停了一停。

這時候，柯克船長也來到了甲板上，他以極其興奮的語氣叫著：「快，快一點！」

在經過了如此的曲折之後，那東西終於被他獲得，他的興奮，自然大有理由。而我心中的沮喪，也正好和他的興奮成正比例。

我站了一分鐘左右，兩個潛水人已到了船邊，那只木箱也已由船上的船員，扯了上來，我已準備跨下快艇去了，柯克船長突然大聲叫著我的名字：「你不要看一看那神秘的東西？」

我跨下去的一隻腳，僵在半空之中。

在剎那間，我的心中，著實矛盾得可以。我的的確確，不願意再和柯克船長在一起，但是，看一看那東西，也耽擱不了多少時間，又有甚麼關係呢？

柯克船長又道：「我已經答應讓你離去，你不在乎多逗留幾分鐘吧？」

我不禁嘆了一口氣，我無法不承認，好奇心太強，是我的最大弱點。雖然，無數有趣的事，也是因此而來，但是無數的麻煩，又何嘗不是由此而來？

我縮回了腳，轉過身來。柯克船長已經推開了兩個船員，來到了那木箱之前，俯身用手，用力扳開了木箱，那根石筍，已呈露在我們的眼前。

但是要等到柯克船長，將石筍翻了過來，我們才看到那露在外面的球面。

那是一種暗啞的銀白色，任何人一看到這種色澤，必然聯想到金屬。可是，據那特務頭子說，那並不是金屬，我本來是決定站立著不動的，但這時，在看到了那個球面之後，我就不由自主，向前走去。

柯克船長的神色更興奮了，他俯身用手撫摸著那灰白色的球面，漲紅了臉，叫道：「拿鎚子來！」

我忙道：「你要幹甚麼？」

柯克船長抬頭望了我一眼：「自然是砸碎石頭，將這球取出來！」

我還來不及表示我的意見，一個船員，已將一柄沉重的鐵鎚，交到了柯克船長的手中。

那時，我的心中十分亂，根本不知道該如何表示我的意見才好。

我現在就站在這根來自路南石林的石筍之前，而且，事實看來，再明白不過，這隻圓球，絕不是用手工鑲嵌進去的。任何人都可以看得出來，這圓球本來一定是深藏在石頭的內部，由於石頭的風化，那個圓球才現出了球面來。

要明白那個圓球中有著甚麼秘密，自然得將石頭打碎，將它完全取出來。

可是，當柯克舉起巨鎚，向下擊去的時候，我心中總有一股十分異樣的感覺，我感到柯克船長的行動是在破壞，而不是在建設。

可是，那種感覺，存在於我的心中，卻又是一個很模糊的概念，我無法具體地說出我的感覺來，是以在剎那間，我只是叫道：「小心些！」

「砰」的一聲響，柯克船長的第一鎚，已然擊下去。

他的臂力相當強，而石筍的質地，本來就不是十分堅硬，是以一鎚擊了下去，石屑四飛，可以看到的球面已經更多了！

柯克船長伸手去抹石屑，他顯得更興奮了，第二鎚又重重擊了下去。

那一鎚奏效更甚，將那根石筍，擊得斷成了兩截，那圓球已有大半露在外面了。

柯克船長敲下了第三鎚，鎚和石頭才一接觸，那隻金屬圓球，便自石中，滾了出來，柯克船長幾乎是向著那隻圓球，直撲過去的，他抱住了那隻球，捧了起來，看他的神情，像是餓極了的人，捧住了一個大麵包。

他的雙眼緊盯在那隻圓球，突然之間，他叫了起來：「天，這上面有文字！」

看到那隻圓球離開了石頭，本來我的心中，又已經決定，我離開的時候，應該到了。

然而，柯克船長那一下驚喜交集的呼叫聲，卻又將我留了下來。

我看到柯克船長抬起頭來，向著我叫道：「你快過來看，這上面有著文字，那好像是中國字，你快過來看看！那是甚麼！」

我實在忍不住心中的好奇，我甚至未曾考慮過，就大踏步向前走了過去，柯克船長仍然雙手捧著那圓球，只不過略向我伸了伸。

我也看到了，柯克船長並不是大驚小怪，那圓球上的確刻有文字，而且，看來也像是中國字，但我卻一眼就看出，那不是中國字——不是任何時代的中國字。

字一共有兩行，很小，很精緻，鐫刻得很深，一個一個，數了一數，一共是二十二個字。

當我仔細地看著那些文字之際，柯克船長的確是顯得很焦急，他不住問道：「甚麼字，說些甚麼？這圓球是甚麼東西？」

我搖了搖頭，道：「你問我也沒有用，我不認識這些字，它們不是中國字。」

柯克船長的知識的確不凡，他道：「或許那是中國古代的甲骨文？」

我仍然搖著頭，道：「不可能，我是中國人，對中國文字的沿革，也有過一定的研究。我可以肯定，這不是中國任何時候的文字。」

柯克船長又道：「或許，那是印度的梵文？」

我皺著眉頭，這二十二個獨立的文字，自然也不是印度的梵文，它每一個字，看來就像是一幅精細的圖畫，筆劃有粗有細，但是卻安排得極其均勻有致。

中國的文字組織上已經可說是無懈可擊的了，但是比起這金球上的二十二個字來，卻還是瞠乎其後。

柯克船長得不到我肯定的回答，但是他卻一點也沒有顯出失望的神色來，他大聲道：「你看，我沒有料錯吧，現在便可以肯定，地球上早在幾億年之前，就有過高度的文明，當時的人，能製造出這樣的圓球來，就像是……就像是……」

柯克船長揮舞著那圓球，我問道：「就像是甚麼？」

柯克船長高興地笑了起來：「就像是我們現代人，在每一次世界博覽會的時候，將現代文明的一切資料，放在一隻不銹鋼的球中，埋到極深的地下去一樣。我認為，在這隻球的內部，也有著同樣的，三億年之前，地球人的文明的一切紀錄！」

我深深地吸了一口氣。柯克船長的譬喻，十分恰當。他捧著那金屬球，向船艙中走了進去：「來，讓我們把它剖開來，我不相信你不想知道，我們上一代的人是如何生活的。」

我不等他的話講完，便已跟在他的後面，一起走進了船艙之中。

因為那發現實在是太誘人了。柯克船長口中的「上一代人」，並不是我們一般所說，和我們這一代，相隔只有三、四十年的上一代。

這「上一代」，和我們相隔，有幾億年。

地球的壽命，已經假定為四十五億到六十億年之間，而人的出現，或者說生物的出現，卻只不過幾千萬年的歷史，和地球的壽命相比較，實在微不足道。

那麼，是不是我們所知的生物出現之前，地球上的確已曾經出現過人？這些人，如果曾在地球中生活過，那麼，他們是如何滅絕的？

我在跟著柯克船長走進船艙中的時候，心中的疑問，此起彼伏，腦中只是「轟轟」的一陣亂響。

柯克船長將那圓球，放在桌子上，他的手下，已經推來了一座精巧的金屬刨床。

我直到這時候，才定了定神：「船長，你就在這裏，準備將它剖開來？」

柯克道：「自然，你看，我甚麼都準備好了，我知道，我要得到這隻金屬球，就沒有甚麼力量可以阻止我，我一定會得到的！」

我並沒有再說甚麼，因為柯克船長已經將那圓球，牢牢地夾在那刨床上，接上了電流，拉下裝有鋒利刨刀的槓桿，將刨刀接近那圓球。

當鋒利的刨刀，和那圓球接觸之際，刀鋒毫無困難地，就陷進那圓球之中。

我怪叫道：「小心些，如果你肯定球中藏有值得我們研究的東西！」

柯克船長道：「我會小心的！」

他果然小心地操作，他轉動著那隻圓球，讓刨刀陷進去大約半吋左右，團團切了一周，才抬起頭來。

他道：「我假定這個圓球的球壁是半吋厚，那麼現在鬆開夾子，就可以分成兩半了，如果還分不開，那麼我就再切進半吋。」

我點了點頭，表示同意他的做法，柯克船長開始扭鬆夾子的螺旋。

那時候，我和他兩人的心情，真是緊張到了極點。

因為，那圓球之中，究竟有甚麼，立時可以揭曉！

我看到夾子鬆開，柯克船長捧起了那圓球，在刨床上頓了頓，雖然那一道痕已相當深，可是那圓球卻並沒有齊中裂開來。

柯克船長抬起頭來：「還不夠深！」

我走近去，又看那圓球上的切痕，半吋深的切痕之內，仍然是那種灰白色的物質，我點了點頭，道：「再切深半吋試試。」

柯克船長又將那圓球夾牢，沿著舊切痕，再度用削刀，切深了半吋，切痕已經深達一吋了！

但是，當圓球取出來之後，仍然沒有裂開來。

我和柯克船長兩人，都齊齊吸了一口氣，已經有了一吋深的切割，圓球還未曾齊中裂開，那就是說，球壁比我們想像中更厚。

而球壁既然比我們想像中來得厚，那麼，除了將切割加深之外，也就不會有第二個辦法。

柯克船長又將圓球夾了起來，又切深了半吋之後，情形和上兩次一樣。

我和他兩人，手心都有點冒汗，當他進行第四次切割的時候，情形更緊張了，但是在割痕深達兩吋之後，取了圓球出來，仍然未曾分為兩半。

柯克船長將圓球放在刨床上，走過去，喝了一口水，才對我道：「衛斯理，你去試試，球壁竟厚得超過兩吋，這實在難以想像！」

的確，球壁那麼厚，這是有點難以想像的事，因為那圓球並不大，球壁厚達兩吋，它的中心部分，已沒有甚麼空間了。

我吸了一口氣，正待向前走去，可是也就在那一剎間，我聽到在刨床上的那圓球，發出了一下如同甚麼東西撕裂的聲音。

我和柯克船長立時向刨床上看去，由於接下來所發生的事，實在是我們萬萬意料不到的，是以我的敘述，可能有些顛倒，也可能有點混亂，但無論如何，對於以下當時所發生的事，我已是盡力而為的了！

當我和柯克船長兩人轉頭，向刨床上望去之際，我們看到，那圓球已然裂了開來，圓球好像是被一種強大的力量硬生生撕裂的，我們都可以清楚地看到，圓球在裂開之際，那種灰白色的物質，被拉成很多細絲，我和柯克船長都興奮地叫了起來。

我們之所以發出興奮的呼叫聲來，自然是因為那圓球終於裂了開來，我們可以知道在那圓球之中，究竟是甚麼了，但是，我們的叫聲才一出口，在不到百分之一秒的時間內，我們看到有一樣東西，自那圓球之中彈了出來！

那東西射出的速度極高，以致我們根本無法看到那是甚麼東西。

自圓球射出的東西，「啪」的一聲響，射在刨床上的鋼支桿上。

直到那時候，我們才看清，那是一隻如同高爾夫球大小的小鐵球，那小鐵球附在金屬槓桿上。

我們可以看清那小鐵球的時候，也不會超過百分之一秒，緊接著，整座金屬製成的刨床，就像是紙紮的一樣，又像是一股極大的力量在擠搾它一樣，迅速地扭曲，擠成一團。

而在這不到兩秒鐘的時間內，船艙內所有的金屬物品，一起飛舞起來，以極高的速度，飛向扭曲的刨床，附著在刨床之上。

同時，只聽得在船艙之外的人，一起驚呼了起來，在我們根本來不及知道是發生了甚麼事之際，一下隆然巨響，一隻錨，破壁而入，飛了進來，撞向那隻扭曲了的刨床。

柯克船長大聲叫了起來，他全然是為了驚恐，是以才大叫起來的，我在那一剎間，直覺地感到，這艘船靠不住了，我一拉他的手臂：「快走！」

我們兩人一起向船艙外衝去，一出船艙，只見船舷上的不銹鋼欄杆，已在迅速地扭曲著，船上的人，亂成了一團。

我大聲叫道：「快跳下水去！」

我和柯克船長，是同時跳進水中的，在我們跳進水中去的時候，聽到了幾下慘叫聲，那是有幾個人被飛舞著、投向船艙中的鐵器擊中時發出的聲響。

我一進入水中，便拚命地向前游，當我游出了三、四十碼之後，才轉過身來。

那時，發生在海面上的事情，真令我看得目瞪口呆。

那隻遊艇，像是被一種極其巨大的力量在擠搾著，木片在那種擠搾之中，紛紛飛向半空，發出劈劈啪啪的聲音，而船身在漸漸縮小，終於，縮成了一團，水面上浮滿了木片和油污，那艘遊艇，已經變成了一團，沉進了水中，泛起了一陣泡沫。

前後還不到三分鐘！

海面上浮著不少人，柯克船長正在向我游來。

當柯克船長游到我身邊的時候，他急速地喘著氣：「甚麼事，發生了甚麼事？」

我苦笑道：「你一直和我在一起，如果你不知道發生了甚麼事，我也不知道。」

柯克船長一面划著水，一面仍然喘著氣，事實上，每一個浮在海面上的人，都現出極其驚駭的神情來。

我一定也是一樣，我雖然看不到自己的臉，但是總可以感到我臉上的肌肉，在不斷地跳動。

人漸漸向柯克船長游了過來，其中有兩人，居然將一隻翻轉在海面的救生艇，翻了過來，我們都向那艘救生艇游去。

等到所有的人都上了救生艇，柯克船長點了點人數：「不見了十一個人。」

救生艇上，沒有一個人出聲，這時，大海的海面上，平靜得像是甚麼事也未曾發生過一樣，只不過是那艘設備精良的遊艇已經不見了，而海面上有許多木片和油花，正在飄開去。

柯克船長轉過頭來，望定了我：「甚麼事？是不是發生了爆炸？那圓球中心，是一顆炸彈？」

他在那樣說的時候，語氣是猶豫不定的。遊艇在剎那之間毀滅，那使人自然而然，聯想起突如其來的爆炸。

我緩緩地搖了搖頭，才從海中掙扎上救生艇，自然不會感到舒服，而且我們在大海中漂流，前途茫茫，只是充滿了極度的疑惑。

我一面搖著頭，一面道：「船長，你應該知道，如果是突如其來的爆炸，你和我都絕對逃不出來。」

柯克船長是一個極其堅強的人，關於這一點，實在是不應該有絲毫疑問的，可是，那時他在講話的時候，聲音中卻帶著哭音。

他道：「那麼，是甚麼力量，毀滅了我的船？」

在救生艇上，沒有一個人回答得出來。

當事情發生之際，只有我和柯克船長兩人在那個艙中，如果我們兩人也得不到答案的話，那麼，其他人自然更不知道了。

在靜默中，有一個人忽然哭了起來，我循著哭聲看去，在哭泣的人，是一個身形十分魁偉粗壯的大漢，可是這時，他卻哭得像一個小孩子一樣。

他一面哭，一面道：「我們一定是觸怒了上帝，一定是上帝在懲罰我們！」

柯克船長突然呈現一種不可控制的情緒，大聲吼叫了起來，道：「你別觸怒我，觸怒了我，比觸怒上帝，還要可怕得多。」

那大漢雙手掩著臉，仍然在哭著：「沒有甚麼再比剛才發生的事可怕的了，世界上不會有更可怕的事了。」

柯克船長的面色慘白，一句話也說不出來。

這時在救生艇中的那麼多人，我最鎮定。我聽得那大漢這樣說法，心中陡地一動，略為挪移了一下身子，來到了他的身邊，在他的肩頭上拍了一下，那人神經質地震動了起來。

我道：「兄弟，事情已經過去了，你可以告訴我，當時你在哪裏？」

那大漢失神落魄地道：「我在機房。」

我又問道：「在那裏發生了甚麼事？」

那大漢的身子，劇烈發起抖來，我又道：「你自然不知道究竟發生甚麼事，但如果你將當時的情形，詳細說一說，或許我們可以找出事變的原因來。」

那大漢又抖了好一會兒，才道：「我……正在機房中，有三個人和我在一起，所有的機器，突然扭曲起來，也們都像是有生命一樣，離開了原來的位置，向牆上撞去，兩吋直徑的鐵桿，扭曲得像是麵條一樣，所有的螺絲、釘子，先飛了出來，陷進了牆中，那三個人避得不夠快，被機器撞在牆上，撞得……接著，機器撞破了牆，天啊，我們一定是觸怒了上帝！」

我的身子也微微發起抖來，因為那大漢的敘述，使我想起了我和柯克船長眼前發生的事：那張刨床，在我們的眼前，好像一隻紙紮成的東西一樣，迅速地擠成了一團，那種情形，實在令人不寒而慄！

我望了望柯克船長：「船長，你明白了麼？」

船長搖著頭，沒有說甚麼。

我又道：「船長，你應該明白了，事實是，突然之間，有一股極強大的力道，對金屬，特別是鐵，發生作用，所有的鐵全被破壞，你的船被那股強大的力道，將船中的鐵全壓了出來，就此毀滅了，而來不及逃生的人，便被鐵壓在中間，壓死了。」

柯克船長喃喃地道：「那……那是甚麼力道，甚麼樣的力道強大得如此驚人？」

我的心中十分亂，但是我還是得出了一個頭緒來，我道：「照這樣的情形看來，是磁力，極大的磁力！」

救生艇上所有的人，都張大了口，合不攏來。

磁力是小學生都明白的一種力量，但是磁力強大到這種地步，這卻又不是任何人所能接受的了。

我又道：「將一塊磁鐵放在鐵粉之間，會怎麼樣，柯克船長？」

柯克船長苦笑了一下：「所有鐵粉，都向磁鐵附去，附在磁鐵之上，可是——」

我揮了揮手，打斷了他的話：「現在的情形，就是這樣，所有的鐵鑄品，全部都飛向那強大的磁力來源，就像是鐵粉一樣！」

柯克船長有點結結巴巴地道：「你是說，在那圓球中心，是一塊磁力強大到了極點的磁鐵？」

我嘆了一口氣：「一定是，那圓球本來對磁力起著隔絕作用，船長，我們闖禍了！」

柯克船長的神色蒼白，我又道：「現在，遊艇中的鐵，被那點磁力中心作用，扭曲成了一個大鐵球，這個大鐵球，會受感應而變成一塊更大的磁鐵，那磁力是如此之強，我們闖禍了！」

柯克船長喃喃地道：「可是……可是它已沉進了海底！」

我搖著頭，道：「這是一股超乎我們想像力之外的強大磁力，我相信——」

我才講到這裏，就聽到海面上，傳來了一下又一下急速的輪船汽笛聲。

我停了口，救生艇上許多人，都現出十分興奮的神色來，有船來了，他們自然都以為自己可以得救了！

但是我卻一點不樂觀，相反地，我心直向下沉。

第九部：魔鬼一樣的強大磁力

汽笛聲愈來愈近，一艘船已在我們的視線之內出現，我已經可以看清它是一艘相當舊的貨船，但是它向前駛來的速度之快，令得我們每一個人，目瞪口呆！

它簡直不是向前駛來，而是向前直衝了過來的，速度之快，簡直可以和噴射機衝向跑道時的速度相比擬。一艘這樣殘舊的貨船，不可能以那樣的高速行駛，但是現在，它的確以那麼高的速度向前衝來。

我們都可以看到，這艘船的船身，在搖擺著、震盪著，也可以看到船員在甲板上慌張地奔來奔去。

我突然之間，衝動地叫了起來：「快棄船！」

可是，不論我如何叫，船上的人自然聽不到，然而我還是不斷叫著，直到柯克船長的手，緊緊握住我的手臂，我才停止了叫喚。

而這時候，事情已經發生了。

那艘貨船，來到了剛才我們那艘遊艇沉沒的地方，突然傾側，我們離開那地方並不遠，都可以聽到鋼板的斷裂聲，也可以看到貨船身上的起重機架，折裂、倒下，迅速地沉入海中。

那種下沉，和鋼鐵在海中的自然下沉不同，顯然是被一種極大的力道硬扯下去的，是以在海面上出現了巨大的漩渦。

我們也看到，這艘貨船上的船員，在貨船傾側之際，有很多個跌進了海中，他們在海面上，根本連掙扎的機會也沒有，就隨著急速旋轉的漩渦，而被捲進了海底。

那艘傾覆了的貨船船身，急速向下沉去，轉眼之間，便被海水吞沒。

但是事情到這裏，還沒有完全完結，在貨船被海水吞噬之後，許多木箱浮了上來，那些木箱大都全被擠碎了，但中間也有一、兩個是完整的。

木箱在海面上漂了開去，整艘船上的人，竟沒有一個浮上水來。我想像著那些船員被夾在扭曲的鋼板之上，變成了死人的情形，忍不住想嘔吐。

救生艇上沒有一個人出聲，因為剛才發生的事，實在太恐怖了，就像是世界末日一樣。過了好久，我才低聲道：「你猜那艘貨船，在海底變得怎麼樣了？」

我那時講話的語氣，就像是我自己在問自己，在我的話出口之後，也沒有人來搭腔。

過了好一會兒，柯克船長才道：「根據你的想法，那艘貨船上所有的鋼鐵，一定已將我的遊艇包住，而這些鋼鐵，也已受了感應，變成了強力的磁鐵！」

我點了點頭，突然之間，我尖叫了起來：「我們得趕快向全世界發出警告，警告所有的船隻，不能經過這裏，也警告所有的飛機，不能飛臨這裏的上空！」

當我在那樣尖叫的時候，我的神情，實在已經處在一種極不平衡的狀態之中了，而所有的人，都睜大了眼睛望著我。

我以一種不能遏制自己衝動的姿態大聲喝道：「你們望著我做甚麼？」

柯克船長這時倒比我還要鎮定些，他道：「他們除了望著你之外，也實在沒有別的辦法，我們自己也在海上漂流，有甚麼法子可以通知全世界？」

我不由自主，喘起氣來。

不錯，我們正在海上漂流，我們無法確定自己現在是在甚麼方位，也絕沒有法子呼救。而且，我們離兩艘船沉沒的地點，也愈來愈遠。

我極力使自己鎮定下來：「船長，你還記得我們出事地點的正確位置？」

柯克船長望著我，像是一時之間，不明白我那樣說法是甚麼意思。

我道：「如果你記得，那麼我們一脫險，就立時可以向全世界發出警告。」

柯克船長又呆了片刻，才喃喃地道：「我記得，可是我們甚麼時候脫險呢？」

的確，我們甚麼時候，才能結束在海上的漂流呢？

大海在許多文人的筆下，美麗無匹。的確，當你在豪華的船上，欣賞著海景的時候，大海是美麗的，但是當七、八個人擠在一艘救生艇中，作毫無希望的漂流之際，觀感就完全不同了。

我說我們的漂流是「毫無希望」，倒一點不是誇大之詞，我們逃走得既然如此倉皇，自然不可能有任何食物、飲料帶出來。在太陽的蒸曬下，我們每個人的臉上，都已泛起了一層鹽花。

而且可以看得出，在很多人的臉上，已經有著死亡的陰影在籠罩著了。我們甚麼時候可以遇救呢？根本沒有人說得上來！

天慢慢黑了下來，當猶如一團紅火㨾的太陽在海面上消失之後，天完全黑了，救生艇仍然在海面上漂著，有一個人想拉開喉嚨唱歌，可是他發出來的聲音，卻令人無法忍受得下去。

柯克船長大聲喝道：「住口！」

那人卻突然站了起來：「你已不再是船長了，我喜歡怎樣就怎樣！」

直到這一刻，我才見到柯克船長兇狠得令人難以置信的一面，救生艇是那麼小，但是柯克船長在那人的話才一出口之後，還是向前疾撲了出去，他雙手立時扣住了那人的脖子。

救生艇在劇烈地震盪著，搖晃著，我趕緊也撲了過去，想將柯克船長的手拉開來，但是柯克船長的氣力是如此之大，以致我竟拉之不動。

那個剛才對柯克船長出言不遜的人，現在嚐到了苦果，他的雙眼，緊緊凸了出來，他雖然還在掙扎著，但已經漸漸忍受不住了！

我看到這等情形，揚起了手掌來，就待向柯克船長的後腦，劈了下去。

雖然，這絕不是適宜打鬥的時刻和地方，但是看來，除非能將柯克船長擊昏過去，不然，我想那人一定要被柯克船長扼死了。

可是，就在我揚起手來之際，柯克船長竟然先發制人，他的雙手並沒有鬆開那大漢的脖子，他只是將那大漢陡地拉近，雙臂一縮，雙肘便重重撞在我的胸前。

那一撞的力道極大，而且是我絕不會提防的，我的身子一晃，幾乎跌下海去！

我自問要和柯克船長對打，不會敵不過他，只是當我又站定了身子之際，我已沒有必要再和他打鬥了，因為剛才被他雙手扼住脖子的那人，已經倒了下來，誰都可以看得出，他已經死了！

柯克的面色鐵青，他嘶啞地叫道：「我是船長，我仍然是船長，你們明白了麼？」

除了我之外，所有的人都立時叫道：「是！」

有兩個人討好地道：「船長，將這個人拋下海去吧！」

柯克船長冷冷地道：「不，留他在救生艇上，我們可能要靠他來救命！」

顯然是每個人都明白柯克船長那樣說法是甚麼意思，因為剎那之間，人人都靜了下來。

我自然也明白柯克船長那樣說是甚麼意思，是以我的心頭，起了一股異樣的噁心之感，我忍不住叱道：「柯克，你在提議我們吃人肉？」

柯克倏地轉過身來，向我發出獰笑，在黑暗中看來，他的兩排牙齒，在閃閃生光，他尖聲道：「是的，兄弟，吃人肉，而且是生的！」

我急速地喘著氣，柯克一定是瘋了，沒有一個神經正常的人，會說出如此可怕的話來的。

但是，我卻又不得不承認，柯克船長這時的面色雖然難看，然而他的神情卻很鎮定，他直視著我，又用他那種冷酷無情的聲音道：「不必太久，當我們在海上漂流四日或是五日之後，你就會因為少分一隻手指，而和人打架，兄弟！」

我並沒有再回答他，我也絕不想再回答，我只是在恨自己，何以在柯克讓我離去的時候，我竟然不走，而留下來要看那隻圓球。

如果我當時走了……

這樣想，其實是毫無意義的，因為事實上我未曾走，以致現在，和這個公然倡議將死人留下來吃的瘋子，同在一艘救生艇上！

我的一生之中，有著許多不可思議的經歷，也有很多，是極其恐怖的，但是再沒有比現在的處境，更令人作嘔的了。

柯克船長還在盯著我，看他雙眼之中所發出來的那種暗綠色的光芒，簡直比一頭專吃腐肉的老鼠還要不堪，我厭惡地轉過頭去，海水黑而平靜，而柯克船長則在我轉過頭去的那一剎間，桀桀怪笑起來。

我實在很難詳細說出這一夜，是怎麼過去的。在大多數的時間內，所有的人都保持著沉默，間中，有人在發出低沉的埋怨聲，我幾乎一直望著海面。

奇怪的是，我一點也不感到飢餓，或許是柯克船長的行為，仍然使我感到要嘔吐的緣故。但是我覺得口渴，異常地口渴。

我曾在沙漠中迷失過路途，也曾被口渴痛苦地折磨過，但是現在，我至少明白了一點，在沙漠中感到口渴，和在海中感到口渴，完全不一樣。

在沙漠中，你根本見不到水，口渴的時候，還可以勉強忍受，但是在海中，你極目所見的全是水，然而，你又不能喝那些水，海洋在地球上佔那麼大的面積，而人竟然不能飲用海水，這實在是一個莫大的諷刺。

我已記不清楚自己第幾次用幾乎乾枯的舌頭，在舐著乾裂的嘴唇了，我想使自己睡著，但是卻無法做得到這一點，雖然事實上，我疲倦透頂。

然後，在不知經過了多少時間之後，天亮了。

我慢慢地轉過頭來，救生艇上的每一個人，雙眼之中，都佈滿了血絲，臉上也都帶著死亡的陰影。

我才轉過頭去，柯克船長便盯住了我，我心中立時想到，柯克和他的手下，都是一些窮凶極惡的罪犯，他們一旦在海上獲救，也必然難以逃得脫法律的制裁，那麼，就算有船隻出現，他們會怎樣呢？

我找不出答案來，我只可以肯定一點，那就是至少在現在，他們是盼望獲救的。

那個死人仍然在救生艇上，事實上，也很難分辨得出那是一個死人，因為每一個活人的臉色，都和死人差不多。我們在海上漂流了還不到二十四小時，情形已經變得這樣糟糕了，真叫人難以想像，再下去，會有一些甚麼樣的事情發生！

我閉上了眼睛，陽光曬得我沾滿了鹽粒的皮膚，隱隱生痛。我那時候在想，我一定可以比所有的人支持得更久，那是因為我曾經受過嚴格的中國武術訓練之故。但是，柯克船長是不是會讓我支持到最後呢？

正當我在那樣想的時候，突然間，好幾個人，一起叫了起來，我知道有甚麼事發生了，我立時睜開眼來，我看到了一隻船。

那是一艘中國式的木帆船，雖然是一艘漁船，三根桅上全張著帆，它正在向著我們駛來。

救生艇上有好幾個人不由自主地跳著，以致令得救生艇幾乎傾覆，柯克船長大聲呵叱著，各人才靜了下來，柯克先下令將那死人推到海中，然後轉過頭來，對我道：「先生，跳下去！」

我早已想過這一個問題，是以我那時表現的鎮定，很令柯克船長吃驚。

我緩緩搖著頭：「你以為我會服從你的命令？你才應該跳下去！」

柯克船長獰笑著：「有船來了，我們必須獲救，如果你在，我們會被送進監獄，你別以為你敵得過我們這麼多人！」

我回頭向那艘漁船望了一眼，大約再有三十分鐘，它可以駛近我們了，我道：「在陸地上，或者不能，但是在這艘小艇上，你不妨試試。」

柯克船長陰森地道：「你堅持要和我們在一起，那也好辦，上船後，我就會將船上所有人殺掉！」

我的心中陡地一凜，柯克船長是說得出做得到的，但是我立即更形鎮定。來的是一艘中國漁船，毫無疑問，船上一定是中國漁民，而我是中國人，我有太多辦法，來對付柯克船長。柯克船長一面說著，一面立時揮了揮手，兩個人向我撲了過來，但也立時被我揮拳擊中了他們的咽喉，令得他們痛苦地伏了下來。

我大聲道：「我可以將你們一個個拋下海去，來的是一艘中國船，你們自然也看到了，想要獲救的人，應該全聽我的指揮。」

還有兩個人，已然站了起來，想要來對付我的，但是聽了我的話，他們都呆了一呆，柯克船長大聲吼叫著，推開了那兩人，向我衝了過來。

他和我打鬥，並沒有持續多久，我已拗過了他的臂骨，令得他的臂骨，發出「格格」的聲響來，全然無法做任何的反抗。

而這時，那艘漁船，離我們的救生艇也只不過三十碼左右了，那是一艘大型的機動帆船，我不知道他們是從哪裏來的，可能是台灣，或者是香港、新加坡，但船上全是中國人，我已可以肯定了。

救生艇上所有的人，這時全部都站了起來，我放大喉嚨吼叫道：「你們聽著，這救生艇上，全是強盜，你們千萬要小心！」

我用幾種不同的方言，叫著同樣的話，等到我用到閩南一帶的方言，那漁船上的人，有了反應。

那時，船已離救生艇只有十來碼了，有五、六個人，甚至急不及待地跳下水中，向漁船游去。

我又叫道：「別讓他們上船，他們全是窮凶極惡的強盜，別讓他們上船。」

我一面仍然扭緊了柯克船長的手臂，自柯克船長的口中，發出了一陣如咆哮也似的聲音來。

漁船的引擎早已停止活動了，但是漁船還在向前滑來，終於「砰」的一聲響，撞在救生艇上。漁船上的人果然聽我的話，有幾個人游到了船邊，向上攀去，但是漁船上的人紛紛用竹篙將那些人，重又刺回到海中。

船上的兩個人，拋下了繩索，我命令還在救生艇上的人：「將救生艇拴好！」

那些人略為猶豫了一下，有兩個人就照我的話去做，等到繩子拴好了之後，我用力將柯克船長向前一推，推得他向前跌出了兩步，然後，我手足齊用，沿著繩子，爬到了船上。

我一到了漁船上，就向還在海水中掙扎的人叫道：「上救生艇去，你們會得到水和食物，如果一定要上船，那只有死！」

那些人上不了船，只好紛紛向救生艇游了過去，我喘著氣，轉過身來：「請駛到最近的港口去，給他們食物和水，我有極緊急的事！」

那船上的漁民呆了半晌，才由一個年老的漁民問我：「先生，你究竟是甚麼人？」

我自然無法和他們解釋我究竟是甚麼人，以及發生了甚麼事，是以我只好道：「請你照我的話去做，我負責賠償你們的任何損失，你們的船上，可有無線電通訊設備？」

那老年漁民搖了搖頭，道：「我們只有收音機。」

我道：「最近的港口在哪裏？」

那老年漁民說了一個地名，我甚至未曾聽到過這個地名，然而我卻毫無選擇的餘地，我必須盡快趕到任何有通訊設備的地方去。

是以我道：「好，就到那裏去！」

一個小伙子捧了一瓢水來，我大口喝著，向下望去，柯克船長他們，全在救生艇上。

我吩咐漁民將食物和水吊下去，然後，船便向前駛去，漁船一向前駛，救生艇便變成掛在漁船的後面，漁船的速度相當高，海水不時濺進救生艇中，在救生艇中的人，自然不會十分舒服。

但是，想想他們全是窮凶極惡的犯罪分子，柯克船長剛才還在威脅著要殺死船上的所有人，那也就絕不值得去同情他們。

我在甲板上躺了下來，向漁民借了收音機，收音機中，正在報告著一艘貨船突然在海上消失的消息，說是搜索船隻和飛機，正在進行搜索。

聽到了這個消息，我的心中，更是著急，因為去搜索那艘貨船的船隻和飛機，可能遭到如同那艘貨船同樣不幸的命運。

漁船在黃昏時分，抵達了那個小港口。

在那半天的航程中，我不時注意柯克船長。他在救生艇上，只是雙手掩著臉坐著，除了曾喝過幾口水之外，他甚至不吃任何東西。

從他的樣子看來，他極其沮喪，自然，他有值得沮喪的理由，因為他雖然曾經有好幾次佔上風，但是終於全盤失敗。

我們的漁船，並沒有直駛向碼頭，而且在離碼頭還相當遠的地方，停了下來，我請兩個漁民，去和水警聯絡，等到一艘破舊的水警輪駛向我們的時候，我才知道，那是泰國的一個小漁港。

上漁船來的那位警官很年輕，當他聽到了我說，在救生艇上的那些人，是著名的海盜柯克船長和他的部下時，他高興得忍不住叫了起來。

試想想，全世界的警務人員都想將之拘捕的著名犯罪分子，竟落在這個小地方的警官手中，對那位年輕的警官而言，實在沒有一樣禮物，再比那個犯人，更令他興奮了。

他立時大聲發著命令，救生艇上的人，全被銬上了手銬，我又表示有緊急的消息，要利用長途通訊設備，那警官立時派出了一艘快艇，將我送到了當地的警局。

這是一個小地方，警局的簡陋，簡直令人難以置信，但是總算可以接通長途電話，我叫出了傑克辦公室的號碼，等了足足有二十五分鐘之久。

在那二十五分鐘之內，我不停地喝著水，抹著汗，我焦急得幾乎以為我不能聽到傑克的聲音了！

但是我終於聽到了他的聲音，我道：「上校，我是衛斯理，我在泰國！」

傑克上校沒好氣地道：「你在泰國幹甚麼？」

傑克上校曾被柯克船長反鎖在密室中，他雖然已經脫困，但是心情一定不會十分好。

而我在這時，卻無法理會他的心情是不是好，我必須盡快地將消息告訴他。我道：「上校，我有一件十分重要的事，有一艘貨船神秘失蹤了，是不是？請盡快通知，任何船隻或飛機，都不可以接近那個地區！」

接著，我就向傑克說出了那地區的正確位置。

傑克上校呆了片刻：「為甚麼？你在發甚麼神經？」

我道：「在電話中，我很難向你說得明白，請你照我所說的去做，我已經將柯克船長和他的十幾個部下，交給了泰國的警方！」

傑克上校一聽到柯克船長的名字，立時大聲罵了起來，他罵得十分激動，我自然知道是甚麼使他如此激動的。我等他罵完，才道：「我盡快趕回來，但是請你先將我剛才的警告轉達出去。」

傑克上校道：「好。」

當我放下了電話之後，長長地吁了一口氣，直到這時，我才明白自己是如何地疲倦和飢餓。

泰國的警察總部特地派了一架飛機來，這個小港口根本沒有機場，是以派來的是一架水上飛機。

我是和柯克船長和他的部下，以及幾個地位極高的警官一起到達曼谷，然後，我不理會他們的挽留，而立時飛了回來。

傑克上校在機場上等我，他一見我下機，便立時迎了上來：「我轉達了你的警告，但是，各方面都想知道為甚麼？」

我道：「想知道為甚麼的人在哪裏，你可以召集他們，向他們報告！」

傑克上校道：「自然可以，你先回家去，兩小時後，到警方的會議室來。」

我的的確確需要回家休息一下，雖然只有兩小時的時間，也是好的，所以我點著頭，向前走去，白素和傑克完全不一樣，她只是站著笑著，像是她的丈夫不是死裏逃生，劫後歸來，而像是一次普通的旅行回來一樣。

她也知道我夠疲倦的了，甚至不向我問甚麼，到了家中，我舒服地坐在陽台上，才將此行的經過，向她詳細說了一遍。

第十部：永耗不盡的動力

等我說完，白素才吃驚地道：「那怎麼辦？那麼強大的磁力，存在於海底，豈不是會造成巨大的災禍？」

我嘆了一聲：「自然不能讓它就此停在那海底，得設法將它移走。」

白素苦笑著：「將它移走？用甚麼東西移動它？甚至不能有一點鋼鐵接近它！」

我呆了半晌，才道：「只好用木頭船了！」

白素沒有說甚麼，她下廚替我煮了一碗清湯火腿蝦仁麵，當我吃完了那碗麵時，和傑克上校約定的時間，也已經差不多了。

果然，我放下筷子不久，傑克上校的電話就來了！他道：「有關人員全部到齊了，請你立即就來。」

我問道：「到你的辦公室？」

傑克道：「不，你直接到會議室來，想和你見面的人十分多，多得出乎你的意料之外！」

我放下電話，白素看到我神態十分疲憊，立時道：「我和你一起去，我送你去。」

我握著她的手，我們一起出了門，在三十分鐘後，我們就來到了會議室的門口，一位守在門口的警官，一看到了我們，就推開了門，我和白素才一走進去，就嚇了一跳，整個會議室中，密密麻麻，全是人！

那是一間相當大的會議室，足可以容納七八十人而顯得很寬裕，但是現在，足有兩三百人，那自然顯得極其擁擠了。

我呆立在門口，傑克上校向我走來，他在我身邊站定，但是卻面向著眾人，大聲道：「各位，這位就是衛斯理先生，和他的夫人。」

會議室中，立時響起了一陣交頭接耳的嗡嗡聲，但是這陣聲音，很快就停了下來。

傑克上校又對我道：「人太多了，我不一一向你介紹，我們所有的客人，全是各國的領事、軍方的代表，以及船公司、航空公司的代表。」

我放眼看去，可以看出，在會議室中的那些人，都是很有身分的人物，而且他們的神態，也大都顯得十分焦躁不安。

我點了點頭，傑克上校道：「好了，現在，你應該向我們解釋一下，為甚麼你要求所有的船隻和飛機，不經過那個區域，並且請你報告，目擊那貨船失事的情形。」

我緩緩吸了一口氣，這件事，要說起來，千頭萬緒，真不知應該如何說才好，但是我必須詳細說明，因為這件事關係實在太重大了！

我略想了一想，就道：「請各位耐心一點聽我講，因為這件事，非從頭說起不可！」

雖然我說「要從頭說起」，但是事實上，我仍然省略了很多不必要的部分，我首先提起雲南省的石林，接著，便說到了石林中的一根石筍，有一個圓球的表面，露在外面，引起了某國特務的垂注。

當我說到這裏的時候，我看到座間有三四個人，現出相當不安的神情來。

不用說，他們一定就是某國的外交人員了。

接著，我便說到柯克船長邀我合作，我並未提及我和柯克船長之間的反覆糾葛，而立即說到，柯克船長終於在海底得到了那根石筍，取得了那個圓球，就在他的遊艇上，剖開了那個圓球。

然後，我就敘述著發生的事：遊艇的毀滅，我們漂流在海上，貨輪衝過來，也沉沒在同樣的地點。

我講完了這些事實，略頓了一頓，那時，會議室中靜得出奇，一點聲音也沒有。在我還沒有開口之前，傑克上校問道：「那是一種甚麼力量？」

我的聲音，變得相當低沉，我道：「照我的推斷來看，那是一股極其強大的磁力。」

這句話一出口，會議室中，立時又響起了一片嗡嗡聲來，我立時提高了聲音：「聽來，那像是不可能的事，但是我相信我的推斷正確！」

有一個中年人站了起來：「如果那是強大的磁力，那麼，照你來說，應該引起地球磁場的變化才是！」

另一個身形高大的中年人也站了起來，他朗聲道：「我支持衛先生的看法，各位，我接到我們國家好幾處觀察站的報告說，地球磁場，曾經在衛先生所說的那段時間中，連續受到干擾。」

會議室中的話聲更雜亂了，我大聲道：「請各位靜一靜，聽這位先生再說下去！」

那身形高大的中年人又道：「可是這種干擾，在兩小時之中，迅速減弱，終於變成零。」

我呆了一呆：「這是甚麼意思？」

那人道：「這證明在地球的某一地區，的確出現過一股強大得不可思議的強大磁力，但是這股磁力，雖然強大到足以影響整個地球磁場，但是在兩小時之中，不斷減弱，直到磁力完全消失。」

我呆了片刻：「你的意思是，這股磁力，現在已不再存在了？」

那人道：「從我得到的資料來看，結果正是如此。」

我心中感到十分迷惑，那股強大之極的磁力，如果真的消失了，那自然是大大的幸事。

可是，它是不是真的消失了呢？

會議室中，各人交頭接耳，議論紛紜。白素低聲在我耳際講了兩句話，我立時道：「各位，要證明這件事，是很簡單的，我們可以請本埠的警方，安排一艘大木船，讓我們到那地方去觀察一下！」

那個身形高大的中年人道：「事實上，可以用任何船隻，駛近那地點，因為磁力已然消失了，我相信科學儀器的探測紀錄。」

有好幾個人同時道：「我們總得去看一看！」

「我們總得去看一看」的這個提議，得到了大多數人的同意。傑克上校立時去安排船隻，一組科學研究人員，也去安排儀器，我們定在明早出發。

在未曾經過實地觀察之前，為了小心起見，大家也都同意，船隻和飛機暫時不經過那個區域。

第二天，一共是三艘帆船，載著我們出發。

海面上風平浪靜，視野無垠，為了小心起見，每艘船的船首，都安置著磁力反應儀器，準備一旦儀器有了報告時，立時棄船而登上事先準備好的小木艇。

本來，我們準備完全採用木船的，但是那畢竟是一個相當長的航程，用木船的話，實在太浪費時間了，是以採取了折衷的辦法，用機帆船前往，而一等到磁力測定儀有非常的反應時，就立時棄船。

在海上航行了幾小時，我又經過了一夜充分的休息，可以說是神清氣爽，我所在的那艘船，站在最前面的，是一位極有經驗的航海家。

當船漸漸駛近失事地點的時候，所有的人都緊張了起來，每一個人都圍在磁力測定儀的附近，觀看儀器是不是有甚麼反應。

儀器上的指針，一直在正常的位置上，離出事地點越來越近了，仍然沒有變化。

傑克上校望著我：「消失了！」

我雖然心中仍十分疑惑，不明白那樣強大的磁力，何以會消失，但是到了這時候，我不得不承認，磁力的確已消失了。

望著平靜的海面，我點了點頭：「看來，那股磁力的確消失了！」

傑克上校望著我，突然有點不懷好意地笑了笑：「或許，根本沒有這股磁力！」

我只覺得氣往上沖，如果不是甲板上有許多人在，而且其中還有不少外交人員的話，我一定會叫傑克上校下不了台。

但這時，我壓抑著自己的怒意，冷笑地道：「上校，你使我想起海中的珊瑚蟲！」

傑克上校漲紅了臉，一轉身，走了開去。

他想否定曾經有過那股磁力的存在，自然是不可能的，因為世界各地的紀錄，都有指示出在那時間中，地球的磁場，曾受干擾。

在經過了一夜之後，已經獲得了更多的資料，好些地方的無線電通訊，也曾受到強烈的干擾，其干擾的程度，在太陽黑子最大的爆炸之上。

各地的天文台也曾提出報告，有天文台負責人，甚至認為太陽上產生了一種新的、未可測的爆炸，是以造成這種現象的。

然而我卻明白得很，造成這種現象的，只是一個小圓球——不會大過乒乓球的一個小黑球！

船終於抵達了目的地，在海面上，沒有記號可以辨認，但是柯克船長記得遊艇出事時的準確位置，我們就是根據這個位置而來的。

海面上極之平靜，儀器也一點沒有不尋常的反應。三艘船連在一起，所有的人又聚集在一起。

傑克上校大聲宣佈道：「好了，事情已經成為過去，我們大家可以回去！」

一個海洋學家道：「為了妥當起見，我想應該潛到海底去看一看，好在我們有潛水的設備，也有潛水人員在。」

這一個提議，得到了很多人的附和，傑克上校轉過頭，向我望來：「你自然也想潛到海底去看個明白的了，是不是？」

我冷冷地道：「如果你批准的話！」

傑克上校的權力很大，但是自然還未曾高到了可以禁止我潛入海底的地步。是以他立時明白我這樣說，是在諷刺他，他又狠狠瞪了我一眼。

我很明白他的心情，他曾經吃過柯克船長的大虧，而捉住了柯克船長的卻是我而不是他，而且，柯克船長，現在是在泰國警方手中！

傑克瞪了我好一會兒，才道：「你本來就是受到國際警方特別看待的人員，這一次，經手捉到了柯克船長，自然更非同尋常了！」

我不禁笑了起來，我之所以感到好笑，不僅是因為傑克上校的器量小，而且是因為我已經料到他是因為這件事在和我不開心。

我一面笑著，一面道：「上校，那要歸功於你的領導有方！」

上校的臉漲得更紅了，他厲聲道：「你不要肆無忌憚地諷刺我！」

我裝出驚訝的神情：「咦，難道我說錯了，我對泰國警方的負責人，就是那樣講的，我相信國際警方一定也收到了同樣的報告！」

傑克上校的怒意立時消失，在他的臉上，現出了驚喜的神情來：「真的，你怎麼向人家說，我可以先知道內容麼？」

我道：「我說，我是受你的指導，才能夠對付柯克船長的，一切全是你的功勞！」

傑克搓著手：「也不能那麼說！」

我笑了起來，我早已料到我和傑克上校之間，會有今日這樣的情形出現，是以我也的確曾將一切逮捕柯克船長的功勞歸於他，我並不是要向他討好，而是我一則無意於這種功勞，二則，我和傑克上校，以後總會見面，何苦叫他一見到我就不高興？

傑克伸出手來，握著我的手，搖著：「謝謝你，衛斯理，你可以準備下水了！」

我笑道：「你也可以準備接受褒獎了！」

他「呵呵」笑著，興高采烈。

這時，有三個潛水人員已經出現在船上，我也連忙換上了潛水的裝備，和他們一起跳下了海，海水很清澈，我們才一下海，就向下直沉下去，海水約莫有五百呎深，這樣的深海潛水，實在有點超乎我的能力之外的，但是我還是勉強潛了下去。

當我可以看到海底的時候，我和那三位潛水人，打著手勢，我們都表示極度的驚訝。

海底的情形，的確是令人驚訝的，那一帶的海底，平坦得像是經過壓路機的擠壓一樣，只是平坦的海沙，幾乎甚麼也沒有，沒有岩石，沒有海藻，完全像是一個海底的沙漠。

照說，在這一帶的海底，是不應該會出現這樣的情形的，我們在接近海底的地方游著，發現平坦的海沙，也有著些微的起伏，那些起伏，形成一個大的漩渦，不多久，我們就找到了那漩渦的中心。

「漩渦」的中心部分，是一個相當深的深潭，足有十多呎深，附近的海沙，正在緩緩向中心漩渦部分滑下去，我相信，如果再遲些日子潛下海底的話，那個漩渦，一定也會消失不見的，而這個深坑，在初初形成的時候，也一定比現在更深。

我的腦中十分亂，我預期在潛下水來之後，是可以看到一大團鋼鐵的，但是現在卻甚麼也沒有看到，只看到了這樣的一個漩渦。

那艘遊艇和貨船的鋼鐵到哪裏去了？又是甚麼力量，在海底形成了那樣一個大渦的？

一連串的問題，在我的腦中盤旋，我卻得不到答案。一個潛水人員在海底攝影，我直到他們工作完成，其中一人伸手拍我的肩頭時，才如夢初醒，和他們一起浮上了水面。在歸程中，我仍然在不斷思索著這個問題。

六天之後，軍方召集了一個專家會議，請我列席。參加這個會議的，有許多專家。在會議上，當日在海底拍攝的照片，放成極大，掛在架上，一個專家指著照片上的深渦：「我們經過詳細的研究，認為這個深渦，是由一股極大的下沉力量所造成的，就像是浴缸的塞子打開，水向下漏去時所形成的漩渦一樣，從這個深渦旁的海沙分佈情形，可以看出來。」

他講到這裏，略頓了一頓，才又說道：「當這股強大的下沉力發生之際，海底一定天翻地覆，所有的海沙都被捲了起來，原來在海中的岩石，也全被牽動，所以才造成了海床的極度平坦。」

那位專家講到這裏，向我望了過來：「現在的問題就是，那股強大的下沉力，究竟是從何而來？」

我覺得他這個問題，是對我而發的，所以我站了起來：「我們已經可以肯定，有一件物體，有強大的磁力，這件物體，至少將一艘貨船和一艘遊艇中所有的鋼鐵，以它為中心，擠成了一個巨大的鋼鐵團。我不知道這個鋼鐵團對磁性的影響如何。那要請專家發表意見。」

一個很瘦的人站了起來：「如果那物體，真有如此強大的磁力，那麼，它所吸引的鋼鐵，分子排列會起變化，也變成具有強烈磁性的磁鐵。」

我立時問道：「你的意見是，那個鋼鐵團的形成，會使得磁力比原來更大？」

那人點頭道：「是！」

我立時又道：「可是在事實上，它的磁力卻在兩小時之中，逐漸消失了！」

會場中靜了片刻，一個老年人啞著聲音道：「我的推測是，這個大鐵團下沉了。」

我立時問道：「是甚麼力量促使大鐵團下沉了？」

那老年人拄著枴杖，站了起來：「我推測在那個海底，恰好有一個鐵礦，磁力對鐵礦起了作用，當然，再強大的磁力，也不能將整個鐵礦扯上來，於是唯一的結果，便是那大鐵團向下沉去，穿過了海沙、海泥，就算遇到了堅硬的岩石，由於磁力的強大，大鐵團也會變成無數的細小的磁鐵，分散開來，鑽進石縫之中，而繼續向下沉去。我們使用『下沉』這個字眼，只不過是順口而已，事實上，那物體和它周圍的鋼鐵，是以一種強大無匹的力量，向下擠去的，有可能其中的大部分鋼鐵，因為擠進石縫中的力道太大，而致喪失了磁性，但其中必有一小部分還在向下擠的。」

全會場的人，都肅然地在聽那位老人的意見。

當那老人微喘著氣，停了下來之際，我道：「那麼，你認為磁力的消失，是由於阻隔太大的緣故？」

那老人點點頭：「是的，它可能已下沉了幾千呎，在那麼深厚的阻隔下，磁力自然難以透出海底了，除非在地面有一個比海底鐵礦更大的吸引力。」

那位老資格專家的解釋，得到了所有與會者的嘉許，一致同意將他的推測，做為會議的結論。

會議的氣氛輕鬆起來，我趁機提出了一個問題，道：「各位，這件事，可以說已經解決了，但是，那圓球中，有著如此巨大磁力的東西，為甚麼會在岩石之中，它是怎麼來的？那決不是天然的東西，因為它的外面，有一層東西包著，這層東西只不過幾吋厚，但是卻可以阻隔強大的磁力，而且，某國的科學家研究過這種物質，認為它不是地球上所有的任何東西。」我的這個問題，令得大家討論了很久，但是卻得不出一個結論來。

現在，得提一提柯克船長，柯克船長在經過國際警方的要求之後，被引渡到本埠來受審，他被判死刑，在本埠的監獄，等候服刑。在他執行死刑的前一天晚上，我到死囚室去看他，他顯得很鎮定，我去看他的目的，便是將會議的結果，專家的意見告訴他。

柯克船長聽了我的轉述之後：「那位專家說錯了，我的推測，不是海底有一個鐵礦，而是由於地心岩漿外層的吸引。岩漿的外層是鐵，那東西直鑽到地心去了。」

我呆了半晌，他又道：「那東西的來歷，我經過了長期的思索，也有了結論。」

我道：「你的結論是甚麼？」

柯克船長道：「我想，只有兩個可能，第一個可能是，在我們這一代人之前，地球上早已出現過高級生物，那圓球是他們留下來的，其後，地球又經過了天翻地覆的變化，那圓球沉進了岩漿之中，岩漿變成了岩石，又經過幾億年風化，才又顯露出來。」

我緩緩吸了一口氣，道：「第二個可能呢？」

柯克船長揮著手，道：「第二個可能，就是別人留下來的，假定在若干億年之前，地球還是一個溶漿世界，別的銀河系中的『人』，飛近地球，拋下了那個圓球，變成在岩石中了。如果是那樣的話，那麼，極有可能，這種『人』的太空飛行，強大的動力，絕不是甚麼固體燃料，而是磁力，利用各種星球間的磁力牽引，做不可想像的高速飛行！」

我沒有說甚麼，柯克船長所作的兩個假定，都有可能，自然，也有可能完全不是那麼一回事。但是如果一定要我作出一個選擇的話，那我寧可揀第二個可能了。

尤其是他最後的一句話，給我的印象十分深，的確，強大無匹的磁力，如果應用在星際飛行上，那是真正永遠存在，絕不怕消耗完畢，可以說是唯一長期星際飛行的理想動力了！

〈完〉

鬼子

序言

「鬼子」這個故事，背景是日本侵略中國舉世震驚的「南京大屠殺」。日本鬼子在南京大屠殺中，究竟殺了多少中國人，正確的數字無法知道，估計是二十萬到三十萬人，是人類歷史上最血腥的屠殺故事，蒐集了不少資料，但都沒有用上，因為根本寫不下去，太血腥、太殘暴、太醜惡了。

屠殺事件由日本皇軍一手造成，寫「鬼子」這個故事時，還絕未發生日本文部省修改教科書，掩飾日本侵略軍血腥罪行事件，小說結束時，已斷定日本鬼子絕計不會悔改，果然言中，對於小說寫作人來說，自然對自己的眼光感到滿意，「鬼子」也始終是幻想小說——幻想日本鬼子會對犯下的滔天大罪，表示痛悔！

倪匡

第一部：日本遊客態度怪異

「鬼子」這個篇名，很有點吸引力，一看到這兩個字，很容易使人聯想到「鬼的兒子」，那自然是一個恐怖神秘故事。

然而，我必須說明，我承認這是一個相當恐怖的故事。但是在這裏，「鬼子」卻並不是「鬼的兒子」，只是日本鬼子。

中國歷來受外國侵略，對於侵略者，有著各種不同的稱呼。俄國人是「老毛子」，助紂為虐的朝鮮人是「高麗棒子」，台灣人叫荷蘭人為「紅毛鬼」，而為禍中國最烈、殺戮中國老百姓最多的日本侵略者，則被稱為「日本鬼子」。

中日戰爭過去了二十多年，有很多人認為中國人應該世世代代記著日本鬼子犯下的血腥罪行。也有人認為應該忘記這一切，適應時代的發展，完全以一種新的關係來看待曾經侵略過中國的日本。

我寫小說，無意討論，而這篇小說的題目，叫「鬼子」，很簡單，因為整個故事和日本鬼子有關。

天氣很熱，在大酒店頂樓喝咖啡的時候不覺得，可是一到了走廊中，就感到有點熱，我脫下西裝上裝，進入電梯。

電梯在十五樓停了一停，進來了七八個人，看來是日本遊客，有男有女。

電梯到了，我和這一群日本遊客，一起走出了電梯，穿過了酒店的大堂，在大門口，我看到有一輛旅遊巴士停著，巴士上已有著不少人，也全是日本遊客。

和我同電梯出來的那七八個日本遊客，急急向外走著，我讓他們先走，隨後也出了玻璃門。一出門，炎熱像烈火一樣，四面八方圍了過來，真叫人透不過氣，而且，陽光又是那麼猛烈，是以在剎那之間，我根本什麼也看不清楚。

而也就是在那一剎間，我聽到了一下驚叫聲，在我還根本沒有機會弄清楚是怎麼一回事之際，就突然有一個人，向我撞了過來。

那人幾乎撞在我的身上了，我陡地一閃，那人繼續向前衝，勢子十分猛，以致掛在他身上的一具照相機，直甩了起來。

那時，我不知道向我撞來的那個是什麼人，也不知道這個人為什麼在發出了一下驚呼之後，動作顯得如此之驚惶。

我可以肯定的是，一個人如果行動如此驚惶，那麼他一定是有著什麼見不得人的事在，所以，就在那一剎間，我抓住了照相機的皮帶。

我一伸手抓住了照相機的皮帶，那人無法再向前衝出去，我用力一拉，將他拉了回來。

直到這時，我才看清楚，那人是一個日本遊客，約莫五十以上年紀，樣子看來很斯文，但這時候，他的臉色，卻是一片土黃色。

小說中常有一個人在受到了驚嚇之後，「臉都黃了」之句，這個日本人那時的情形，就是這樣，而且，他那種驚悸欲絕的神情，也極少見。

當我將他拉了回來之後，他甚至站立不穩，而需要我將他扶住。

這一切，全只不過是在十幾秒之內所發生的事，是以當我扶住了那日本人，抬頭向前看時，所有的人，還未曾從驚愕中定過神來。

那輛旅遊車仍然停在酒店門口，本來在車上的人，都從窗口探出頭來，向外張望著，許多和我同電梯下來的日本遊客，都在車前，準備上車。

在車門前，還站著一個十分明艷的女郎，穿著很好看的制服，看來像是旅行社派出來，引導遊客參觀城市風光的職員。

眼前的情形，一點也沒有異常，但是我卻知道，一定曾有什麼極不尋常的事發生過，因為我扶著的那日本人，身子還在劇烈地發著抖！

我立時用日語問道：「發生了什麼事，這位先生怎麼了？」

直到我出聲，才有兩個中年人走了過來，他們也是日本遊客，他們來到了我的身前，齊聲道：「鈴木先生，你……怎麼樣了？」

日本人的稱呼，尊卑分得十分清楚，一絲不苟，那兩個日本人的稱呼至少使我知道，被我扶住了在發抖的那個日本遊客，鈴木先生，是一個有十分崇高地位的人。

那位鈴木先生慢慢轉過身來，他臉上的神情，仍然是那樣驚悸，我看到他在轉過身之後，只向那位旅行社的女職員望了一眼，又立時轉回身。

這時，更多日本遊客來到了我的身前，有兩個日本人甚至爭著推開我，去扶鈴木，他們紛紛向鈴木發出關切的問題，七嘴八舌，而且，個個的臉上，都硬擠出一種十分關心的神情來。

我不再理會他們，走了開去。

我在經過那女職員的身邊之際，我順口問了一句：「發生了什麼事？」

那位明艷照人的小姐向我笑了笑：「誰知道，日本人總有點神經兮兮的。」

我半帶開玩笑地道：「他好像看到了你而感到害怕！」

那位小姐很有幽默感，她道：「是麼，或許是我長得老醜了，像夜叉！」

我和她都笑了起來，這時，我看到兩個人，扶著鈴木，回到酒店去。在走進了酒店的玻璃門之後，鈴木又回過頭，向外望了一眼。

他望的仍然是那位導遊小姐，而且，和上次一樣，仍然是在一望之後，就像是見到了鬼怪一樣，馬上又轉過頭去，這種情形，看在我的眼中，已是第二次了，我的心中，不禁起了極度的疑惑。

剛才，我和那位小姐那樣說，還是一半帶著玩笑性質的，但是這一次，我卻認真，我道：「小姐，你看到沒有，他真是看到了你，感到害怕！」

那位小姐做了一個無可奈何的姿勢，我卻不肯就此甘休，我道：「這個日本人叫鈴木，你以前曾經見過他？」

那位小姐搖頭道：「當然沒有！」

又過了一會兒，扶著鈴木進去的那兩個人出來，一個道：「鈴木先生忽然感到有點不舒服，不能隨我們出發，讓他獨個兒休息一下！」

那位小姐也不再理會我，只是照顧著遊客上了車，還好，當她也登上車子的時候，她總算記得，向我揮了揮手。我仍然站在酒店門口，在烈日下，回想著剛才所發生的事情。

我大約想了兩三分鐘，連我自己也感到好笑，這一件事，可以說和我一點也不相干，要我在這裏曬著太陽，想來想去，也不知為什麼？

我聳了聳肩，向前走了出去，可是，當我到了對面馬路，轉過身來，看到了巍峨的酒店之後，我卻改變了主意。我感到，這件事，可能不那麼簡單，那位鈴木先生，顯然是對那位導遊小姐感到極度的害怕！

那是為什麼？那位小姐，從來也未曾見過鈴木先生——這一點，我可以肯定，因為那位小姐的態度，一直那麼輕鬆。

我的好奇心十分強烈，有的朋友指出，已然到了畸形的程度。也就是說，我已經是一個好管閒事到了令人討厭程度的人！

我承認這一點，但是我卻無法改變，就像是嗜酒的人看到了美酒就喉嚨發癢一樣，我無法在有疑點的事情之前控制我自己。於是，我又越過馬路，走進了酒店。

我來到了登記住客的櫃檯前：「有一批日本遊客，住在這裏，我需要見其中的一位鈴木先生，請問他住在幾號房間？」

櫃檯內的職員，愛理不理地望著我，就像是完全未曾聽到我的話一樣。

我也不去怪他，只是取出了一張鈔票來，摺成很小，壓在手掌下，在櫃檯上推了過去。

為了與我不相干的事，我甚至願意倒貼鈔票，可知我的好奇心之重，確然有點病態了！

我又道：「我是一家洋行的代表，有重要的業務，要和鈴木先生談談。」

那職員的態度立時變了，他道：「讓我查一查！」

他翻著登記簿，然後，將登記簿向我推來，在推過登記簿來的同時，他取過了那張鈔票。我看到了鈴木的登記：鈴木正直。他住的是一六〇六室。

那職員還特地道：「這一批遊客，人人住的都是雙人房，只有他一人住的是套房，他是大人物？」

我笑了笑：「可以說是。」

我之所以如此回答，是因為我也不敢肯定。

因為，就一般的情形來說，重要地位的人，很少會跟著團體出去旅行的，他們不在乎錢，自然會作私人的旅行，而不會讓旅行團拖來拖去。

可是，鈴木正直和別的團員，顯然又有著身分上的不同，至少他獨自住一間套房。

我離開了櫃檯，走進了電話間，撥了這間酒店的電話：「請接一六〇六室，鈴木先生。」

在那時候，我只是準備去見一見這位鈴木先生，至於我將如何請求和他見面，我還未曾想清楚。

電話鈴響了沒有多久，就有人來接聽，也就在那一剎間，我有了主意，我道：「鈴木先生？」

鈴木的聲音，聽來充滿了恐懼和驚惶，我甚至可以聽到他的喘息聲，他道：「誰，什麼人？」

我道：「對不起，我是酒店的職員，聽說你感到不舒服，要我們代你請醫生？」

鈴木像是鬆了一口氣：「不必了，我沒有什麼！」

我又道：「鈴木先生，有一位小姐要見你，是不是接見她？」

鈴木發出了「咽」的一下怪聲，好一會兒沒有出聲，過了足有半分鐘之久，他才道：「一位小姐——什麼人？」

我笑了笑：「就是你一見到了她，就大失常態，感到害怕的那位。」

那便是我在電話撥通之後，想出來的主意。雖然我和那位導遊小姐談過話，她說根本不認得鈴木，可是鈴木分明是見到了那位小姐就害怕，是以我特地在電話中如此說，想聽聽他的反應。

我預料到鈴木必然會有反應的，可是我卻未曾料到，鈴木的反應，竟會來得如此之強烈。

我在電話中，突然聽到了一下驚呼聲，緊接著，便是「砰」的一聲響，顯然是電話聽筒，已被拋了開來，接著，又是一下重物墜地的聲響。

從那一下重物墜地聲聽來，好像是這位鈴木先生，已經跌倒在地了。

我又聽到，一陣濃重的喘息聲，自電話中傳出來，同時聽到鈴木以日語在高叫：「不會的，不會的！」

他的那種叫聲，真是令人毛髮直豎！

我也不禁陡地呆住了，我感到這個多管閒事的電話，可能會引致一項十分嚴重的意外，我連忙放下了電話，上了電梯。

在十六樓，我找到了侍應生，道：「一六〇六室的鈴木先生，可能有意外，你快打開門看看。」

侍應生奇怪地望定了我：「你怎麼知道？」

我大聲喝道：「別問我怎麼知道，快去開門！」

侍應生很不願意地到了一六〇六室的門口，他先敲著門，叫道：「鈴木先生！」

他才叫了一聲，突然聽得房內，發出了一聲怒吼道：「滾開，別來打擾我！」

那正是鈴木的聲音，我認得出來。

侍應生立時轉過身來，向我怒瞪了一眼，我也被鈴木的那一下怒喝聲，嚇了一大跳，侍應生顯然已不準備再敲門了，我走向前，剛準備再去敲門時，門內傳來了「砰」的一聲，像是有人重重地撞在門上，接著，鈴木又叫道：「滾，滾，別來找我，別來找我！」

鈴木的聲音，就在門後傳來，可知剛才是他撞到了門口。我道：「鈴木先生，我有話和你說！」

門內靜了片刻，才聽得鈴木厲聲道：「你是什麼人？」

我實在十分難以回答這個問題，我不能再冒充是酒店的職員，因為酒店的侍應生，就在我的身邊。我也不能將自己的姓名說出來，因為「衛斯理」三個字，對於一個遠自日本來的人，毫無意義。

但是，我還是立時有了答案，我道：「我是旅行社的代表，鈴木先生，你不能參加集體的遊覽，我想為你安排一下個人的行程。」

我這樣說的原因，一方面是名正言順，可以防止侍應生的起疑，另一方面，我想鈴木看到了那位導遊小姐，神態如此怪異，那麼，他或許想會晤一下旅行社中的人，打探一下那位導遊小姐的來歷。

我不知道我料想的兩點，哪一點起了作用，而在我回答了他的問題之後，過了不多久，門便打了開來，鈴木就站在門後。

一看到了鈴木，我又吃了一驚，他的神色十分駭人，面色慘白，眼睛睜得老大，而且眼中，佈滿了紅絲，臉上籠罩著一股極其駭人的殺氣。他雖然已有五十出頭年紀，可是身體仍然很精壯，當門而立，似乎像一頭想朝我撲過來的餓狼。

我呆了一呆之後說：「可以進來麼？」

鈴木伸出頭來，在走廊中看了一眼，走廊中並沒有什麼人，他的神情也好像安定了些。他向那侍應生道：「剛才是你打電話給我？」

那侍應生忙道：「沒有，先生！」

鈴木又呆了一呆，才向我點了點頭，示意我可以進去，我走了進房，他就將門關上。

我本來以為他可能認識我，因為在酒店的大門口，我曾被他撞中，並且扶了他好幾分鐘，然而，他竟像是根本未曾見過我，由此可知，在酒店門口時，他極度慌亂，根本不知道扶住他的是什麼人！

鈴木的神態已經鎮定了很多，他站在我的面前，我始終覺得他站立的姿勢很怪異，看來使人很不習慣。但是我不多久，就知道他一定是軍人出身，那種筆挺站立的姿勢，除非是一個久經訓練的軍人，普通人是不容易做得到的。我先開口：「鈴木先生，希望你很快就能夠恢復健康，遊覽本市。」

鈴木掩飾地道：「不要緊，我本來就沒有什麼，可能是……是天氣太熱了！」

我順著他的口氣：「是啊，這幾天，天氣真熱，請問，你對導遊小姐方面，有什麼意見？」

我是故意那樣說的，目的仍然是要看鈴木的反應，鈴木的身子，陡地一震，他呼喝似地道：「你那樣說，是什麼意思？」

我已經一而再，再而三地試出了鈴木對那位導遊小姐的異常反應，而且，他連對「導遊小姐」這個名詞的反應，也是不尋常的。

我假裝不知道，只是道：「我的意思是，如果你要個人進行遊覽，我們可以特別為你派出一個職員。」

鈴木坐了下來，又示意我坐下，我以手托著頭，像是在深思著什麼，在這一段時間中，我也不出聲。過了好一會兒，他才道：「今天，就是剛才他們集體去遊覽時，那位……導遊的小姐，是什麼地方人？」

鈴木終於向我問起那位小姐來了，可是，他的問題，可以說是十分怪異的，因為他不問那位小姐叫什麼名字，而只是問她是什麼地方人？

為什麼他要那樣問？那樣問的目的，又是什麼？

我那時全然得不到答案，我只是道：「不知道，雖然我和她是同事，她講本地話、英語和日語，先生，你認識這位小姐？？」

鈴木的雙手亂搖，額上青筋也綻了出來，他以一種十分慌張的語氣道：「不，不認識，根本不認識！」

然後，他的手微微發著抖，拿起一張報紙來，遮住了他自己的臉：「我……請你替我安排，我想立即回日本去！」

我心中的疑惑更甚，這時，肯定的是，鈴木的心中，一定感到了極度的恐懼，雖然他竭力企圖掩飾這種恐懼，但是他的恐懼，還是那麼明顯地流露了出來。

其二，他的恐懼，是來自那位美麗、活潑的導遊小姐。

其三，他的恐懼是如此之甚，以致他甚至不敢再逗留下去！

當我想到了這三點的時候，我站了起來，冷冷地道：「鈴木先生，如果你在逃避什麼，那麼，就算你回到日本，也逃不過去的！」

如果說，我以前的話，給鈴木以刺激，那麼，這種刺激，和現在的情形相比較，簡直完全不算得什麼了。這時，我的話才一出口，鈴木的雙手，陡地一分，那張報紙，已被他撕成兩半。他人也立時霍地站了起來，雙眼瞪著我，面肉抽搐著，他的那種神情，實在是駭人之極！

我的目的就是要刺激他，以弄明白他心中的恐懼，究竟是什麼！

所以，當他的神情，變得如此可怖之際，我仍然只是站在他的面前，冷冷地望著他。

可是，接下來發生的事，卻是我意料不到的了！

只見他陡地跨向前來，動作極快，突然一聲大喝，一掌已經向我劈了下來。

我自然不會給他那一掌劈中，向後一閃，就已經避開了他那一掌，但是他左腳緊接著飛起，「砰」的一聲，踢中了我的左腿。

那一腳的力道，可以說是十分沉重，我身子一側，跌倒在地氈上，而鈴木繼續大聲吼叫著，轉身向我，直撲了過來。

第二部：上天無門入地無路

看他的那種神情，分明是想撲了過來，將我壓在他的身下，再來殺死我。

我之所以感到他想殺死我，全然是因為他那時那種窮凶極惡的神態，我在地上一個轉身，一腳踢出。

我是算準了方位踢出去的，「砰」的一聲，那一腳踢中了他的面門，不但令得他向後仰去，而且使得他的鼻孔鮮血長流。我則手在地上一按，躍了起來。

可是鈴木一點也沒有停手的意思，他繼續狂吼著，順手拿起了一張椅子，雙手握著椅腳，向我直劈了過來。看那種情形，像是他手中握的，不是一張椅子，而是一柄鋒利的大刀。我接連閃避了三次，閃開了他的襲擊，門外已傳來急速的敲門聲和喝問聲，鈴木擊不中我，用力將椅子向我拋了過來。

就在這時候，房門打開，兩個侍者走進來，那張椅子，向著他們直飛了過去，幸而一個侍者機靈，忙將門一關，椅子「砰」的一聲，擊在門上。

那兩個侍者接著衝了進來，鈴木像是瘋了一樣，指著我，叫道：「拉他出去，打死他！」

那兩個侍者自然是在聽到了房間中的爭吵聲和鈴木的狂吼聲之後趕來的，他們一進來，見到鈴木血流滿面，已經嚇了一大跳，鈴木那一句狂吼，是用日語叫出來的，那兩個侍者立時想來捉住我。

我等他們來到了我的身前，才大喝一聲：「別碰我，你知道這傢伙剛才在叫什麼！他要你們將我拉出去，打死我！」

那兩個侍者一聽，登時呆住了，一起轉過頭，向鈴木望了過去。我冷然對鈴木道：「鈴木先生，你以為現在是什麼時代？是日本皇軍占領了別人的土地，可以隨意下令殺人的時代？」

我已經綜合了好幾方面的觀察，可以肯定鈴木這傢伙，以前一定是軍人，而他剛才的呼叫，又是如此的狂妄，是以我才狠狠地用話諷刺他。

鈴木一聽到我的話，起先只是呆呆地站立著，後來，嘴唇發著抖，像是想說話，但是卻又一點聲音也發不出來，他面上的肌肉，仍在不住跳動。

這時，一個侍役領班也走了進來，便「啊」的一聲：「流血了，鈴木先生，快報警，快召救傷車！」

他一面叫著，一面向我望了過來，我冷笑道：「是我打的，這日本烏龜不知讓別人流過多少血，現在讓他流點鼻血，看你如喪考妣，那麼緊張幹什麼？」

侍役領班被我罵得漲紅了臉，向外退去。

我伸出手來，直指著鈴木的鼻子，喝道：「鈴木，你聽著，我還會來找你，而且，還會帶著你最害怕的人來，你心中知道你為什麼怕她。」

鈴木在剎那間，變得臉如死灰，他連連向後退去：「別……別……千萬不要……」

我轉過身，大踏步走向外，電梯到了，我大模大樣走了進去，落到了酒店大堂，又出了酒店。

當我再度走出酒店，烈日曬在我頭上之際，我的心中仍然很亂，我也想不到自己會如此沉不住氣，以致和鈴木的會面，演變成如此結果。但是老實說，對一個瘋狂般叫著要殺人的日本鬼子，如果能沉得住氣，那才算是怪事了。

我走了幾條馬路，才招了街車，回到了家中。

白素不在家，我一個人生了一會兒悶氣，才打了一個電話給小郭：「小郭，派你最得力的手下，或是你自己，替我調查兩個人！」

小郭忙道：「好啊，替你做事，永遠都會有意想不到的結果。那兩個是什麼人？」

我道：「一個是╳╳旅行社的一位導遊小姐，她今天帶著一批日本遊客，在╳╳酒店門口，搭一輛旅遊巴士去遊覽，記得，要查清楚她是什麼地方的人。」

小郭笑了起來：「喂，不是吧，七年之癢？」

我不禁有點冒火：「扯你的蛋！」

小郭嚇了一跳，因為我很少那樣發脾氣，他不敢再開玩笑了：「另一個呢？」

我道：「那個人叫鈴木正直，現在住在╳╳酒店的一六〇六室，他是和一個團體來遊覽的，我要知道他的過去、現在的情形。」

小郭道：「好，盡快給你回音。」

我放下了電話，電話鈴立時又響了起來，我一拿起電話，就聽到了傑克上校的聲音：「衛斯理，你又惹麻煩了！」

我倒呆了一呆，不知道他的消息，何以會如此之靈通，我道：「什麼意思？」

傑克上校道：「一個日本遊客在酒店房中被打，據侍者形容，這個人十足是你。」

我冷笑一聲：「你對日本遊客那樣關心？這樣的小事，也要你來處理？」

傑克有點惱怒：「這是什麼話？警方有了你樣貌的素描，我恰好看見罷了。」

我道：「是的，我在他的臉上踢了一腳，這一腳，可以說是代你踢的，記得你當時在集中營中，如何受日本人的毆打？」

傑克上校叫了起來：「你瘋了，衛斯理，大戰已結束了二十多年，你不能見到日本人就打！」

我道：「自然是，但是當這個日本人，像瘋狗一樣向我撲過來，而且要殺我之際，我也絕不會對他客氣，那一腳沒有踢斷他的骨頭，已算他好運氣了！」

傑克問道：「他為什麼要殺死你？」

我冷冷地道：「關於這一點，你還是去問鈴木正直好，他或者會告訴你。」

傑克上校道：「我們問過他了，他表示決不願再追究，因為他立時就要回國，他已經決定乘搭晚上的一班飛機飛回去。」

我吸了一口氣：「他是今天才來的，忽然又要走了，你不覺得奇怪麼？」

傑克上校道：「覺得奇怪，但是他有行動自由！」

我道：「自然，他有，你在集中營的時候也有？」

傑克上校忙道：「別提集中營，二十多年前的事了，你今天怎麼了？」

我道：「沒有什麼？因為有一個日本人用占領軍的口吻，呼喝著要將我拉出去殺掉！」

傑克上校嘆了一聲：「衛斯理，你太衝動了，鈴木正直是一個很有規模的電子工業組合的總裁，在日本工業界的地位很高。」

我冷笑著道：「那更值得奇怪了，你想想，一個像他那樣有地位的人，為什麼要跟著一個團體到這裏來，而不是單獨地來？」

傑克上校的耐性消失，他吼叫了起來：「那是他的自由，任何人都管不了他！」

我反倒笑了起來：「可是，這件事，我很感興趣，我想弄清楚，究竟為什麼？」

上校應聲道：「我警告你，你不能再生事！」

我笑著：「你放心，照現在的情形看來，是他怕我，而不是我怕他。而且，他有名有姓，就算他回到日本去，我要找他，難道不能跟到日本去麼？」

我在那樣說的時候，原意是要傑克上校不再生氣，並且向他表示，我也無意再惹什麼是非。可是話一出口，我心中陡地一動，這實在是個好主意！

鈴木這傢伙，匆匆忙忙要離去，自然有原因，我不知道什麼原因，但是可以肯定的是，他正在逃避著什麼！

而我既然有意探索事實的真相，我就必須追蹤！

鈴木以為他立時離開，我就不會再出現，我要讓他感到意外，就在飛機上，讓他看到我，看看在飛機上，他見到我的時候，還能夠躲到什麼地方去！

這是一件想起來也使人感到有趣的事，是以我不住地笑著。

傑克上校自然不知道我為什麼而笑，他只是道：「你要記住我剛才所說的話！」

我大聲道：「記住了！」

傑克上校重重地放下了電話，我只停了半分鐘，就通知一個旅行社，代我訂機票，我必須和鈴木同一班機起飛，安排好了之後，我又催小郭快一點給我結果，因為我就要離開。

過了三四小時，小郭滿頭大汗，親自拿著一疊文件，來到我那住所，他一進門，一面抹著汗，一面大聲嚷道：「熱死人了，唉，給你催死了，幸虧我們在日本有聯絡員，總算查到了，請看！」

他將文件夾遞了給我，我先看那位導遊小姐，她叫唐婉兒，二十五歲，江蘇南京人，未婚，任職於順惠旅行社，職位是副經理，收入很好，受過高等教育，曾在日本、美國念過書，社交活動多，是一個時髦女性。

再看鈴木正直的資料，鈴木今年五十二歲，是鈴木電子組合的總裁，出產電子計算機中的精密零件，全廠有一千名工人，是這一行業中的佼佼者。鈴木在二次世界大戰之後兩個月，創辦這個組合。據說，他的組合首先是盜賣了美軍的一個倉庫中的電子儀器而成立的，警方曾經追查過這個問題，但是證據不足，沒有結果。

鈴木在大戰之前，是一個流氓，後來從軍，這一部分，資料不很清楚，只記著他曾被編入侵華的先遣部隊，曾在中國各地作戰，在戰爭失敗之前九個月，被調返大本營，當時軍銜是大尉。

我料得不錯，鈴木果然是軍人，而且從現在的年紀來推算，他二十多歲，就當了大尉，可以說是職業軍人。這一點，從他現在的體態上，還可以明顯地看得出來，再也瞞不過人。

而使我莫名其妙的是，鈴木正直和唐婉兒之間，可以說一點聯繫也沒有。唯一的聯繫，就是唐婉兒曾在日本念過書，而鈴木是日本人。然而這一點關係，就足以構成鈴木一看到唐婉兒，就如此害怕的原因？

我呆呆地思索了半晌，小郭一直望著我，等到我抬過頭來時，他才問我，道：「怎麼樣，滿意麼？」

我道：「謝謝你，但是，我還要托你辦一些事。」

小郭立時點頭答應，可是他卻道：「這件事，好像並沒有什麼古怪的成分，這兩個人，都來得有根有據，不像是外太空來的！」

我瞪了他一眼：「誰說他們是從外太空來的，現在，我只是知道，他們兩人之間，有一種很不尋常的關係在，而這種關係，連唐婉兒本人都不知道，要從鈴木的身上著手調查！」

小郭用心地聽著，並不打岔。

我又道：「鈴木今天晚上就要離開，我準備和他同機去日本，飛機九時十五分起飛，我希望你能夠設法，在八時半之前，找到這位唐小姐，並且說服她到飛機場來，我需要見一見她。」

小郭搔著頭，自然，以他的偵探社的規模而論，就算唐婉兒正在工作中，要找到她，也不是什麼困難的事。困難的是他要說服唐婉兒來找我！

但是小郭只是搔了兩下頭，便爽快地答應了下來：「好的。」

我站了起來，小郭也立時告辭，這時，已將近六點鐘，我沒有多少時間了。

然而，小郭的工作能力，確然十分超人，七點五十分，當我到達機場的時候，他向我直奔了過來，大叫一聲：「你遲到了！」

我看到了他，十分高興，忙道：「唐小姐來了麼？」

小郭拉著我：「來，她在等你！」

我被他拉著，直來到了餐室之中，我一眼就看到了唐婉兒，她已經換過了衣服，更顯得明艷照人，和她在一起的，還有好幾位空中小姐。

小郭拉著我，直來到了桌子前：「唐小姐，這位是衛斯理先生，你們已經見過的了？」

圍著唐婉兒在說話的那幾位空中小姐，看到我們走了過來，就和唐婉兒揮著手，走了開去。

唐婉兒很大方地笑著：「衛先生，我聽說過你，我們日間曾見過了，郭先生說你有重要的事要見我？」

我先坐下來，然後才道：「唐小姐，你還記得那個在酒店門口，一見到你就驚惶奔逃的那個日本人？」

唐婉兒微笑著，道：「記得，我回旅行社的時候，經理還問我發生了什麼事，因為鈴木先生，忽然之間要回日本去！」

我直視著唐婉兒：「你知道原因麼？」

唐婉兒奇怪地睜大了眼睛：「我？我怎麼會知道，我根本不知道他是什麼人。」

我又道：「唐小姐，你曾在日本念書，你未曾在日本遇見過他？」

唐婉兒搖了搖頭：「我從來也不知道有這樣的一個人，衛先生，你的意思是——」

我吸了一口氣：「我的意思是，鈴木為了某種原因，一看到你，就感到極度的恐懼！」

唐婉兒搖了搖頭：「難道我那麼可怕！」

坐在旁邊的小郭，忽然十分正經地道：「不，誰敢那樣說，我要和他打架！」

我向小郭望去，看到小郭直望著唐婉兒，像是在他的眼前，除了唐婉兒以外，再也沒有別人一樣。我看到這種情形，心中不禁感到有趣，看來，我的好管閒事，意外地使得小郭的生活要起極其重大的變化了！

我又道：「唐小姐，請恕我好奇，你是如何會到日本去念書的呢？」

唐婉兒皺了皺眉：「衛先生，我是一個孤兒，我根本不知道自己的父母是誰，我由一對夫婦收養，四歲那年就離開了家鄉，十五歲那年，這對夫婦相繼去世，他們臨死時，將我委托給他們在日本的一個親戚，所以我才到日本去的。」

我「啊」的一聲：「原來是這樣，對不起，不過我很佩服你，你童年的生活雖然不愉快，然而並沒有影響你開朗的性格。」

唐婉兒高興地笑著：「我的養父養母待我極好，在日本的嬸嬸也完全當我是自己人一樣。」

我已經瞭解了唐婉兒的很多情形，而且，無論從哪一方面來看，她都沒有理由認識鈴木，我也實在沒有什麼再可以問的了。

唐婉兒反倒道：「衛先生，你要到日本去，我要托你去看看我那位嬸嬸——我這樣稱呼她，我已有兩年沒有見她了，好想念她。」

我順口道：「好的，請你給我地址，我一定去拜候她，真對不起，打擾了你！」

唐婉兒給了我一個東京的地址，她的那位「嬸嬸」原來是日本人，不過嫁給了一位中國華僑，那位中國華僑，就是唐婉兒養父母的堂弟。

唐婉兒對我客氣，只是淡然一笑，道：「不算什麼，而且我還認識了你。」

小郭又陡地冒了一句話出來：「還有我啦！」

唐婉兒笑得很甜：「自然還有你，大偵探！」

小郭得意地笑了起來，我們三個人談談笑笑，時間過得很快。等到第二次呼叫的時候，我們就離開了餐室，他們送我進了閘口。

我在等候著檢查證件的時候，回過頭去，看到了唐婉兒和小郭，已經轉過身，向外走去，小郭正在指手劃腳，不知說著什麼。

小郭和我相識，將近八九年了，我還是第一次看到他對一個女孩感到這樣大的興趣。如果他的生活竟因此而改變，那真是意料之外的事情了。

晚上，天氣一樣悶熱，一直到進了飛機，才感到了一陣清涼。

一上飛機，我就看到了鈴木！

頭等位的乘客並不多，我看到鈴木的時候，鈴木正托著頭，閉著眼睛，樣子像是很疲倦，他並沒有看到我，我也不去驚動他，來到了自己的座位坐下。

我知道，如果這時我再驚動他的話，他一看到了我，一定會跳下飛機去的。

我要等到飛機起飛之後，才突然出現在他的面前，那時，他想逃避我，也可以說是上天無路，入地無門了。

我和鈴木，其實並沒有什麼過不去，他曾叫人將我拉出去殺掉，自然很引起我的不快，但是也不足以構成仇恨。可是，我對他卻有說不出來的一種厭惡，那種厭惡，幾乎是與生俱來的，也許，那是因為我是中國人，而他是一個曾經屠殺過中國人的日本鬼子之故。

我坐在鈴木的後面，可以看到他的一切動作，他一直撐著頭，直到空中小姐來請旅客繫上安全帶，他才動了一動，抬起頭來。

從他的神色看到，他像受了很深的刺激，他向空中小姐要威士忌，一大口就喝了下去。

鈴木再度閉上了眼睛，這時，飛機已漸漸在跑道上移動，終於，飛機在噪耳的聲音之中，飛上了黑暗的天空。

從現在起，到到達目的地上，有好幾小時的時間，在那段時間中，鈴木將對我避無可避，躲無可躲！

我鬆開了安全帶，鈴木旁邊的位子空著，當我向他走過去的時候，他也正在鬆開安全帶，我在他身邊坐了下來：「鈴木先生，你好！」

鈴木陡地抬起了頭，我望定了他。

在剎那之間，他的臉色變得蒼白之極，他的雙手仍然執著安全帶，由於他的手在劇烈地發著抖，以致安全帶上的銅扣子相碰，發出了一連串「啪啪啪」的聲響。

鈴木看到了我，顯得如此之驚愕，這本是我意料中的事情，我向他笑著：「真是太巧了，想不到我們會在同一架飛機上！」

我講完了之後，還打了一個哈哈，這時候，空中小姐走了過來，我拍著鈴木的頭，對空中小姐道：「想不到我在飛機上碰到了老朋友，小姐，你不反對我離開原來的位置，坐到這裏來吧！」

空中小姐帶著職業的微笑：「請隨便坐！」在那一剎時間內，鈴木一直在發著抖，他的嘴唇也在顫抖著，看來是想說話，但是卻又不知說什麼才好，我一直望著他。

直到空中小姐走了過去，他才呻吟似地道：「你，你究竟想要什麼？為什麼要跟著我？」

我若無其事地道：「誰準備跟著你？我只不過恰巧是在這架飛機上，對於白天，我冒認是旅行社職員一事，我向你道歉！」

鈴木躬著身子，準備站起來，我卻冷冷地道：「在飛機上，不論你躲到什麼地方去，都是在飛機上！」

鈴木半站著身子，呆了一呆，又坐了下來。

當他又坐下來之後，他的神態已經鎮定了許多，非但鎮定，而且還望著我冷笑起來。

這倒使我有點愕然，我預期他會繼續驚惶下去的，可是看來，現在他似乎沒有什麼害怕了。

他愈是害怕，我愈是占上風，如果他根本不將我當作一回事，我當然也沒有什麼把戲可出！

所以，我一看到他的神態變得鎮定，我便決定向他提起唐婉兒來，因為唐婉兒是他恐懼的根源。

我直視著他：「你還記得，你曾經向我問起過那位小姐是什麼地方人？」

鈴木一點反應也沒有，看來他對這件事，對唐婉兒已不再有什麼特殊的敏感了。我看到這種情形，心中不免暗叫糟糕。

我只好再發動進攻，道：「我想你在中國住的日子一定不短，這位小姐，是江蘇省南京市人，這個答案，對你有用麼？」

鈴木顯然立即崩潰了。

他還勉力在維持著鎮定，但是他蒼白的臉上，汗珠不斷地冒了出來。

我冷笑了一下，我初步的目的已經達到了，他感到如此之驚懼，我又「哈哈」一笑，將椅背放下，舒服地躺了下來。

我一躺下來，鈴木立時轉過身來望定了我，他在繼續冒汗，面肉抽搐著。過了足足有五分鐘之久，他才喘著氣，喃喃地道：「南京？」

我點頭道：「不錯！」

他猝然之間，用雙手掩住了臉，我直起了身子，在他的耳際道：「鈴木正直，你為什麼對這位小姐感到如此恐懼，快講出來！」

我以為，我不斷對他的神經加以壓迫，他就會將其中的原委講出來給我聽的。雖然，當他講了出來之後，可能事情平淡得一點也不出奇，但是我的好奇心，總可以得到滿足了。

可是，我卻料錯了，我加強壓迫，還只不過是在初步階段，鈴木已經受不了，我那句話才一出口，他陡地站起來，尖叫了起來。

他發出的那種尖叫聲，是如此淒厲可怖，艙中所有的人都呆住了，在那一剎間，我也不知該如何才好，只好手足無措地望著他。

鈴木繼續尖叫著，空中小姐和一個機員，立時走了過來，齊聲問道：「發生了什麼事？」

鈴木不回答，他仍然在尖叫著，雙眼發直，而且雙手亂揮亂舞，看他這時的樣子，實在不能說他是一個正常的人，十足是一個瘋子！

空中小姐也嚇得花容失色，忙問我道：「先生，你的朋友，他怎麼了？」

這時，鈴木已經向外衝了出來，一位機員立時上去，想將他抱住，可是鈴木卻吼叫著，力大無窮，一下子就將那位機員，推了開去，跌倒在通道上。

我也忙站了起來：「不知道為什麼，他忽然之間，就變成那樣子！」

自然，如果我說得詳細一點的話，我可以說，鈴木一定是受了極度的刺激，是以他才會變成那樣子的。可是，要我說出鈴木究竟是受了什麼刺激，我也說不上來，不如簡單一點算了。

這時，鈴木的情形更可怕了，他不但吼叫著，而且，還發出濃重的喘息聲，那被推倒的機員還未曾起身，鈴木已突然跳過了他，向前衝去。

我連忙跟在鈴木的身後，鈴木一下子就衝到了普通艙。事實上，普通艙中的乘客，早就因為鈴木的怪叫聲，而起著騷動。

鈴木一衝了進去，略停了一停，口中狂叫著，他叫的是什麼，我也聽不清楚，可是座間有好幾個日本人，一起站了起來，那機員這時，也到了普通艙，叫道：「快攔住他，這位先生神經不正常！」

那幾個日本人一起奔向前來，鈴木大叫著，雙掌揮舞，向前攻擊。

飛機的機艙中，空隙能有多大？鈴木揮手一攻擊，那幾個日本人，簡直連躲避的餘地都沒有，只好捱打，可是鈴木出手十分重，不幾下，那幾個日本人已然連連後退，女人已開始發出尖叫聲，亂成了一團，機上的職員，也全來了。

我看看再鬧下去，實在不成話了，是以我一步竄了上去，在鈴木的身後，將他攔腰一把抱住。

鈴木自然還在拚命掙扎著，但是我既然抱住了他，他再要掙脫，也沒有那麼容易了。

這時，機長也來了，大聲請各位搭客，回到自己的座位上去，我也大聲道：「可有鎮靜劑？這位先生，需要注射！」

機長搖著頭：「沒有辦法，我們需要立時折回去，他怎麼了？」

各搭客聽說要飛回去，都發出了一陣不滿的嗡嗡聲，我也忙道：「不需要折回去，我想我可以制服他！」

機長苦笑著：「你就這樣一直抱著他？不行，機上有一個神經不正常的人，絕不適宜飛行！」

一個曾捱了鈴木掌擊的日本人站了起來，這個日本人顯然在為他的同胞爭面子，他大聲道：「機長，這位先生，是鈴木電子組合的總裁！」

我笑了一下，道：「別吵，就算沒有藥物，我可以用物理的方法，使他安定。」

我在這樣講了之後，又補充了一句：「我是一個物理治療專家！」

第三部：黑暗之中奇事發生

我那時是抱著鈴木的，他仍然在狂叫、掙扎，我雙肘微縮，肘部抵住了他脊柱骨的兩旁，然後，雙手的拇指，用力按在他頸旁的大動脈上。

這樣做，可以使他的血液循環減慢，尤其可以使他的大腦，得不到大量血液的補充，那麼，就會因為腦部暫時缺氧，而造成一種昏昏欲睡的感覺。

自然，這種手法，可以更進一步（我深信，更進一步，就是傳說中的「點穴」功夫）能夠使人在剎那之間喪失知覺，經過若干時間才醒過來。

在大拇指壓了上去之後不久，鈴木便不再吼叫。

我立時鬆開了手，因為我不想他昏過去，我用力推了他一下，又將他扶住：「鈴木先生，你使所有的朋友都受驚了。」鈴木已經恢復了正常，他臉色灰敗，汗如雨下，有點癡呆也似地站著。

機長忙向鈴木道：「先生，飛機要折回去，你必須進醫院。」

鈴木一聽，忙道：「不，不，我沒有事，而且，我急需回日本去，請給我一杯酒！」

當鈴木那樣說的時候，所有人都鬆了一口氣。鈴木向所有的人鞠躬：「對不起，真對不起，我為我剛才的行為抱歉，真對不起。」

出門搭飛機的人，誰都不願意飛機折回原地，加上鈴木這時的情形，看來完全正常，是以搭客也就不再追究他剛才為什麼忽然會癲狂，反倒七嘴八舌地向機長說著，叫機長別將飛機飛回原地去。

機長望了鈴木片刻，鈴木仍然在向各人鞠躬，他也就點了點頭，對鈴木道：「那麼，請你回到你的座位上去，如果你再有同樣的情形——」

鈴木忙道：「不，不會的。」

他一面說，一面狡獪地眨著眼：「為了使我可以在以後的旅途中，獲得休息，機長，請你別讓任何人坐在我旁邊的座位上。」

我早就看出了鈴木向所有的人鞠躬、道歉，可就是連看也不向我看一眼。

他不向我看的原因，除了害怕和懷恨之外，不可能再有第三個原因。

他這時，向機長提出這樣的要求，也分明針對我，如果機長答應了他的要求，那麼，至少在飛機上，我不能威脅他了。

我不禁冷笑了一聲，事實上，我也根本不想再與他說什麼了。

鈴木在有了如同剛才那樣的反應之後，他內心的恐懼已經暴露無遺。唐婉兒可以說是一個人人見她都會喜歡的女孩子，鈴木竟對她表示了如此的害怕，原因究竟是什麼，我一定要追查下去。

這時候，機長已經答應了鈴木的要求，回到他自己的座位上，我也回到了自己的座位上。

在接下來的時間中，飛機上完全恢復了平靜，我也合上眼，睡著了。我時睡時醒，只要我一睜開眼，我就可以看到鈴木，他雖然坐著不動，也一樣可以看出他內心的不安，他那種坐姿，僵硬得就像是他的身後，有十幾柄刺刀，對準了他的背脊。

機長不時走過來看視他，在整個旅程上，並沒有再發生什麼事。

然後，空中小姐再次請各人縛上安全帶，飛機已經要開始降落了。

我看到鈴木在對機長說些什麼，他的聲音很低，我聽不到他講的話，但是看他的神情，他像是正在向機長提出某些要求。而機長在考慮一下之後，也點頭答應了。

等到飛機一著陸，我就知道鈴木向機長提出的要求是什麼了。

因為我看到一輛救傷車，正在跑道中，向前疾駛而來，而飛機才一停下，副機師和一個男職員，就扶著鈴木，下了飛機。鈴木是為了逃避我，要求和地面聯絡，派一輛救傷車來接他！

他登上了救傷車，我自然不能再繼續跟蹤他了。

看來，他的確已經冷靜下來，雖然他仍是一樣害怕，但是他已有足夠的冷靜，來想辦法對付我了！

當然，我是不怕他的任何詭計的，因為他逃不了，我可以輕而易舉地找到他。

但是為了報復他的那種詭計，我還是不肯放過他，當他在我身邊經過的時候，我大聲道：「鈴木先生，救傷車只能駛到醫院，不會駛到地獄去！」

鈴木正直陡地震動了一下，他連望也不望我一眼，急急向前走去。

在鈴木走下機之後，我們才相繼落機，那時，救傷車已經駛走了。

我離開了機場，先到了酒店中，那時正值深夜，我自然不便展開任何活動，所以我先好好地睡了一覺，準備第二天一早，先根據唐婉兒給我的地址，去找一找她的那位「阿嬸」，看看唐婉兒在日本的時候，究竟曾發生過什麼不尋常的事。

第二天，我比預期醒得早，我是被電話鈴吵醒的，我翻了一個身，才九點鐘。

這麼早，就有電話來，這實在不是一件正常的事，我拿起電話，十分不願意地「喂」一聲。

我聽到的是一個十分恭謹的聲音：「對不起，吵擾了你，我是酒店經理，有兩位先生，已經等了你大半小時了，他們顯然有急事想見你。」

我略呆了一呆，我之所以會身在東京，全然是一個倉卒的決定，除了小郭和幾個人之外，根本沒有人知道我的行蹤，我在日本的友人，也絕不會知道，但現在，卻有兩個人要來見我！

我略頓了一頓，一時之間，也猜不透來的是什麼人，我只好道：「請他們進來！」

我放下電話，披好了衣服，已傳來了敲門聲，我將門打開，門外站著兩個人，其中的一個見了我，發出了「啊」的一聲。

我也不禁一呆，這個人，我是認識的，他的名字是藤澤雄，他的頭銜是「全日本徵信社社長」，是一個極其有名的私家偵探。

我之所以和他認識，是因為在一件很不愉快的事件之中，地點是在東南亞的一個小國家中。這件事的經過，也極其曲折離奇，但是因為其過程實在太不愉快了，令人厭惡到了連想也不去想的地步，所以我從來也未曾起過要將之記述的念頭。

在那件事情中，我和藤澤，倒不是處在敵對地位的，但這件事之不愉快，只要一想起來，就覺得滿身疙瘩，說不出的不自在，我想是每個人都一樣的，所以在事後，我和藤澤，也從未見過面。

可是現在，他怎知我到日本來的？

我一見到他，他一見到我，我們兩人心中所想的事，分明全是相同的——

我們全想起了那件不愉快之極的事情來，所以我們兩人，都不約而同，皺了皺眉。

我道：「藤澤君，你怎麼知道我來的？」

藤澤雄是一個極其能幹的成功型的人物，可是這時，他卻顯得有點手足無措，他道：「我……我不知道是你，衛君，你登記的名字——」

我道：「我用英文名字登記，那樣說來，你不是來找我的了？」

藤澤雄有點尷尬：「我的確是來找你的，我可以進來說話麼？」

我側身，讓他進來，還有一個人，樣貌也很精靈，藤澤介紹道：「這位是我的助手山崎。山崎君，這位衛君，是最傑出的冒險家和偵探，是我最欽佩的人物。」

日本人可以說是世界上最善於奉承他人的民族，但是我倒相信藤澤對我的恭維，是出自內心的。那位山崎先生，立時來和我熱切地握手。

我道：「你還沒有說為什麼來找我？」

藤澤搓著手，看來好像很為難，但是他終於不等我再開口催促，就說了出來：「衛君，有人委託我，說是受到跟蹤和威脅——」

他才說了一句，我就明白了。

我吸了一口氣，打斷了他的話題：「鈴木正直！」

藤澤點了點頭：「是他。既然他所說的跟蹤者是你，那麼情形自然不同了，鈴木先生是工業界的後起之秀，他的為人我很清楚，他是一個極其虔誠的佛教徒，我不明白你為什麼要針對他而有這一連串的行動。」

我聽得出，藤澤的話，雖然說得很客氣，但是事實上，已然有責備的意思。

我聳了聳肩：「我不和你說假話，我為什麼要跟蹤他，連我自己也不明白，而這正是我要跟蹤他的原因。」

我的回答，聽來好像很古怪，但是像藤澤雄那樣的人物，他自然是可以知道我話中的真正意思的。

在他皺著眉的時候，我又道：「或許你去問鈴木，他比我更明白得多！」

藤澤不出聲，過了好久，他在問我可不可以坐下來之後，坐了下來，又是好半晌不出聲。

我望著他：「你不妨直說，如果你看到的不是我，那麼你準備怎麼樣？」

藤澤道：「我會向他解釋跟蹤威脅所構成的犯罪行為，勸他及時收手，趕快回去，別再來騷擾鈴木先生，可是那對你沒有用。」

我道：「當然沒有用，而且你必然還知道，我所以這樣做，一定是有原因的。」

藤澤苦笑了一下，我又道：「我不知道你的職業有沒有規定，在你接受了一個人的委託之後，就不能再反過來調查這個人！」

藤澤雄站了起來：「在一般情形而言，當然不可以，但如果情形特殊的話，那就不同，你知道，我們也有信念，信念便是追求事實的真相。」

我笑道：「那太好了，我想，你可以請山崎君先回去，我要和你詳談。」

藤澤對他的助手說了幾句話，他的助手鞠躬而退，我請他等我一等，洗了臉，和他一起離開了酒店。

當我們離開酒店，在街頭漫步的時候，我們誰也不出聲，那天恰好下著細雨，街上的人，都有一種行色匆匆的感覺。

直到我們走進了一家小吃店，喝過了熱茶，我才道：「鈴木這樣的人，會對一位很美麗的小姐，有著難以形容的恐懼，你猜得透其中的原因麼？」

藤澤瞪大了眼望著我，他顯然不明白我這麼說是什麼意思。

於是，我就將我目擊的事，以及我後來去求見鈴木，再度和唐婉兒會面的事，和藤澤講了一遍。

藤澤只是低著頭聽著，一點也不表示意見。直到我講完，他才道：「這是不可能的事啊！」

我點頭道：「我也那麼想，所以我要追查其中的原因。而最好的解決辦法，便是我和你一起去見鈴木，要他講出原因來。」

藤澤搖頭道：「照你所說的情形看來，他一定不肯說出來，而且，極可能是基於私人的原因，我們也沒有權利逼他一定要說出來！」

藤澤講到這裏，連他自己，都感到有點不好意思，因為他偏袒鈴木的意思太明顯了。

我搖著頭：「我絕不那麼認為，我以為一定有很古怪的原因，你是繼續阻止我調查呢？還是協助我，和我一起調查？」

藤澤雄呆了半晌，望著我：「我要調查，但不是為了你，而是為了我的委託，我也要弄清楚你究竟為什麼要跟蹤他，才能採取下一步行動！」

我笑了笑，藤澤雄的回答，實際上是他協助我調查。他之所以換了一個說法，全然是因為他的自尊心而已。

我道：「你可以放心的是，我絕不會再去騷擾鈴木，事實上，他可以根本拒絕見我，但是不到事情水落石出，我決不會罷手。」

藤澤雄嘆了一聲，喃喃地道：「我和鈴木認識了好幾年，他實在是一個好人。」

我提醒他，道：「所謂『好人』，各有各的標準。」

藤澤有點無可奈何地點著頭，我們又談了一些別的事，我盡量向他瞭解鈴木的為人，聽來，他也不像對我有什麼隱瞞。

我們在小吃店中消磨了兩小時左右，高高興興地分手，我去找曾經照顧過唐婉兒的那個日本婦人，當我見到那日本婦人的時候，第一個印象就是她極其和藹可親，我相信唐婉兒在日本的那段日子，一定很愉快。

她對我說了很多唐婉兒的生活情形。但是卻沒有任何一件事，可以和鈴木正直扯得上關係。

在殷勤的招待下，一直到天黑，我才告辭。雨下了一整天，到天黑之後，雨下得更大，我在未找到街車回酒店之前，沿街走著，我突然想起，藤澤曾告訴過我，鈴木的地址。

我要弄明白事情的真相，設法瞭解唐婉兒的生活，自然是重要的，但現在已經證明此路不通。那麼，我就必須進一步去瞭解鈴木了。

現在，天色那麼黑，我想，我可以偷進鈴木的住宅去，而不被任何人發覺。

所以，當我登上了街車之後，我就吩咐司機，駛向郊外。我決定冒一次險。

既然我已不可能和鈴木正面接觸，而且，他已對我敵對到了聘請全日本最有名的私家偵探來對付我的程度，我也只好行此一著了。

東京郊外的地形我並不熟，所以，在車子駛近鈴木的住宅之後，我叫司機停車，待司機離去，我又走了回來，來到了圍牆之旁。

那是一幢很大的日本式房子，有著環繞屋子的花園，花園中種著許多樹。日本式的花園，有一個特點，就是能夠藉巧妙的佈置，使小小的一塊空地，變得看起來相當大。

這時，除了門口，有兩盞水銀燈之外，整個花園和房子，都是黑沉沉的。我在圍牆旁站立了片刻，雨更密了，我聽不到有狗吠聲。是以，我翻過了圍牆，開始接近屋子，我很順利就來到了屋子正面的簷下，四周圍靜到了極點。

我想鈴木可能還在醫院中，不在家裏。不論他在不在，我到了他的家中，能夠瞭解一下他的生活，總是好的。

我在簷下站了一會兒，花園中的樹木全被雨水淋濕了，有一股幽黯的光芒，自葉上反射出來。

我去移大堂的門，竟然應手而開，我閃身進去，眼前十分黑暗，但是我可以看出，屋子中的一切，全是傳統的日本佈置。

我脫下了鞋子——那當然不是為了進屋必須脫鞋子的習慣，而是為了使我在走動的時候，不至於發出聲音來。

我向前走了幾步，整間屋子，黑暗而沉靜，我置身其中，有一種說不出的詭異之感。

而這種詭異之感，在我突然聽到了一陣「トト」聲有規律地傳了過來之後，達到了頂峰。

那一陣緩慢而有節奏的「トト」聲，從大堂的後面，傳了過來。

才一聽到那種聲響的時候，我嚇了一跳，立時站定了腳步。接著我便想：這聲音聽來很像是木魚聲，但這裏又不是廟，如何會有木魚聲傳出來。

可是，我立時又想到，藤澤曾告訴過我，鈴木是一位虔誠的佛教徒。那麼，是不是他在裏面敲木魚呢？

我的好奇心更甚，我輕輕地向前走去，當我又移開了一道門之後，木魚聲聽來更清楚了。而當我轉過了走廊的時候，我看到了鈴木的影子。

鈴木在一間房間之中，那房間中也沒有點燈，只不過點燃著兩支蠟燭，燭火昏黃，不是很光亮，但已經足以將跪在地上的鈴木的影子，反映在門上。

日本式的屋子，門是木格和半透明的棉紙，我可以清楚地看出，那是鈴木，他正跪在地上，有一隻木魚在他的身前，他在一下又一下地敲著。

在呆立了片刻之後，我又繼續向前走去，燭火在搖晃著，以致鈴木的影子也在搖動，看來就像是他隨時準備站起來。

我幾乎每向前走出一步，就要停上片刻。但事實上，鈴木一直在敲著木魚，一點也沒有起身的打算，我終於來到了門前，然後，以慢得令人幾乎窒息的慢動作，將門慢慢移開了一道縫。

我從那道縫中，向內望去，看到了鈴木的背影。

鈴木跪伏在地上，他的額頭，碰在地上，手在不斷地敲著木魚。

一個人要維持這樣的姿勢，並不是容易的事，而鈴木跪了很久。這似乎超越了一個佛教徒的虔誠了。

同時，在木魚聲之外，我還聽到，鈴木在發出一種極低的、斷斷續續的呻吟聲。

那種低低的呻吟聲，低得幾乎聽不見，然而一聽到了之後，卻是驚心動魄，令人毛髮直豎。因為在鈴木的呻吟聲中，包含了一種難以形容的痛苦，這種聲音，似乎不是從一個人口中吐出來，而是在地獄中正受著苦刑的鬼魂所發，透過厚厚的地面傳了上來。

我不能肯定鈴木在做什麼，我只好再打量裏面的情形。

我看到，在鈴木的前面，是一張供桌，桌上點著蠟燭，燭火搖曳。

那桌上還放著很多東西，可是卻不是十分看得清楚，看來，像是一個又一個大大小小的布包。

整間房間很大，但除了那張供桌之外，什麼也沒有，顯得空空洞洞，說不出的不自在。

我在門外，佇立了很久，才看到鈴木停止了敲打木魚，慢慢地抬起頭來。當他抬起頭來的時候，我看到他的身子在發著抖，同時，我聽到他以顫抖的聲音道：「別……來……找我！」

他重複著那句話，足足重複了七八十次，才慢慢站了起來。

當他站起來之際，我身子一閃，閃開了七呎，躲在陰暗處，因為我知道他要出來了。

果然，我看到了他吹熄了一支燭，又拿起另一支燭，移開門，走了出來。燭火照在他的臉上，他臉上的那種神情，我並不陌生，他好幾次就是以那種害怕之極的神情對著我的，但這時，在他的神情之中，還多了一股極其深切的痛苦。

看到他的那種神情，我倒幾乎有一點同情他了，因為一個人如果不是心地痛苦之極，要在臉上硬裝出這樣的神情來，是不可能的。

鈴木的雙眼發呆，向前走著，並沒有發現我。我也曾考慮過突然現身，但是我想到，在如今那樣的情形下，如果我突然現身的話，可能會將他嚇死。

所以，我仍然站著不動。

一直等到鈴木走遠了，我才吁了一口氣，那時候，我唯一的念頭便是：進去看一看，供桌上的那些布包裏面，是什麼東西。

我先伏了下來，將耳貼在地板上，直到聽不到腳步聲了，才站起來，移開那扇門，閃身而入。

當我來到了供桌前，手按在供桌上的時候，突然之間，供桌像是向前，移了兩寸。

那絕不可能是我的幻覺，而是供桌真的移動過了。

屋子中黑成一片，我幾乎什麼也看不見，在那一剎間，我不禁毛髮直豎！而也就在那一剎間，我突然感到，隔著供桌，有一個人站了起來。

我真的只是「感到」，而不是看見！

因為天色黑，我根本看不見，因為供桌不過兩呎來寬，在供桌之後，陡然多了一個人，我可以感覺得到！

我不禁僵住了！

那是一種十分恐怖的感覺，當你懷著鬼胎，在黑暗之中摸索的時候，忽然之間，感到黑暗中另外有一個人在，那實在令人不知所措。

我僵立著，一動也不動，房間之中，根本沒有任何聲響，但是我那種感覺，並未曾消失。相反地，反倒增加了幾分恐怖感。

由於房間中如此之黑，如此之靜，使我進一步感到，和我隔著供桌而立的，可能根本不是一個人，而是一個幽靈！

我無法估計我呆立了多少時間，大概足有三五分鐘之久，我的手指才能開始移動。

那時候，我已比剛才發現有人的時候，鎮定得多了，我想到，我突然之間感到黑暗中有一個人，而感到了如此的震驚，那麼，對方的感覺，一定也是和我一樣的，他一定也因為突然覺出了有人，而屏住了氣息，所以房間中才會靜得一點聲音也沒有。

我怕他，他也一樣怕我！

他是什麼人呢？如果他也感到害怕的話，那麼，他一定也是偷進來的了！

我一面想，一面慢慢地伸出手指去。

我的手指，先碰到了桌子的邊緣，然後，又移上了桌面。當我的手按上了桌面之際，我略停了一停，我用心傾聽，想聽到一點聲響，但是除了聽到在花園中，約略有一點沙沙聲之外，房間之中，真是一點聲響也沒有。

我又停了片刻，手貼在供桌的桌面之上，慢慢向前移動著。

不一會兒，我碰到了那個放在供桌上的包袱。

我曾經看見過這個包袱，當鈴木跪在供桌前的時候，那個包裹，就在供桌上。

我自然不知道那個包裹中有些什麼，但是鈴木既然將之放在供桌上，並且對之跪拜，那麼，其內一定有著極重要的東西，這可以肯定。

所以，這時，當我碰到了那個包裹之際，我便決定，不論和我同處在黑暗之中的那個是什麼人，我都不加理會，我要拿著那包裹走，看看包裹中有什麼，再打主意。

我的手按住了那包裹，然後五指抓緊，再然後，我的手向後縮。

可是，就在我的手向後縮之際，突然，那包裹上，產生著一股相反的力量，向外扯去。我那樣寫，看起來好像很玄妙，但事實上，如果兩個人站在對面，大家都伸手抓包裹，都想向自己這方面拿的話，就會有那樣的情形了。

剛才，我還只不過是「感到」黑暗之中有一個人，但現在，當有人和我在爭奪包裹的時候，我可以肯定，黑暗中的確有一個人，這個人就在我的對面。

這似乎是不必多加考慮的了，是以我一手仍抓著包裹，而我的右手，在那同時，向前疾揮了出去。

也就在我的左拳揮出之際，「砰」的一聲，我的肩頭，先著了一拳，而我的一拳，也擊中了對方，我想，我們兩人的身子，大約是同時向後一仰，而在剎那間，我可以肯定，誰也未曾得到供桌上的那個包裹。

我聽到對方向後退出時的腳步聲，在那一剎間，我繞著供桌，迅速地向前走了兩步。

我走得雖然快，但是卻十分小心，並不發出聲響來，

現在，情形比較對我有利了，因為對方可能以為我在他的對面，但事實上，我已經在他的旁邊了。

經過剛才的那一下接觸之後，突然又靜了下來，我站了一會兒，又慢慢向前移動著。

我知道，我這時手是向前伸著的，只要我的手指先碰一碰對方，我立時可以先發制人！

我移動得十分緩慢，當移出了三五呎之後，我的手指尖已經碰到東西了，在極短的時間內，我已經判斷到，我手指尖碰到的是布料，也就是說，我已經碰到了那人的身子，碰到了他所穿的衣服。

剛才我的行動，是如此之緩慢，但是現在，當我的手指尖一碰到了東西之後，我的行動，快得連我也有點難以想像，我五指疾伸而出，陡地向前抓去，我估計我恰好抓住了那人的手臂。

我陡地半轉身，將那人的手臂扭到後面，然後，我的左臂，已經箍住了那人的頸。

那人發出了一下極其難聽的悶哼聲，由於我將他箍得十分緊，所以他無法繼續發出任何聲音來。

我已完全佔著上風了！

我在那人的耳際，用極低但是也極嚴厲的聲音喝道：「什麼人？」

當我問了那一句話之後，右臂略鬆了一鬆，以便對方可以出聲回答我。

我也立時得到了回答，那是一個聽來十分熟悉的聲音：「天，衛斯理，原來是你！」

當我聽到這一句回答的時候，我也呆住了！

我也決想不到這個人會是他！可是我現在聽到的，分明是藤澤雄的聲音。

我忙低聲道：「藤澤，是你？」

藤澤道：「不錯，是我，快鬆手，我要窒息了！」

我鬆開了手，想起剛才，才一發覺有人時的那種緊張之感，不禁啼笑皆非。

第四部：調查鈴木的過去

在我鬆開了手之後，黑暗之中，聽得藤澤雄喘了幾口氣，然後，他才問我：「你是什麼時候來的？」

我道：「來了好久了，我來的時候，看到鈴木正跪在地上。」

藤澤道：「那我來得比你更早，我一直躲在供桌之後，我看到鈴木先生進來，跪在地上，他竟然完全沒有發現我躲著。」

我回想著鈴木伏在地上的那種情形，深信藤澤所說的不假。因為看那時鈴木的情形，他像是被一種極度的痛苦所煎熬，別說有人躲在桌後，就算有人站在他的面前，他也可能視而不見。

情。

我吸了一口氣：「藤澤，你說，鈴木那樣伏在地上，是在做什麼？」

藤澤並沒有立時回答我，而房間仍然是一片黑暗，我也看不清他臉上的神情。

略停了一停，我又道：「你曾說過，他是一個虔誠的佛教徒，但是你不覺得，他的行動，已經超過了一個虔誠的佛教徒了？」

藤澤又呆了片刻，才嘆了一聲：「是的，我覺得他伏在地上的時候，精神極度痛苦，他發出的那種低吟聲，就像是從地獄中發出的那種沉吟一樣，他像是——」

當藤澤講到這裏的時候，我接上了口，我們異口同聲地道：「他像是正在懺悔什麼！」

當我們兩個人一起講出了那句話之後，又靜了片刻，藤澤才苦笑道：「然而，他在懺悔什麼呢？」

我道：「他跪伏在供桌之前，我想，他在懺悔的事，一定是和供桌上的東西有關的。」

藤澤道：「不錯，我也那樣想，所以我剛才，準備取那個包裹。」

我笑了一下，道：「是啊，我們兩人竟同時出手，但現在好了，不必爭了！」

藤澤道：「帶著那包裹，到我的事務所去，我們詳細研究一下，如果很快有了結論的話，還可以來得及天明之前將它送回來。」

我一伸手，已經抓起了那個包裹：「走！」

我們一起走向門口，輕輕移開了門。

整幢屋子之中都十分靜。鈴木好像是獨居著的，連僕人也沒有。

我們悄悄地走了出去，到了鈴木的屋子之外，藤澤道：「我的車子就在附近。」

我跟著他向前走去，來到了他的車旁，一起進了車子，由藤澤駕著車，向市區駛去。

藤澤在日本，幾乎已是一個傳奇性的人物，他的崇拜者，甚至將他和三島由紀夫相提並論，所以他的偵探事務所，設在一幢新型大廈的頂樓，裝飾之豪華，如果叫同是偵探的小郭來看到了，一定要瞠目結舌，半晌說不出話來。

我跟著他走進他的辦公室，一切全是光電控制的自動設備。他才推開門，燈就自動開了。我將包裹放在桌上，我們兩人，一起動手，將那包裹上的結，解了開來，在那時候，我和藤澤兩人，都是心情十分緊張的，可是當包裹被解開了之後，我們都不禁呆了一呆。

那包裹很輕，我拿在手中的時候，就感到裏面不可能有什麼貴重的東西。但是無論如何，我們總以為裏面的東西可以揭露鈴木內心藏著的秘密的。

或許，包裹中的東西，的確可以揭露鈴木正直內心的秘密，但是我們卻一點也不明白。

解開包裹之後，我們看到的，是兩件舊衣服。

那兩件舊衣服，一件，是軍服，而且一看就知道，是日本軍人的制服。另外一件，是一件旗袍，淺藍色，布質看來像是許多年之前頗為流行的「陰丹士林」布。這種布質的旗袍至少已有二十年以上沒有人穿著了。

當我和藤澤雄兩人，看到包裹中只有兩件那樣的舊衣服時，不禁呆了半晌。然後，我和藤澤雄一起將兩件衣服，抖了開來。

那兩件衣服，一點也沒有什麼特別，那件長衫，被撕得破爛，和軍服一樣，上面都有大灘黑褐色的斑漬，藤澤雄立時察看那些斑漬，我道：「血！」

藤澤雄點了點頭：「是血，很久了，可能已經超過了二十年。」

我又檢視著那件軍服，當我翻過那件軍服之際，軍服的內襟上，用墨寫著一個人的名字，墨跡已經很淡，也很模糊了。可是經過辨認，還是可以看得出，那是「菊井太郎」，是一個很普通的日本人名字。

我將這名字指給藤澤雄看，藤澤皺起了眉：「這是什麼意思？」

我道：「這個名字，自然是這個軍人的名字。」

藤澤苦笑著：「那麼，這個軍人，和鈴木先生，又有什麼關係呢？」

我吸了一口氣：「藤澤，鈴木以前當過軍人！」

藤澤嘆了一聲：「像他那樣年紀的日本男人，幾乎十分之八，當過軍人，別忘了，第二次世界大戰，日本戰死的軍人，便接近四百萬人！」

我沉著聲：「這是侵略者的下場！」

藤澤的聲音，帶著深切的悲哀：「不能怪他們，軍人，他們應該負什麼責任？他們只不過是奉命行事。」

我不禁氣往上沖，那是戰後一般日本人的觀念，他們認為對侵略戰爭負責的，只應該是少數人，而其餘人全是沒有罪的。

這本來是一個十分複雜的道德和法律問題，不是三言兩語辯論得明白的，但是我認為，任何人都可以那樣說，唯獨直接參加戰爭的日本人，沒有這樣說的權利，他們要是有種的話，就應該負起戰爭的責任來。

我的聲音變得很憤怒，大聲道：「藤澤，戰爭不包括屠殺平民在內，我想如果你不是白癡的話，應該知道日本軍人在中國做了些什麼！」

藤澤的神色十分尷尬，他顯然不想就這個問題，和我多辯論下去。

他嘆了一聲：「可是日本整個民族，也承擔了戰敗的恥辱。」

我厲聲道：「如果你也感到戰敗恥辱的話，你就不會說出剛才那種不要臉的話來！」

藤澤也漲紅了臉：「你——」

可是他只是大聲叫了一聲，又突然將聲音壓低，緩緩地道：「你也知道，戰後，東條英機、土肥原賢二、木村兵太郎、武藤章、松井石根、阪垣征四郎、廣田弘毅等七個，對戰爭要直接負責的七個人，都已上了絞刑架！」

我冷笑著：「他們的生命太有價值了，他們的性命，一個竟抵得上二十萬人？」

藤澤攤著手：「我們在這裏爭辯這個問題，是沒有意義的，時間已過去二十多年了！」

我不客氣地道：「藤澤，歷史擺在那裏，就算過去了兩百多年，歷史仍然擺在那裏！」

藤澤又長嘆了一聲，我又指著那件旗袍：「這件衣服，是中國女性以前的普通服裝，你認為它和軍服包在一起，是什麼意思？」

藤澤搖了搖頭：「或許，是有一個日本軍人，和中國女人戀愛——」

他的話還沒有講完，我就「吁」的一聲，道：「放屁，你想說什麼？想編織一個蝴蝶夫人的故事？」

由於我的態度是如此之不留餘地，是以藤澤顯得又惱怒又尷尬，他僵住了，一時之間，不知如何說才好。而我也實在不想和他再相處下去了，是以我轉身走到門口。

就在這時，電話鈴忽然叫了起來，我轉回身來，藤澤拿起了電話。

我隔得藤澤相當遠，但是藤澤一拿起電話來，我還是聽到了自電話中傳出來的一下驚呼聲，叫著藤澤的名字，接著，便叫：「我完了，她拿走了她的東西，她又來了！她又來了！」

那是鈴木的聲音！

我連忙走近電話，當我走近電話的時候，我更可以聽到鈴木在發出沉重的喘息聲。

藤澤有點不知所措，道：「發生了什麼事？」

鈴木卻一直在叫道：「她回來了，她回來了！」

鈴木叫了幾聲，電話便掛斷了。

藤澤拿著電話在發呆，我忙道：「我明白了，他發現供桌上的包袱失蹤了！」

藤澤有點著急：「如果這造成巨大的不安，那麼我們做錯了！」

我冷笑著：「他為什麼要那樣不安？」

藤澤大聲道：「事情和鈴木先生，不見得有什麼直接的關係，那件軍服上，不是寫著另一個人的名字？我要去看看鈴木先生。」

我身子閃了一閃，攔住了他的去路：「藤澤，你不要逃避，我一定要查清楚這件事的！」

藤澤有點惱怒：「我不明白你想調查什麼，根本沒有人做過什麼，更沒有人委託你，你究竟想調查什麼？」

藤澤這幾句話，詞意也十分鋒利，的確是叫人很難回答的，我只是道：「我要叫鈴木講出他心中的秘密來！」

藤澤激動地揮著手：「任何人都有權利保持他個人的秘密，對不起，我失陪了！請！」

藤澤在下逐客令了，我冷笑一聲，轉身就走。

雖然我和藤澤是同一架升降機下樓的，但是直到走出門口，我們始終不交一語。

我甚至和他在大廈門口分手的時候，也沒有說話。

回到了酒店，我躺在床上，又將整件事仔細想了一遍，但仍然沒有什麼頭緒。

不過，我想到，要調查整件事，必須首先從調查鈴木正直的過去做起。

鈴木正直曾經是軍官，要調查他的過去，應該不是一件很困難的事，不過，如果想知道他在軍隊中的那一段歷史，除非是查舊檔案，那不是普通人能夠做得到的。

當我想到這一點的時候，我立即翻過身來，打了一個電話。

那電話是打給一個國際警方的高級負責人的，利用我和國際警方的關係，我請他替我安排，去調查日本軍方的舊檔案。

那位先生在推搪了一陣之後，總算答應了我的要求。他約我明天早上再打電話去。

第二天早上一醒來，我就打了這個電話，他告訴我，已經為我接洽好了，他給了我一個地址，在那裏，我有希望可以查到我要得到的資料。

我在酒店的餐廳中進食早餐，當我喝下最後一口橙汁時，藤澤突然向我走了過來，他帶著微笑，攤著手，做出一個抱歉的神情，在我的對面，坐了下來：「好了，事情解決了！」

我瞪著他：「什麼意思？」

藤澤道：「昨天我去見鈴木，才見他的時候，他的神情很激動，後來，他漸漸平靜了下來，他告訴我，他的確是發現了包裹不見而吃驚的。」

我冷冷地道：「他對於跪在那兩件舊衣服之前，有什麼解釋？」

藤澤道：「有，那件旗袍，是一個日本少女的，軍服屬於他的部下，他曾拆散他們兩人的來往，後來那日本少女自殺，那位軍人也因之失常而戰死，所以他感到內心的負疚。」

我又道：「那麼，為什麼他見到那位導遊小姐，會感到害怕？」

藤澤搖著頭：「我也曾問過他，他根本不認識那位小姐，他說那時他的行動，或者有點失常，但那只不過是他突然感到身體不適而已。」

我呆了半晌，才道：「照你這樣說法，你已完全接受了他的解釋？」

藤澤道：「是！」

他在說了一個「是」字之後，又停了半晌，才又道：「這件事完了，你沒有調查的必要，這裏面，絕沒有犯罪的可能。」

我又呆了半晌，才笑了一下：「你其實也不是十足相信他的話！」

藤澤嘆了一聲：「誰知道，在戰爭中，什麼事都可以發生。」

我冷冷地道：「不錯，戰爭中什麼事都可以發生，唯一不會發生的，就是你剛才所說這樣的一件事，會使得一個侵略軍的軍官，感到如此之恐懼！」

藤澤沒有再說什麼，又坐了一會兒，就告辭離去。

我當然不會相信藤澤轉述的鈴木的話，鈴木只不過是想藉此阻止我再調查下去而已，他如果以為我真會聽了這幾句話就放棄的話，那就真是可笑了！

我照原來的計畫，到達了「戰時檔案清理辦事處」，接見我的，是一個女職員，年紀很輕，她問我有什麼要求。

我想了一想，道：「我想查一個軍官的檔案，這個軍官曾在二次世界大戰時服役，參加過侵略中國的戰爭，他叫鈴木正直，是不是有可能？」

那女職員道：「軍官的檔案，的確還在著，可是查起來相當困難，你──」

我立時接了下去：「我一定要查到，是一件十分嚴重的事情。」

那女職員呆了一呆：「為什麼？他是一個漏網的戰犯？」

我道：「對不起，小姐，我不能告訴你。」

那女職員道：「好吧，請你跟我來，我想讓你看一看找一份這樣的檔案的困難程度！」

我跟著她，離開了辦公室，經過了幾條走廊，來到了一條兩旁有著十間房間的走廊中，她道：「你要的檔案，在這十間房間中。」

我皺了皺眉：「小姐，我不相信你們的檔案，沒有分類。」

那女職員道：「事實上，這批檔案，是由美軍移交過來的，本來早就應該銷毀了，或許是由於根本已沒有人注意到這件事了，所以它們的存在與否，也沒有人理會了，我想可能有分類的，你要找的那個人叫什麼？」

我道：「鈴木正直！」

那女職員喃喃念著「鈴木正直」的名字，道：「姓鈴木的人很多，嗯……在這裏——」

她看看門上的卡，推開了那扇門，著亮了燈。

滿房間都是架子，架子上都是牛皮紙袋、硬夾子，堆得很亂。

我已經看到，至少有三只架子，全寫著「鈴木」字樣，那女職員攤了攤手，道：「你看到了！」

我笑了笑，道：「如果你抽不出空來，那麼我可以自己來找。」

那位女職員笑了起來：「抽不出空？我們的機關，可以說是全世界最沒有事做的機關！」

我道：「那麼好，我們一起來找，今天晚上，如果你一樣有空的話，那麼，我想請你吃飯。」

女職員笑道：「多謝你！」

她一面笑，一面向我鞠躬，她搬來了一張桌子、兩張椅子，我們開始工作。

檔案十分多，而且十分亂，我們沒有名冊可以查，只好一份一份拿下來看。這是十分乏味的工作，一直到四小時之後，那女職員才道：「看，這是鈴木正直的檔案！」

我連忙自她的手中，接過厚厚的一疊檔案，不錯，姓名是鈴木正直，軍銜是少尉，是工程兵的一個排長，不過，從發黃的照片來看，無論如何，這個少尉，不會是現在的鈴木正直！

我搖了搖頭：「這不是我要找的那個。」

那女職員攤了攤手，我們又開始尋找，那許多檔案中的人，有許多根本已經不在世上，正如藤澤所說，日本在太平洋戰爭和侵華戰爭中，死去了四百萬以上的士兵和軍官。但是我們還是不得不翻著發黃的照片和表格，希望能找出鈴木正直以前的經歷來。

一整天的工作，其結果是，我們一共找到了七個鈴木正直。但是從照片和經歷上看來，這七個鈴木正直之中，沒有一個是我要找的那個。

下班的時間到了，和我一起工作的那女職員伸了一下懶腰：「沒有辦法，我們只好明天再開始。」

我雖然心急，但是也急不出來，只好罷手。在和那女職員分手的時候，我問了她的地址，和她約好了時間去接她，我和她度過了一個很愉快的晚上。

我自認對日本人的心理，並不十分瞭解，所以我找了一個機會，問及她一個事業成功的中年男人，為了什麼會對一個從未謀面的少女發生恐懼，又為了什麼會對著一些舊衣服來懺悔，那位小姐也答不上來。

當天晚上，我回到酒店之後不久，就接到了藤澤的電話，他在電話中笑著道：「你還沒有走？」

我冷冷地道：「為什麼我要走？」

藤澤道：「和你在一起的那位小姐看來很溫柔，難怪你不想走了！」

我怒火陡地上升，這狗種，他一定在暗中跟蹤我，不然，他怎知道我和那個管理檔案的女職員在一起？我幾乎要罵出來，但是一轉念間，卻忍了下來。

藤澤還在跟蹤我，這至少說明了一點，就是他還在接受鈴木的委託，那麼，就是說，他早上向我轉述的那一番話，全是假的！

在經過了一天的尋找舊檔案之後，對於是不是能在檔案之中找到鈴木過去的經歷，我實在已失去了信心。

在那樣的情形下，鈴木繼續委託藤澤跟蹤我，可以說對我有利。因為鈴木可以知道我在做什麼，而使他更有所忌憚。

當我想到了這一點時，我登時變得心平氣和，我道：「你消息倒靈通，不錯，這位小姐很溫柔，她是做檔案管理工作的！」

藤澤顯然料不到我會那樣直截了當地回答他，是以他呆了半晌，才道：「祝你好運。」

我毫不放鬆：「祝我好運是什麼意思，我是已經結了婚的。」

藤澤笑了起來，我可以聽得出，他的笑聲，十分尷尬，他道：「我的意思，你現在在進行的事。」

我已經將他的話逼出一些來了，他自然知道我在進行什麼事，以藤澤的本領而論，如果連這一點也查不出來，那真是可笑了。

是以，我又知道了藤澤對我的注意，還在我的想像之上。我道：「謝謝你，會有成績的。」

我們說到這裏，可以說，已經沒有什麼別的話可說了。

但是藤澤卻還不肯放下電話。

靜默了半分鐘之後，藤澤才道：「衛，你是正人君子，我很佩服你的為人，你認為竭力去發掘一個人過去的往事，來滿足自己的好奇心，是一件很有趣的事麼？」

好傢伙，藤澤竟用這樣的話來對付我！

我略想了一想，便道：「藤澤君，既然你提到了君子，我可以告訴你兩句話：『君子坦蕩蕩，小人常戚戚』。一個人的過去，如果沒有什麼見不得人的地方，絕不會怕人家調查。」

藤澤苦笑了幾下：「晚安！」

我也向他道了晚安，躺了下來。這一晚上，我倒睡得很好，那或許是因為我意識到，我還要度過許多無聊而單調的日子之故。

第二天一早，我又到達那機關，那位女職員仍然帶我在舊檔案中翻查著。這一天的成績更差，連一個鈴木正直都找不到。第三天，到了中午時分，所有姓「鈴木」的軍人檔案，已經找完了。那女職員同情地望著我：「花了三天時間，你還是找不到你要找的人！」

我苦笑了一下：「這裏的舊檔案，自然不是戰時軍人所有的檔案？」

那女職員道：「當然不是全部，戰時，軍事檔案是分別由幾個機關保管的，在大轟炸中，損失了很多，戰後，所有的舊檔案才漸漸集中到這裏來。」

我又問道：「其他地方，是不是還有相同的機關？」

那女職員搖了搖頭。

這時，我真有說不出來的沮喪，因為我不能在舊檔案中找到鈴木正直的話，就表示我已經失敗了，就算我再留在東京不走，也沒有用處的了！

我想起了藤澤的冷笑聲，想起了鈴木正直那種兇狠的樣子，自然一萬分不願意失敗，可是，又有什麼辦法呢？事實上我已失敗了！

我嘆了一聲，在身邊凌亂的檔案中，站了起來，道：「沒有辦法了，打擾了你三天，真不好意思。」

那女職員忙道：「哪裏！哪裏！」

我又嘆了一聲，離開了那間房間，裏面全堆滿了舊的人事檔案，這些檔案，只經過初步的分類，那是根據姓氏來分的。

房間裏面儲放的檔案，是什麼姓氏的，在房門上都有一張卡標明著，這時，我突然站定，是站在一間標有「菊井」的卡片的房門之前。

一看到「菊井」這個姓氏，我立時想起一個人的名字來：「菊井太郎」。這是一個極普通的日本名字，但是我看到這個名字，卻並不尋常，這個名字，是寫在那件染滿血跡的舊軍衣之上的，而那件舊軍衣，則在鈴木的供桌之上。

在那一剎間，我想到，鈴木正直一定認識這個菊井太郎，在軍中，他們可能在同一個隊伍之中，關係一定還十分密切，要不然，鈴木就不會直到現在，還保存著菊井的舊軍服。

我既然找不到鈴木的檔案，那麼，是不是可以找到菊井的檔案呢？

如果我找到了菊井的檔案，那麼，是不是可以在菊井太郎處窺知鈴木的過去呢？

本來我已經完全失望了，但是當我一想到這一點時，新的希望又產生了！

我還沒有開口，那位女職員已然道：「你又發現了什麼？」

我轉過頭來：「不錯，我發現了一些東西，我要找一個姓菊井的舊軍人的檔案，他叫菊井太郎！」

那女職員皺了皺眉：「叫太郎的軍人，可能有好幾千個。」

我道：「不要緊，我可以一個一個來鑒別。」

那女職員笑了笑：「好，我們再開始吧！」

我在門口等候，她去拿鑰匙，不一會兒，我和她便一起進入了那間檔案儲存室。

這一天餘下來的時間，我找到了十多位「菊井太郎」。要辨別同名的鈴木正直，是不是我要找的人，那比較容易得多。因為我見過鈴木正直，對他留有極其深刻的印象。但是，要分辨菊井太郎，就難得多了！

因為，我根本沒有見過這個「菊井太郎」。

第二天，將所有「菊井太郎」的檔案，全找了出來，一共有七十多份，我慢慢閱讀著。

在我已看過的三十多份檔案中，有的「菊井太郎」是軍官，有的是士兵，其中有一位海軍大佐，檔案中證明，在大和艦遭到盟軍攻擊沉沒時失蹤。

我想那一些，全不是我要找的菊井太郎。

由於我連日來都埋頭於翻舊檔案，頸骨覺得極不舒服，我一面轉動著頭部，一面又拿過一隻牛皮紙袋來，嘆著氣，將袋中的文件，一起取了出來。

而當我取出了袋中文件時，我陡地呆住了！

我首先看到一張表格，那是一份軍官學校的入學申請書，上面貼著一張照片，照片上是一個青年人，不超過十八歲，剃著平頂頭。

我之所以一看到這張照片，就整個人都呆住了的原因，實在很簡單，因為儘管這張照片，是將近三十年之前的事，可是我還是一眼就認得出來，這個人，就是現在的鈴木正直！

我的心狂跳著，我將所有的文件，全在桌上攤開，將所有照片的紙張，都找了出來，一點也不錯，全是鈴木正直的照片。

這真是出乎我意料的事！

我著手找尋「菊井太郎」的資料，原是「死馬當活馬醫」，沒有辦法中的辦法，我只希望能夠在找到了菊井的檔案之後，得到鈴木正直的一點資料。

我真的沒有想到，鈴木正直的本名，叫作菊井太郎，我現在已經找到了他的檔案！

他為什麼要改名換姓呢？為什麼要將過去的舊軍服一直保留著？

我深深地吸了一口氣，這時，我心中的高興，難以形容，我將全份檔案，略為整理了一下，開始仔仔細細地閱讀。

菊井太郎的一生，用簡單的文字，歸納起來如下：他是京都一家中學的學生，在學時，品學兼優，家道小康，他離校考進了軍官學校，以優異的成績畢業，作為少尉軍官，被編入軍隊。

在軍隊中的第一程，他就被奉派來華作戰，很快就升為中尉。在一次戰役中，他率領三十個士兵，做尖兵式的突破。為攻擊中國江蘇省南京的外圍據點而立下功勞，晉升為上尉。

他以日本皇軍上尉的身分，率隊進入南京，當時南京方面的中國守將是唐生智，菊井上尉在檔案上的另一項功績就是，他率先進城，在下關一帶，截住了一大批守軍撤退時未曾來得及運走的軍事物資，為了這件事，菊井太郎曾獲日本皇軍中將本間雅晴的接見，和菊井同時被接見的，還有十幾個軍官，檔案中還有著被接見者，和本間中將合攝的照片，雖然很多人站成兩排，但是我還是立時可以指出哪一個人是菊井太郎（鈴木正直）來。

看到這裏，我不禁閉上了眼睛。

菊井是隸屬於本間雅晴中將部下的，而近代戰爭史上，最慘無人道的事，就是本間雅晴攻進南京之後所施行的大屠殺。

舉世聞名的「南京大屠殺」中，死在日本皇軍刺刀和槍彈下，死在日本皇軍活埋下，死在日本皇軍縱狼狗活生生咬死，死在日本皇軍用鐵線將人綁成一串再通電，死在日本皇軍的輪姦、剖腹，死在日本皇軍種種殘酷的手段之下的中國老百姓，至少超過四十萬人。實際上，根本沒有精確的統計，可能遠遠超過這一個數字。

第五部：慘絕人寰的大屠殺

「南京大屠殺」是歷史上最駭人聽聞的暴行，日本皇軍對待被俘的中國官兵之殘暴，更是令人髮指，大批軍人被綁縛在地，而日本皇軍用軍用大卡車，在活生生的人身上輾過去！

「南京大屠殺」的暴行，完全是日本皇軍本間雅晴陸軍中將領導下的全體官兵有計畫的行動。

日本皇軍在大屠殺之前，首先封城、縱火，南京中華門、夫子廟、朱雀路、國府路、珠江路、太平路一帶，全被封鎖、縱火，在大火中被燒死的人已是不計其數，再加上火場中的搜索，整個南京，變成了屠場，日本皇軍的獸性，在南京展覽，被日本皇軍，用形形色色方法處死的中國人，成為日本皇軍殘暴獸行的證明。

我曾經詳細讀過有關「南京大屠殺」的一切資料，包括當時外國記者的報導、中國記者的報導、僥倖逃出魔爪者的口述，以及日本記者的報導。日本的一張報紙，就曾報導過日本皇軍之中，富岡準尉和野田中尉比賽殺人的事件，還刊載過他們各自砍殺了一百多個中國平民之後，神氣活現的照片。

這是鐵一般的事實，是一樁永遠也無法清償的血債，是日本人野獸面目暴露無遺的暴行，是每一個中國人都應該牢記於心的事！

我閉上了眼睛，足有好幾分鐘。

在那好幾分鐘之中，我的心十分亂，我彷彿看到了慘號無依的中國人，被日本皇軍在舌頭上用鐵鉤鉤著，吊在電線杆上等死。我也彷彿看到了大群日本皇軍畜養的狼犬，在啃著中國人的血肉。

而菊井太郎，當時的日軍上尉，如今的鈴木正直，在這場大屠殺中，究竟扮演著什麼角色呢？他殺了多少人？強姦了多少中國女人？

我覺得，事情漸漸有點眉目了，因為鈴木正直，對南京的地名，如此敏感，他在飛機上，一聽到我說唐婉兒是南京人時，幾乎變成癲狂。

那件染有血斑的軍衣，那件全是血塊的旗袍——真的，我覺得事情漸漸有點眉目了。

我深深地吸了一口氣，再睜開眼來，菊井上尉以後的經歷，我只是草草了事看了一下，我只知道他後來又晉升為大尉、少佐，直到日本戰敗，他好像曾被俘，或者是這位「大和英雄」開了小差，因為檔案中注的是「失蹤」。

而事實上，菊井太郎搖身一變而為鈴木正直，直到現在，他成為一個工業家，人人尊敬的「鈴木先生」。

幾天的辛苦，我可以說完全有了代價，我已經知道了鈴木正直的過去。

我自然不能將這份檔案帶走，但是我在離開的時候，帶走了一張相片。

這張相片，就是本間雅晴中將接見有功人員的那張，菊井太郎（鈴木正直）也在其中。我離開了那機關，臉色很陰沉，想起上四十萬人，被種種殘酷手段屠殺，作為人，絕沒有法子心情開朗的。僅僅作為人，都會難過，別說是中國人了！

我獨自在街上走著，走了很久，直到天色已漸漸黑了下來，我才決定，找鈴木正直去！我等了一會兒，才截到一輛街車，車在鈴木的住宅前停下，我按鈴，過了好久，才有一個老僕，自屋中走出來應門。

我表示要見鈴木，老僕搖著頭：「鈴木先生通常要遲一點才回來。」

我道：「不要緊，我可以等他。」

老僕用一種疑惑的神色望著我，我道：「我是藤澤先生那裏來的。」

那老僕這才點了點頭，開門讓我進去，我在客廳裏坐了下來，老僕點亮了燈。

我大約等了半小時，聽到外面有汽車聲，我站了起來，看到鈴木自一輛黑色的大房車走出來，房車是由司機駕駛的。

鈴木提著公事包，幾天不看到他，他看來很憔悴，但是身子仍然很挺，和我第一次見到他時候的印象一樣，是一個職業軍人。

我向客廳外走去，剛在他走過花園，來到屋子前的時候，我也出了客廳。光線已經很暗，但是他立時站定，他自然是看到了我，而且也認出了我。

當我和他都一起站定的一剎間，是極其難堪的一陣沉默，我凝視著他，等待他發作。

果然，在沉默了半分鐘之後，他以極其粗暴的聲音呼喝道：「滾，滾出去！」

我早已知道他一定會有這樣的呼喝的，所以我立時回答道：「是，菊井少佐。」

我那樣說的時候，仍然站立著不動，而鈴木正直卻大不相同了！「菊井少佐」四個字，像是四柄插向他身子的尖刀一樣，令得他的全身，都起了一陣可怕的抽搐，他的手指鬆開，公事包跌在地上。他的雙手毫無目的地揮舞著，像是想抓到一點什麼。

可是那並沒有用處，他抓不到什麼。

在他的喉間，響起了一陣極其難聽的「咯咯」聲響來，他的臉色，在黑暗中看來，是如此之蒼白！

我又冷冷地道：「菊井少佐，或者，菊井太郎先生，我們進去談談怎麼樣？」

他像是根本沒有聽到我的話，只是跌跌撞撞，向內走去，我跟在他的身後。

那老僕也迎了出來，他看到鈴木正直這時的這副模樣，嚇了一大跳，失聲道：「鈴木先生——」

我立時向老僕道：「他有點不舒服，你別來打擾，我想他很快就會好！」

那時，鈴木已經來到了一張坐墊之前，本來，他是應該曲起腿坐下來的，可是這時，他只是身子「砰」地倒在墊子上。他一倒下，立時又站了起來，那老僕有點不知所措，我向他厲聲喝道：「快進去！」

那老僕駭然走了進去，我來到鈴木身邊：「其實，你不用這樣害怕，像你這樣情形的人很多，改變了名字，改變了身分，並不是什麼大不了的事！」

鈴木灰白色的嘴唇顫抖著，半晌說不出話來，我走過去，斟了一杯酒給他。

鈴木接過了我的酒來，由於他的手在發著抖，是以酒灑了不少出來，但是他還是一口吞下了半杯酒。

他在吞下了酒之後，身子仍然在發著抖，但是看來已經鎮定了不少，他望著我，講話的聲音，就像是一個臨死的人在呻吟。

他道：「你知道了多少？」

我將那張照片，拿了出來，遞給他。

他接了照片在手，抖得更厲害了，過了好久，他道：「那是很久以前的事了！」

我毫不留情，冷冷地道：「可是時間並不能洗刷你內心的恐懼！」

他慘笑了起來：「我……恐懼？」

我直視著他：「你不恐懼？那你是什麼？」

鈴木的口唇抖著，抖了好一會兒，才道：「我不是恐懼，我是痛苦！」

我毫不留情地「哈哈」笑了起來：「你不要將自己扮成一隻可憐的迷途羔羊了，如果我沒有料錯的話，你是一頭吃人不吐骨的狼，菊井少佐，你究竟曾做過一些什麼，以致看到了一個普通的中國女孩子，就會驚惶失措得昏過去？」

鈴木看來，已經完全沒有抵抗能力了，他來回走著，然後又坐了下來，低著頭，看他那種姿勢，倒有點像已經坐上了電椅的死囚。

過了好久，他才道：「她……她太像——她了！」

我已經料到了這點，一定是唐婉兒太像一個人了，而鈴木以前，一定曾做過什麼事，對像唐婉兒的那個女人不起的，所以他看到了唐婉兒，才會害怕起來。

我又立時釘著問道：「那個女人是誰？」

鈴木抬起頭來，他的雙眼之中，布滿了紅絲，他看來像是老了許多，在他的臉上，也多了許多突如其來的皺紋，他的口唇在發著抖，自他顫抖的口中，喃喃地發出聲音來：「我……不知道，我不知道！」

我一點也不可憐他，走到他的面前：「那麼，你對那個女人做過什麼事，你總知道吧！」

鈴木像是突然有人在他的屁股上用力戳了一刀一樣，霍地站了起來。他的身形相當高，而我來到了離他很近的地方，是以他一站起來，幾乎是和我面對面了。

在那一剎間，我的第一個反應，便是他要和我動手了，是以我立時捏緊了拳頭，準備他如果一有動作的話，我就可以搶先一拳，擊向他的肚子。

但是，鈴木卻沒有動手。他在站了起來之後，只是望定了我，在他的眼睛中，也沒有凶狠地想動手的神情，相反地，卻只是充滿了一種深切的悲哀。

他用那種充滿了悲哀的眼光，望了我好一會兒，才道：「好吧，你可以知道，請跟我來！」

他說著，轉過身，向前走去。

他在向前走去的時候，身子已不再挺直，而變得傴僂，我剛才已經說過，他像是在剎那間，老了許多，但想不到竟老到這程度。

我仍然不知道他要做什麼，但他既然叫我跟著他，我就跟著他。

我們走出了客廳，經過了一條走廊，我已經知道他要將我帶到什麼地方去了，就是那間房間——我和藤澤在黑暗中相會的那間。

到了那間房間之前，鈴木移開了門，走了進去，我仍然跟在他的後面，他用十分乾澀的聲音道：「請將門關上。」

我移上了門，房間中燃著香，有一股十分刺鼻的味道，那張供桌仍然在，供桌上的包裹也在，那個最大的包裹，我不會陌生，因為我曾將它帶到藤澤的辦公室中，解開來看過。

那包裹之內，是兩件衣服，我就是在其中的一件軍服內，看到了「菊井太郎」這個名字，是以才找到了鈴木正直過去的歷史的。

這時，鈴木來到了供桌之前，慢慢地跪了下來，他的雙手，伸進供桌的布幔之下，在地上摸索著，過了一會兒，我聽得一陣「格格」聲。

布幔遮住了他的雙手，我看不到他雙手的動作，但是從聲音聽來，他像是掀開了一塊地板。接著，他的雙手便自布幔後縮了回來，手中捧著一只扁方形的盒子。

當他的雙手將那扁方形的盒子捧出來的時候，在劇烈地發著抖，像是他捧著的那只盒子，有好幾百斤重一樣。果然，他雙手一鬆，「啪」的一聲響，那盒子跌在地板上，他人也立時伏了下來：「你……你……自己去看吧，我只求你一件事，看了之後，別講給任何人聽！」

他講完了那兩句話之後，伏在地上，只是不住發抖，和發出一陣聽了之後，令人毛髮直豎，痛苦莫名的聲音來。

我不知道那只木盒之中有什麼東西，但是在如今那樣的情形之下，鈴木是絕對沒有反抗能力和反抗意圖，那是可以肯定的了。

我踏前一步，拾起了那只木盒，移開了盒蓋，我看到了一本日記簿。

在那本日記簿的封面上，貼著一張標籤，上面寫著「菊井太郎之日記——南京入城後十五日」。

一看到這張標籤，我就愣了一愣。

我立時向菊井望了一眼，只見他仍然伏在地上，像那天晚上，我偷進屋來時，在門外看到他的情形一樣。

我來到房間的一角，一張矮几之旁，坐了下來，開亮了矮几上的一盞燈，將日記簿放在几上，一頁一頁地翻來看著。

當我在翻著那些日記之前，整間房間之中，靜到了極點，每當我翻過日記簿的一頁時，所發出的聲音，也足以令我自己嚇一跳。

愈往下看，我的手心就愈多冷汗，在不由自主之間，我的額頭上，汗也在不斷地滲出來。

我幾乎未能看完這本日記，但是我還是看完了。

當我看完之後，我呆坐著，一聲也不出。

我不知呆坐了多久，才緩緩地吸了一口氣，向鈴木正直望去。

鈴木仍然伏在地上，一動也不動，我望著他，望了好久好久，鈴木可能根本不知道我在這樣望著他。

好久之後，我才慢慢向門外走去，我向外走的時候，腳步聲很輕，那倒不是我故意放輕腳步，怕驚擾了他，而是我雙腿發軟，根本沒有力量發出沉重的腳步聲來之故。

但是我的腳步聲，還是驚動了鈴木，當我來到門口時．他突然抬起頭來，像是在嘶啞叫著，然而他的聲音是極其低沉和嘶啞的，他道：「每一個人都是那樣，不止是我一個人！」

我沒有回答他的話，因為我根本不想說話，我只是略停了一停，便繼續向外走去，當我在向外走的時候，我真懷疑我是不是有力量走出這間屋子。

我終於來到了花園中，在那花園裏，有一個設計得精巧的滴泉，水滴發出「得得」的聲響，我又深深地吸了一口氣。

然後，我坐了下來，坐在一塊大石上。

這時，夜已相當深了，四周圍靜極，我思緒亂到了極點，必須好好靜一靜，這便是我在鈴木的花園中坐下來的原因。

當我坐了下來之後，我自然第一個想起我剛才看過的那本日記，這本日記所說的，只不過是一個月之內的事，菊井太郎或許是有著相當深湛的文學修養，或許是由於事實實在太殘酷，他只不過是照實記了下來，就使人看了毛髮直豎，遍體生寒。

而無論如何，要將他日記全部翻譯出來，那是不可能的事，並不是我沒有這個勇氣，而是沒有一個地方，可以容許那樣血腥野蠻的文字和公眾見面。

但是，我又不能只約略地提一提日記的內容就算了，如果是這樣的話，對於當年的被害者未免太不公平了。

我想了好久才決定的是，我採取折衷的辦法，其他的事我不理會，只是揀幾段鈴木見唐婉兒就感到害怕的原因摘譯出來。

在南京的一個月，菊井（鈴木）一開始，就參加了大屠殺。

在開始的十幾天內，他的日記中，記述著他和他的同僚，如何用各種各樣的方法殺人，其中兩段比較不太殘忍，還可以宣諸文字如下：

（以下是菊井太郎的日記，其中的「我」，自然是菊井太郎。）

「殺人似乎是一件無比的快樂，可以證明雖然同樣是人，但我高等，可以隨意殺死別的人，支那人看來和我們差不多，但都是低等人，他們在臨死時發出的呼叫聲，就像是豬叫。

「今天，我獨力捉到了四個壯漢，那四個人是在一幢屋子的地下室拖出來的，他們的口中發出模糊的叫聲，我將他們用電線綁著，拖到了街上，那時，要一下子找到四個人，已經不是容易的事了，所以，當我一將他們拖到了街上，立時有好幾個軍人奔了過來，要求我讓他們分享殺人的樂趣。

「哈哈，一下子找到四個活人，竟像是擁有財富一樣，一個中尉，甚至願意用錢來交換其中一個最強壯的，他說他發明了一種殺人的新方法，一定十分有趣，叫我無論如何讓一個人給他，我送給他一個，因為我要看看他發明的新方法是什麼。

「那中尉自衣袋中取出了一個磨得很鋒利的秤鉤來，用力捏著一個人的腮，使那人的口張大，然後，他將秤鉤鉤進那人的口中，鉤住了那人的舌頭，拖著鉤子，向前狂奔，一面奔，一面叫道：『釣鯉魚！釣鯉魚！』所有的人都狂笑著，那人的舌頭被拉出來足有好幾寸長，他發出慘嗥聲，聽了真痛快，可惜沒有拖出多久，那人就死了，幾個軍人一起爬上一根電線杆，將死人掛了起來，一個人的舌頭竟能承起一個人的重量，這是新的經驗。

「殺人似乎使人瘋狂了，那四個人結果只有一個是被我殺死的，我用靴子不斷地踏他的小腹，血從他的眼耳口鼻中一起噴出來，我得到了喝采。

「今天，參加了活埋俘虜的工作，大坑是俘虜自己挖掘出來的，他們竟然順從地挖掘活埋自己的土坑，這真叫人有點難以想像。

「活埋其實一點也不刺激，或者我們所想出來的殺人方法，比活埋新鮮得多。唯一刺激的是我們可以看到上千人的死亡，我們都希望上千人在死亡前一起哀號，可是卻沒有，一排一排在一起的人，被推進土坑的時候，發出聲響來的很少，那是由於事先他們已經被毒打得幾乎接近死亡邊緣的緣故。

「但是我們還是找到一些新刺激，一個一個人來活埋，當泥土填到胸前時，已經可以看到那人張大了口，氣和血絲一起噴出來，土填到頸際，滴著血的雙眼還在翻動，那無論如何比較有趣得多了！

「晚上，在營房中，椿大尉說的話，引起了一陣哄笑聲，他說，由於強姦的次數太多了，他害怕他以後不能再過正常的性生活，強姦的刺激是不同的，尤其在強姦之後，再將女人殺死！

「我和他們多少有點不同，或者是我比較害羞，我就未曾參加過集體強姦一個女人，到後來，簡直已經是輪姦了。但當然，我也有我的辦法，到今天為止，我已強姦了多少女人？二十個……不，是二十二個，當然還會有，不過找來已經很難了。

「皮靴踏在被征服的土地上，那真是軍人無上的榮耀，今天更值得紀念，我發現了一個女人，只有我一個人發現，沒有別人來分享。

「我是特意出來找女人的，滿街死人腐臭的味道，和到處可見的血跡，似乎更使人瘋狂地想女人，我才踏進四條巷子，我看到一個女人的背影，閃進了一幢屋子。我還以為我是眼花了，因為這巷子兩旁的屋子，根本已一個人也沒有了，所有的人都被殺死，剩下空屋子，但是我的確看到了一個女人，穿藍旗袍，我奔過去，奔進那幢屋子，大聲呼喝著。

「沒有人回答我，我逐間房間搜索著，終於撞開了一扇房門，那女人縮在屋角，我真幸運，那女人年紀很輕，雖然面無人色，但的確是個美女，我一步一步走近她，拉住了她的頭髮，她尖叫了起來。

「椿大尉的話不錯，正常的方式，我們反倒不習慣了，她的尖叫聲，引起了我極大的興奮，我開始動手，將她的衣服剝下來……」

在菊井太郎的日記中，詳細地記述著他在接下來的三天中，如何用種種的方式，凌辱、折磨那個女人，而最後將她殺死，這三天的日記，足有將近一萬言，我自然不能將之記述出來，那可以說是人間最野蠻的記述文字。在菊井太郎的日記中，可以看出，在這三天中，他得到了極度的滿足，獸性的滿足，但是在他殺死了那女人之後，他卻又那樣記述著（以下又是菊井太郎的日記）：

「我站在那女人的屍體前，她已經不是人，只是一堆血肉，很多地方燒焦了，不過，她的臉還是完好的，她很美麗，那蒼白的臉看來竟然平靜，使我戰慄，我害怕什麼？我是征服者，我還要去找別的女人，還要繼續殺人，我是征服者。

「不過不知為了什麼，我拿起了那女人的衣服，也將我的軍服脫了下來，我覺得我要保存它們，當我離開那幢屋子的時候，我在發抖，我彷彿聽到了那女人還在失聲叫著，我聽到她的尖叫聲，這是不對的，我要和他們一樣，我要回到營中，將一切經過講出來，好讓他們誇耀我。

「我沒有說，什麼也沒有說，我的下級以為我在想女人——他將一個只有十三歲的女孩給我，那是他找到的，當他們在輪姦那個女孩時，我又聽到了那種尖叫聲。」

再多引菊井太郎的日記，似乎沒有什麼意義了，一句話，在震驚全世界的南京大屠殺中，菊井太郎，如今的鈴木正直，正是一個直接的參加者，他不知殺了多少人，強姦了多少女人，但是印象最深刻的，則是四條巷子的那個女人，因為他單獨佔有那個女人，達三天三夜。這個女人，死在菊井極其殘酷的折磨之下。

至於那女人是誰，自然也沒有人知道，南京大屠殺中，日本鬼子屠殺了數十萬中國人，那數十萬的中國人，如何還能將姓名留下來？他們的血凝在一起，屍體堆在一起，他們似乎已不是人，只是鬼子獸兵找尋新刺激的玩具。

只可以假設，那女人是唐婉兒的一個遠親——唐婉兒是南京人，以唐婉兒的年齡來推算，她那時候，正是嬰孩，而在菊井的記述中，那女人似乎也是才經分娩不久，菊井的日記中，曾詳細地記載著，他如何用擠壓的方法，在那女人的乳房中擠出乳汁來。

而唐婉兒是一個孤兒。

所以，可以推想到，唐婉兒的面貌，和那女人必然有十分近似之處，是以鈴木正直在突然之間，看到了唐婉兒，才會如此驚恐。

自然，這一切，根本不必和唐婉兒說起了，她根本不知道這些，讓她繼續不知道吧。

菊井改名為鈴木正直，自然是由於他有著深切犯罪感的緣故。他的那種犯罪感，在戰爭時，可能還被瘋狂的行為所掩飾著，但當戰爭結束，他又回到了正常的社會中時，便再也掩飾不住了。

沒有人知道他的過去，他已經變成一個成功的工業家，他自己知道自己的過去，他始終擺脫不了過去野蠻殘酷的行為的陰影，他感到要做為一個正常人，幾乎是不可能的事。

我不以為他在懺悔過去的行為，他或者是在希望戰爭的再來臨，因為像他那樣的人，只有在戰爭中，才感到正常，才會如魚得水。

我不是心理分析家，以上的一些分析，只不過是我自己的一點意見。我如果肯和鈴木再詳細談一談，那麼，或者可以得出結論來的。

可是，在看了他這樣的日記之後，就算讓我多看他一眼，我也會作嘔，如何還能和他詳談？

過了好久，才走出花園，回到了酒店，當天晚上，我是在半睡半醒之間，和一連串的噩夢之中度過的，第二天早上，我收拾行李，準備離去。

當我提著行李箱，來到了酒店大堂之際，藤澤迎面走了過來。

從他的神色上，我看出一定有什麼重大的事發生了，他直接來到了我的面前：「衛先生，鈴木正直先生自殺了！」

我沒有什麼反應，雖然這個消息對我來說很突兀，但我仍然沒有什麼反應。

藤澤皺著眉：「他為什麼要自殺？真洩氣，他竟不是用傳統的切腹自殺，而是上吊死的！」

在那一剎間，我真想用我生平最大的力氣，狠狠地擊向藤澤！

藤澤不用對日本侵華戰爭負責，因為他當時年紀還小，但是，他的那種想法，只怕總有一天，會構成另一次瘋狂的戰爭。

但是我終於忍住了，我只是一聲不響，側著身，在他的身邊走過，出了酒店。

藤澤在我的身後，像是又高叫了幾句什麼，但是我根本沒有聽他的，因為我發覺他和我根本不是同一類的，他還在念念不忘傳統的武士道精神，我和他還能有什麼話好說？

回到家中之後，我不得不將事情向白素複述一遍，然後，我們討論鈴木為什麼要自殺的原因。

白素嘆了一聲：「日本鬼子也並不好過，你以為他們殺了人之後，心中不覺得難過？」

我冷笑著：「你以為鈴木的自殺，是因為他有了悔意，內心不安？」

白素顯然不想在這件事上和我多爭辯，她只是道：「事實是他自殺了，一個人要下定自殺的決心，並不是一件容易的事。」

我也不想再爭辯下去，因為這件事，實在太醜惡了。

小郭曾向我追問我東京之行的結果，我也沒有告訴他，因為他和唐婉兒，已到了不可一天不見的程度了。

這件事，告一段落。最後要說一下的是，鈴木正直自殺的原因，不論是為了什麼，我不想去深究，但必須講明，我記述這件事，決不是認為鈴木正直是一個壞到絕頂的日本鬼子。在日本鬼子之中，算是好的了，他至少在殺人之後，見到被殺的人，還會害怕，而現在有多少日本鬼子，戰爭中一樣犯過不可饒恕的罪行，他們可有一點慚愧恐懼之心？一點也沒有，他們甚至還在策畫新的侵略，新的罪行！

戰爭已過去了許多年，應該記著戰爭時我們所受的苦難，還是對戰爭時曾將苦難加在我們身上的人笑臉相迎，正像我在開始時所說的那樣，每個人可以自己去作判斷，自己去決定。

但是別忘記，也不能做任何更改的事實是：日本鬼子曾將中國人當做豬，當做狗一樣屠殺，你或許可以認為中國人該殺，但決不能否認這個事實！

「鬼子」寫完之後，正在構思下一篇的「老貓」，應該如何開始，因為老貓是一件十分詭異怪誕的事，以前從來也沒有寫過，是以頗傷腦筋。

就在這時候，有幾位不速之客，突來相探，其中一位心直口快的，劈頭第一句話，就道：「衛斯理，你小說愈寫愈不對勁了，這篇『鬼子』，怎麼能算是科學幻想小說？」

接著，其餘的人，也不容我發言，就一起討論起來，他們討論的結果是：「鬼子」不是科學幻想小說。

我一直等他們講完，才道：「本來，在我的計畫中，菊井太郎的日記，至少要占一半以上，日記中菊井太郎如何變態地用種種殘暴手段對付那女人，都準備詳細地寫出來，但是，臨時改變了計畫。」

朋友問：「為什麼？」

我嘆了一聲，道：「詳細去描述日本鬼子如何虐待我們的女性同胞，在寫的時候，手不禁發抖，那無論如何，不是一件令人愉快的事，所以，便改為約略地提一下就算了。」

朋友又道：「那麼，明明不是科學幻想小說，你怎麼解釋？」

我苦笑了一下，道：「誰說不是幻想小說？我在小說中，寫一個日本軍人因為曾參加南京大屠殺而感到內疚，而感到恐懼，甚至終日跪在供桌之前，受痛苦的煎熬，可是事實上，你們見過這樣有良心的日本鬼子麼？」

「鬼子」畢竟是幻想小說！來客語塞。

〈完〉

創造

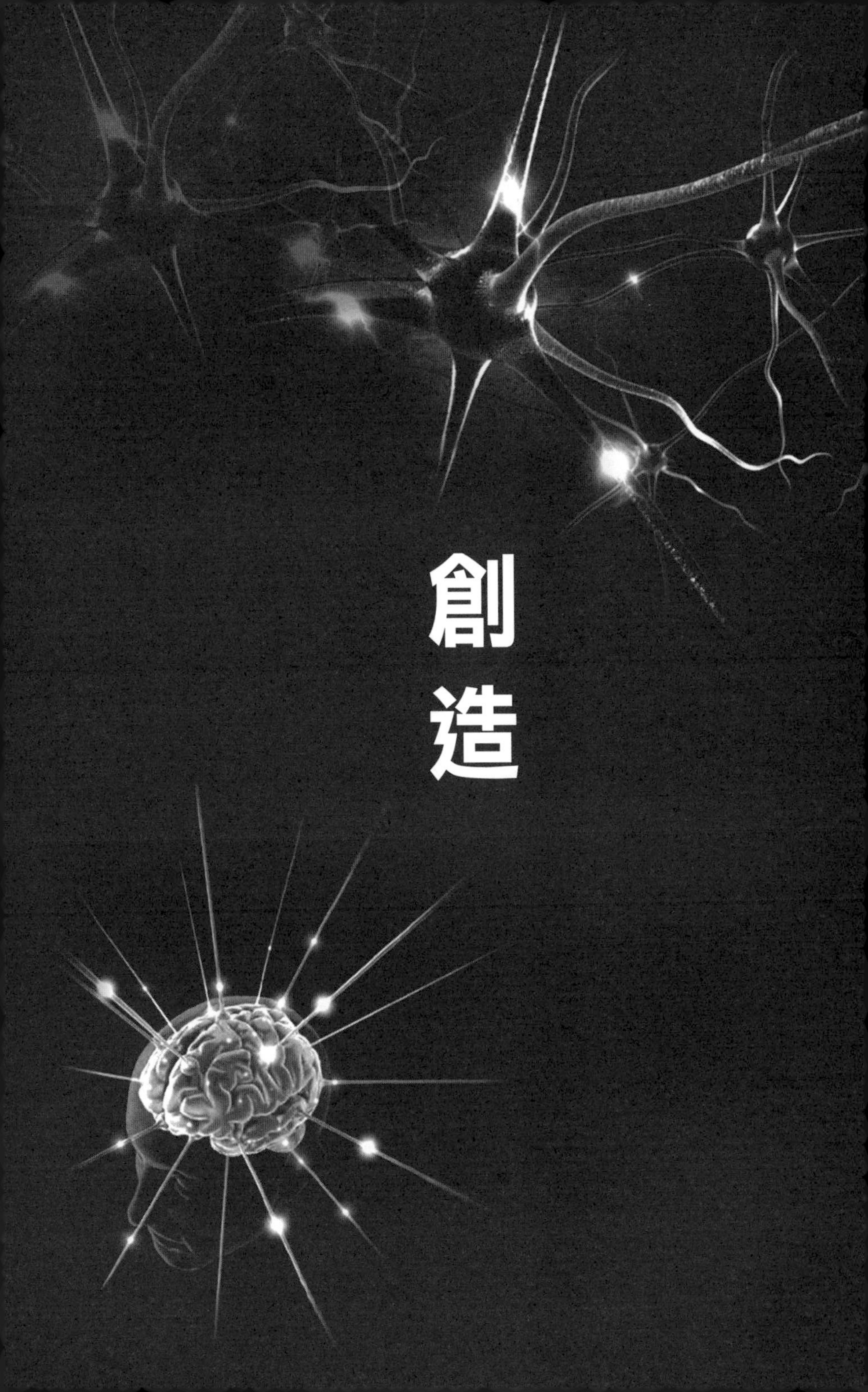

序言

「創造」這個故事，可以改名叫「改造」，寫兩個改造者的失敗，而且指出改造永遠不會成功，人不能改造人，更不能創造什麼奇蹟來，人人都可以自己為藍本，而在本質上，每一個人都大致相同。

倪匡

第一部：一個累犯的失蹤

不管外面的天氣怎樣，在營業時間內，銀行大堂中的空氣，總是那麼清涼，但是冷氣儘管夠冷，王亭自從踏進銀行大堂的那一刻起，他的背脊上就一直在冒著汗，沒有停過。

王亭冒汗，並不是因為熱，而是因為他心中極度的緊張。

當他才走進銀行大堂的時候，他感到一陣因為緊張而帶來的昏眩，幾乎甚麼也看不到，他只是看到許多人，他像是一段木頭一樣地向前走著，然後，找到了一個位置，坐了下來。

當他坐下來之後很久，才比較鎮定一些，可以打量銀行大堂中的情形了。

首先，他注意是不是有人在注視他。還好，銀行的人雖然多，但是人人在忙自己的，並沒有人注意他。

雖然銀行大堂中的聲音很嘈雜，但是點數鈔票的聲音，聽來仍然是那麼刺耳。

王亭在略為定了神下來之後，開始向付鈔票的幾個窗口看去。他先看到了一個彪形大漢，拿起了一疊厚鈔票，順手向褲袋中一塞，走了開去。

王亭到這裏來的目的，決不是他和這座大銀行有甚麼業務上的往來。他，是準備來搶錢的。

他也決計不是一個夠膽搶劫銀行的大盜，他只不過是一個小劫賊，然而現在，他卻需要一大筆錢，他要在銀行中找尋一個身上有巨額款項的人，來跟蹤下手，將在那人的身上的錢搶過來。

那才離開窗口的大漢，身邊的錢夠多了，可是那大漢至少有一百八十磅，王亭隔著褲袋，摸了摸袋中的那柄小刀，他的手心也在冒汗，那不是他下手的對象，那大漢會將他的手臂，硬生生的扭斷，看來還是等另一個的好！

他的視線一直跟著那大漢，直到那大漢推開了厚厚的大玻璃門，走了出去，他才轉回頭來。

他又看到了一個大胖子，正將一隻公事包擱在窗前，將一紮一紮的鈔票，放進公事包去。

那麼多的鈔票，令得王亭的眼珠，幾乎突了出來。這個大胖子，應該是他下手的對象了，這樣的有錢人，大都珍惜生命，一定可以得手。

當那大胖子拉上了公事包的拉鏈，轉過身來時，王亭也站了起來。

王亭才一站起，雙腿便不由自主地在發著抖。從銀行跟蹤一個人出去，在半路上下手搶劫，這對於王亭來說，還是第一次。那畢竟和躲在黑暗中，襲擊夜歸的單身人，多少有點不同。

那大胖子提著公事包，在王亭的身邊經過，王亭轉過身，跟在他的後面。可是，才到了銀行門口，王亭就呆住了，一個穿制服的司機，推門走進來，在大胖子手中接過公事包，一起走了出去。

王亭吸了一口氣，緩緩轉過身來，他只好另外再尋找對象了，當他轉過身來的時候，他看到持著獵槍的銀行守衛，似乎向他瞪了一眼，那更令得他心中劇跳了起來，他幾乎沒有勇氣，再在銀行大堂中耽下去，如果不是就在這時，他看到了那個老婦人的話，他一定已經因為心虛，而拔腳逃出銀行大堂去了。

那老婦人才從付錢的窗口轉過身來，她的手中，捏著大疊大鈔，她一面向前走著，一面打開她那陳舊的皮包，將那疊大鈔塞進去！

王亭連忙轉過身，假裝在看著貼在牆上的告示，但是他的眼珠卻斜轉著，一直在注意那老婦人。

老婦人的行動很遲緩，衣著也不是十分好，然而剛才她塞進皮包的錢，卻有那麼一厚疊。

而且，這樣的老婦人，根據王亭的經驗，是最好的搶劫對象，只要刀子在她們的面前一閃，她們至少會有一分鐘之久，張大了口發呆。而等到她們定過神來，開始大叫的時候，他已經可以奔出好幾條街子！

王亭緩緩地吸了一口氣，那老婦人在他身後不到兩呎處，走了過去。王亭的頭轉動著，一等那老婦人出了銀行，他連忙也轉身向外走去，隔著玻璃門，他看到那老婦人站在馬路邊上。看她的樣子，她並不是想截街車，而只是想等著過馬路。

像這樣的老婦人，要跟蹤她，實在太容易了！

王亭推開了門，出了銀行，一股熱氣，撲面而來，迅速地將他全身包圍，像是進了一座火爐一樣，那種滋味實在太不好受，他身上的汗也更多了。

那老婦人已開始在過馬路，王亭一面抹汗，一面急急追了上去，他甚至比那老婦人先過了馬路，在他經過那老婦人身邊的時候，老婦人的手袋，離他的手，還不到一呎，他一伸手就可以搶過來。

但是他卻忍住了沒有下手，或者說，他不敢下手，因為過馬路的人太多，只要有一兩個人好管閒事的話，他就逃不了！

雖然，在王亭的經驗之中，這種管閒事的人是不常見的，可是也不能不防。何況看來，那老婦人一點也沒要搭車的意思，他又何不跟到一個冷僻的地方才下手？

王亭抹著汗，他停了片刻，等那老婦人走出了十來步，他才又跟了上去。

他感到那老婦人似乎愈走愈快，他幾乎要跟不上了。

日頭猛烈，王亭的全身都在冒汗，但是他終於跟著那老婦人，到了一條斜路口。

那一條斜路十分陡峭，全是石級，當他開始走上石級的時候，老婦人在他的上面，大約有二十級石級。他自然可以快步奔上去。但是，他要是急急追上去，一引起老婦人的注意，下手就沒有那麼容易了！是以他仍然耐心地跟著，而等到那老婦人上了斜路之後，他才急步奔了上去。

當他也上了斜路之後，他高興得幾乎要大聲叫了起來！那老婦人，正走向一條很窄的巷子。那巷子的兩旁，全是高牆，根本沒有人！

在那巷子中下手，真是再妥當也沒有了！

他急步走了過去，那老婦人就在面前，巷子中一個人也沒有，王亭加快了腳步，直來到那老婦人身後，他的手中，已抓住了那柄小刀。

那老婦人似乎也覺得有人在她的身後追了過來，是以她站定，望著王亭，臉上現出一種十分難以形容的神情來。

王亭在那樣的情形之下，自然不會去研究那老婦人究竟為甚麼會有那樣古怪的神情，他手一揚，手中的小刀，刀鋒「啪」的一聲，彈了出來，已然對準了那老婦人的面前，同時伸手去奪手袋。

可是，也就在那一剎那間，王亭怔住了！

當那老婦人轉過身來之前，她將手袋放在胸前，看情形就像是知道來人要搶她的手袋一樣，而王亭才一伸手間，她的手袋移開，握在她左手的，是一柄手槍！

王亭的雙眼，睜得老大，不錯，那老婦人的手中所握的，是一柄手槍，那是一柄小手槍，槍管上，還套著長長的滅音器。

他是一個劫賊，手中有刀，可是，再笨的笨賊，也知道刀敵不過槍，所以王亭呆住了。

這時候，那老婦人開口道：「你從銀行跟我出來，我已經知道了！」

王亭望著那柄槍，他只覺得喉頭發乾，汗水流了下來，幾乎遮住了他的視線，他的口唇動了動，可是卻並沒有發出甚麼聲音。

那老婦人又道：「我等你這樣的人，已經等了好幾天，我知道像你那樣的人，遲早會出現的！」

王亭直到這時，自他的口中，才發出了乾澀的聲音來：「你……你是警察？」

那老婦人沉聲道：「轉過身去！」

王亭的心中，又起了一線希望，對方如果是警察，現在應該表露身分了，而如果對方不是警察，那麼，她的手槍，可能根本只是玩笑！

他仍然瞪著眼：「你，你手中的槍，是假的，我為甚麼要聽你的話？」

他的話才一出口，那老婦人手中的槍，向下略一沉，「啪」的一聲響，響聲很輕，可是隨著那一下聲響，一顆子彈，已射在王亭的腳旁。

被子彈濺起的碎石片，撞在王亭的小腿上，痛得王亭幾乎要叫起來，他的身子一震，小刀落地，他也急忙轉過了身去。

那老婦人又道：「向前走！」

王亭的身子發抖著，向前走著，他不知道自己遇上的老婦人是甚麼人，他一直來到巷口，只見巷口多了一輛汽車。

那輛車子可能早就停在那裏的，但是他進來的時候，只顧盯著那老婦人的背影，根本不曾在意旁的甚麼。這時，車門打開，一個中年人自車中走了出來，王亭才到車前，後腦上便受了重重的一擊，身子向前仆去，恰好仆進了車廂之中。

當王亭在仆進車廂中的時候，他已經昏了過去。

那老婦人迅速進了車子，關上了車門，那中年男子也立時進了車子，車子駛走了。

巷中和巷口，都沒有旁的人，當那中年人自車上走出來的時候，他曾四面張望過。

而那老婦人一槍柄擊在王亭的後腦上，又將王亭推進車子，她自己也立時進去，直到車子駛走，前後還不到半分鐘。

那中年人、老婦人和王亭三人，都沒有注意到，在小巷的高牆之上，一幢十分殘舊的房子的一個窗口中，有一個孩子，一直在看著他們，直到車子駛走了，那孩子才叫起來：「哥哥，哥哥，我剛才看到一個人被打昏，被推進了車子，就像是特務電影！」

警方在接到了那孩子家長的報告之後，開始時顯得很不耐煩，但是當警方終於派出了幾個警員來調查，而且在那小巷之中，發現了王亭手中跌下來的那柄小刀的時候，事情就顯得有點不尋常了。

那柄小刀的刀柄上，有著清晰的指紋，而在經過了印證之後，證明刀柄上的指紋，屬於累犯王亭所有。王亭是一個有過三次被判入獄的累犯，每次入獄，都是因為搶劫。

單是這一點，已然和那小童的報告相同。那小童的報告說，先是一個男人，跟著一個婦人走進巷子來，然後，那男人用小刀指住老婦人。

警方很容易就找出了王亭的照片。請那個小童來，將王亭的照片，混在許多其他人的照片之中，不到五分鐘，那小童就找出了王亭的照片。

事情再也沒有疑問，那個持刀的想要搶劫的男子就是王亭，可是那小童的報告，上半部分雖然已得到了證實，下半部分，仍然令人難以想像。

據那小童說，那老婦人取出了手槍來，放了一槍（但是沒有槍聲），王亭就轉過身去，走到了巷口。

巷口有一輛車子等著，另一個男子在車中走出來，那老婦人將王亭打昏過去，推進了車子，然後車子駛走了。

那小童看過全部事情的過程，但是他卻未曾注意那輛汽車的號碼，只記得車子是白色的。而在這個城市中，白色的車子，有好幾萬輛，那小童又說不出車子的形狀。對於一個住在簡陋屋子中的貧家小童而言，幾乎每一輛車子都一樣。

警方對於這位目擊的小童，經過反覆地盤問，直到肯定那小童所說的一切，全是真的為止。

肯定了那小童所說的一切全是真的，那就等於說，累犯王亭，被人擄走了。

有誰會擄走王亭這樣一個搶劫犯呢？那老婦人，和自車中出來的中年人，又是甚麼人？警方在深入地調查之後，發現了一點線索，查出王亭是一年前，第二次服完刑自監獄出來的。

在這一年之中，他的生活過得並不好，他居然還能活下去，自然是因為他在出獄之後，仍然不斷在搶劫的緣故。那些劫案，可能因為事主損失不大，也可能因為事主怕麻煩，是以並沒有報案，警方也沒有紀錄。但是可以肯定一點，王亭在這一年之中，仍然靠搶劫在維持生活。

警方發現的第二點，便是王亭最近還在一個賭攤中，連賭皆北，欠了許多賭債。而主持這個賭攤的，是一批黑社會人馬。

這批黑社會人馬曾向王亭攤牌，要他還錢，王亭苦苦哀求他們延期一日，他表示明天一定要去做一單大買賣來，買賣一得手，所有的債就可以還清。

而王亭口中的「明天」，就是他突然失蹤的那一天。

警方有了這項線索，自然疑心這批黑人物，追債不遂，對付王亭。

可是，在傳訊了許多人之後，發現那也不可能。第一，黑人物的目的是要錢，王亭向那老婦人露出刀子，目的自然是行劫，那正是在實現他「做一單大買賣」的諾言，黑人物沒有理由在這樣的情形之下對付他的。

第二，經過調查，當日事情發生之際，那批黑人物都有不在現場的證據。自然，他們可以指使別人去做，但是指使一個老婦去做那樣的事，那也太不符合黑社會人物行事的方法了！

於是，這就成了一宗懸案。

而王亭也沒有再出現過，他這個人，像是已經在世界上消失了，更像世上根本沒有這個人存在過一樣，沒有人關心他，他也沒有親人，雖然在實際上，警方、法院、監獄都有過他存在的紀錄，證明他曾經在世上，存在了二十三年，但自那一天起，他消失了。

警方以後也沒有再怎麼留意這件案子，因為王亭究竟是一個小人物，而且是一個累犯，這件案子，幾乎已沒有甚麼人再記得了。

我講起王亭的被綁失蹤案，是在一個俱樂部中。

這個俱樂部，由一群高級知識分子組成，其中有醫生、有工程師、有大學教授，也有知名的作家。我是這個俱樂部的特邀會員。

或許，是因為這批高級知識分子他們平日的工作太繁忙，生活太乏味，是以他們很喜歡談天說地，俱樂部也成了他們談天說地的好地方。可是他們平日的工作、生活，離不開方程式和顯微鏡，就算聚在一起，也談不出甚麼有趣味的東西來。

是以他們需要我，我一到，俱樂部中就充滿了生氣，因為我最多離奇曲折、荒誕古怪的故事，講給他們聽，聽得他們津津有味。

而我也很樂意有這些朋友，因為他們全是高級知識分子，他們的意見、學識，都是我所欽仰的，我可以在他們的談話中，獲得不少知識。

那一天晚上，幽雅的客廳中，大約有二十個人左右，一位電腦工程師首先提出來：「衛斯理，再講一件故事我們聽聽。」

一位著名的女醫生揚著眉：「可是，別再講外太空來的生物了，這樣的事，我們聽得太多，彷彿地球上只有你一個人，外太空來的高級生物，總是找你，不會找別人！」

我笑了笑：「你們聽厭了外太空來的人的故事，那麼，我就向你們講一個發生在地球人身上的故事，他也不是甚麼大人物，只是一個極普通的小人物，他是一個曾坐過三次牢的累犯，叫王亭。」

當我講出了這一段話之後，原來在打橋牌的人停了手，在下棋的人，也轉過了椅子來。

於是，我講了王亭的故事。

當我講完之後，那女醫生問道：「這件事，發生到現在，已有多久了？」

我道：「三年，整整的三年。」

一位教授笑了起來：「這是你自己造出來的故事吧，一個身無分文的劫賊，為甚麼會有人去綁他票？真是太滑稽了！」

我道：「決不是我造出來的，而是在事情發生之後，警方的一位負責人，認為這件事太古怪，曾和我談起過，你們不信，隨時可以到警方的檔案室中去查舊檔案。」

客廳中靜了一會兒，才有人道：「那麼，你對這件事的看法如何呢？」

我吸了一口氣：「我認為那個老婦人，和另一個中年人——」

我才講到這裏，那位女醫生就笑了起來，她的笑聲十分爽朗，她一面笑，一再揚著眉，顯得神采飛揚。她用笑聲打斷了我的話頭。

她道：「我知道了，你的推斷一定是那兩個人，是外星人，他們到了地球，擄走了一個地球人，回去作研究，那個地球人就是王亭！」

我多少有點尷尬，但是我還是坦然承認：「是的，當時我的推斷，的確如此！」

那位女醫生揶揄地道：「我早就知道，衛斯理的故事，離不開外太空來的人！」

我無可奈何地攤了攤手：「那麼，請問還有甚麼更好的解釋？」

客廳中又靜了下來，那位女醫生沒有再取笑我，因為事情實在太奇特了，有誰會去向一個累犯下手，綁他的票？

過了一會兒，又有人道：「衛先生，你的故事，有一個漏洞，一個大漏洞。」

我向那位先生望去，並向那位先生道：「請指出。」

那位先生道：「你怎麼知道王亭是在銀行中，跟著那老婦人走出去的？」

我笑了笑：「並不是我故事中有漏洞，而是我忘記說了。這件案件發生之後，王亭的照片，一連幾天刊登在報紙上，那位銀行的守衛，向警方報告，說他曾見過王亭，當時王亭在銀行大堂中，神色十分異樣，他曾加以注意，是以記得。」

「那麼，」那位先生又問：「銀行守衛，也一定記得那位老婦人？」

當那位先生在向我發問的時候，所有的人，都將注意力集中在我的身上，自然是要聽取我的回答，可是我還沒有開口，突然聽得一個角落中，傳出了一下低呼聲來。

這一下聽來像是十分吃驚的低呼聲，吸引了我們的注意，我們立時向發出低呼聲的那個角落望去，只見那角落處坐著兩個人。

我們都認識這兩個人，男的是著名的生物學家，他的太太也是，他們兩人合撰的科學著作，特別是有關生物的遺傳因子、生物細胞內染色體的著作，有著全球性的聲譽，非同凡響。

這時，我們看到，這位著名的生物學家，潘仁聲博士，正將一杯酒遞給他的太太，他的太太，王慧博士的神色，像是十分慌張，接過酒來，一飲而盡。

有人立時關心地問道：「甚麼事？潘太太怎麼了？」

潘博士忙道：「沒有甚麼，她多少有點神經質，或許是衛先生的故事，太緊張了！」

許多人對於潘博士的解釋，都滿意了，可是我的心中，卻存著一個疑問。

我剛才所講的那個有關王亭的故事，只不過是離奇而已，可以說絕無緊張之處，為甚麼潘太太竟會需要喝酒來鎮定神經呢？

自然，我只是在心中想了一想，並沒有將這個問題提出來。

事實上，我也沒有機會將這個疑問提出來，因為潘仁聲立時問我：「對了，衛先生，你還沒有說出來，那守衛是不是認得那老婦人？」

我又略呆了一呆，在那一剎間，我的心中，好像想到了一些甚麼。然而，我所想到的，卻又十分難以捉摸，我道：「沒有，守衛沒有注意到那老婦人，銀行中人太多，他不可能每個人都注意的。」

說我故事有漏洞的那位先生又道：「那麼，你得承認有很多經過，是你編出來的。」

我笑道：「應該說，是我以推理的方式，將故事連貫起來的。我們知道王亭要做『買賣』，他自然要在銀行中尋求打劫的對象。他結果找到了那老婦人，而在那個小巷子中下手，而從巷口停著車子，有人接應這一點看來，那老婦人顯然是早有預謀，特地在銀行中引人上鉤，我只加了一兩句對白，不算過分吧？」

那位先生笑了起來：「算你還能自圓其說，以後，也沒有人發現王亭的屍體？」

我搖著頭：「沒有，王亭這個人就此消失，這件事，最離奇的地方也就在這裏。事實上，任何人綁走了王亭，都沒有用處，各位說是不是？」

大家紛紛點著頭，就在這時候，潘仁聲博士和他的太太王慧博士站了起來，潘博士道：「對不起，內子有點不舒服，先回去了。」

這個俱樂部中的集會，通常都不會太晚，潘博士既然準備早退，也沒有甚麼人表示異議，那位著名的女醫生走過去，握了握潘太太的手：「你可能是工作太緊張了，聽說你日間除了教務之外，其餘的時間，還在幫助你丈夫做特別研究？」

潘太太的神色很不安，她道：「是……是的。」

女醫生道：「工作得太辛苦，對健康有妨礙。」

潘博士像是有點不願意這位女醫生再向下講去，他忙道：「是的，謝謝你的忠告！」

他一面說，一面就扶著他的太太，走了出去。在他們兩人走了之後，我們又繼續討論王亭的事情，一個道：「警方已放棄找尋了？」

我道：「警方一直在想找到王亭，可是現在的事實是，找不到。而且，關於那兩個和王亭失蹤有關的人，也一點音訊都沒有。」

那女醫生笑著：「這倒真是一件奇怪透頂的事情，這個人到哪裏去了？為甚麼那兩個人，會對一個累犯下手，將他綁走？」

我攤了攤手：「這件奇案的趣味性，也就在這裏，我希望各位能夠找得出答案來，對不起，我也想告辭了，再見。」

我和各人握著手，從各人的神情上來看，我看到他們對我所講的，有關王亭失蹤的那件事的興趣很濃厚，他們可能還會討論下去。

但是我卻沒有興趣參加他們的討論。原因之一，他們全是知名的學者，但是知名的學者，未必具有推理的頭腦，他們七嘴八舌地說著，可能一點道理也沒有。

原因之二，是因為王亭的事，對他們來說，新鮮得很。但是對我來說，卻絕不新鮮。

我在獲知了這件事的來龍去脈之後，曾經花費過不少時間，作過種種的推測，也曾經會見過和王亭有來往的各式人等，可是卻一點結果也沒有。王亭的失蹤，真可以說是一個難解的謎！

我離開了那建築物，到了街角，我的車子就停在那裏，當我打開車門的時候，我忽然聽得街角處，牆的那邊有人道：「噓，有人來了！」

我呆了一呆，本來我是要取鑰匙開車門的，但是一聽得有人那樣說，我立時身形一矮，躲了起來。接著，街角那邊，傳來了一個女人的聲音：「哪裏有甚麼人，不過是你心虛！」

聽到了那女人的聲音，我心中不禁陡然吃了一驚，那是王慧博士的聲音，她和她的丈夫才離開俱樂部，他們躲在這裏做甚麼？

我略略直了直身子，透過車窗向前看去，但是我卻無法看得到他們，因為他們在街的轉角處，我只聽得王慧博士又嘆了一聲：「仁聲，我們怎麼辦？」

接著，便是潘仁聲博士的聲音：「騎虎難下，我們的研究，也已到了將近成功的階段，怎麼能放棄？」

王慧博士卻苦笑著：「就算成功，研究的結果也不能公佈，這又有甚麼用處？」

潘仁聲博士猶豫了一下：「我們可以從理論上提出來，然後再從頭做實驗來證明。」

王慧博士沒有再出聲。

我偷聽他們的對話，聽到了這裏，心中感到疑惑之極，我全然不明白他們在說些甚麼，但是總可以肯定一點，那便是這兩位科學家，正有著一件事（和他們的研究工作有關），是不願意被別人知道的。

我正想走過去和他們招呼一下，一輛街車駛了過去，潘仁聲夫婦，截住了那輛街車，登上車子，走了。

我進了車子，本來我是準備回家去，但是當我踏下油門的時候，我改變了主意。我一直在想著潘博士夫婦在街角處的對話，我覺得他們兩人，好像有了甚麼麻煩，而又不便對別人說的。

我和他們夫婦並不能算是太熟，但是我十分敬仰他們在學術上的成就。當時促使我改變主意的原因，只有三成是為了好奇，其餘，我是想跟著他們，看看他們究竟有甚麼困難，我是不是可以幫忙。

我不再取道回家，而是跟在前面行駛的那輛街車，一直向前駛去。

第二部：博士夫婦態度奇異

當我跟到了一半的時候，天下起雨來，雨勢很大，我保持著一定的距離。

約莫在十五分鐘之後，前面那輛街車，在一幢很舊的大房子前，停了下來。

像那樣的舊房子，現在已經很難找得到，它一共有三層，車子不能直達屋子的大門口，要走上大約三十多級石階，才能進入屋子。

我看到潘博士夫婦下了車，用手遮著頭，向石階上奔去，他們奔到了門口，停了下來，我一直望著他們，屋子中很黑，好像除了他們之外，整幢屋子再也沒有人居住，但是潘博士的動作，卻證明屋中是有別人的，因為他並不是取出鑰匙來開門，而是按著門鈴。

那輛街車已經駛走，雨仍然很密，我和那屋的距離，大約是五十碼左右，由於四周圍很靜，所以我可以聽到屋中響起的門鈴聲。

我的跟蹤，到這時為止，可以說是一點意義也沒有的，我也準備回去了。

我將車子緩緩駛向前，一面還抬頭望著他們，我看到那幢舊房子之中，亮起了燈光，接著，門就打開，潘博士夫婦，走了進去。

那來開門的人，也將門關上，這一切，全是十分正常的情形。

然而，就在那時，我卻陡地踏下了煞車掣。

我雖然踏下了煞車掣，可是在剎那間，連我自己也不明白為甚麼忽然要停車——這很難解釋，我自然是發現了一些甚麼不尋常的事，才會突然停下車來的，可是，我停車，這只是一剎那間的一種自然反應，等到我停下了車子之後，我卻有點說不出所以然來。

我究竟發現了甚麼呢？

那時，雨仍然十分緊，屋子的門已經關上，屋中有燈光透出來，一切都那麼平靜，那麼正常，是甚麼使我剛才突如其來地要停車呢？

我雙手扶住了駕駛盤，想了好幾秒鐘，盡量捕捉我停車時的那種奇異的感覺。我終於想起來了，我之所以停車，是因為我在那一剎間，看到了那個前來開門的男人的身影。那身影，我像是很熟悉。

由於那男人來開門的時候，燈光由屋中透出，所以我只能看到他的身形，至於那男人臉上的輪廓，我不怎麼看得清楚。

由於在那一剎間，我感到那個人可能是我的熟人，然而，這時我即使仔細地想，也想不起那人究竟是甚麼人。

我沒有再停留多久，就一直駕車回到了家中。在歸途上，我在想，那來開門的，可能是潘博士的男僕，也可能是潘博士研究工作上的助手，潘博士的家中，有著設備極其完善的實驗室，那是人盡皆知的事。那麼，這個人可能是我的熟人，也不是甚麼奇怪的事。

當時我只是在想，下次再見到潘博士的時候，不妨問問他，那個是甚麼人。如果真是我的熟人的話，那麼，我就可以在他的身上，了解一下潘博士夫婦的生活，看他們夫婦兩人，究竟遭到了甚麼麻煩。

我回到了家中，也沒有繼續再去想那件事。接著，又過了好幾天。

一天晚上，我又到了那個俱樂部中，我幾乎已經忘記那件事了，直到了俱樂部之中，我順口問道：「潘博士夫婦沒有來？」

一個生物學家應聲道：「沒有，他們已有好幾天沒有來了，王博士甚至請了假，不去上課，我想一定是他們的研究工作十分緊張之故。」

我順口應了一聲：「是麼，做你們這種科學家的僕人，真不容易，你們常常廢寢忘餐，晨昏顛倒，真是難伺候。」

那生物學家呆了一呆：「你這樣說是甚麼意思？」

我道：「我是說，當潘博士他們的僕人，很不容易，他們不是有一個男僕麼？」

這時，又有幾個人向我圍了過來，我的話一出口，有三四個人立時笑了起來，一個道：「衛先生，你可是又在開始甚麼故事了？誰都知道他們沒有僕人，那一幢大屋子，只是他們兩人住著。」

我呆了一呆：「那或許是我弄錯了，不是他們的僕人，是他們的研究助手。」

那生物學家道：「他們的研究工作，一直保守秘密，根本不聘用任何助手！」

我笑了笑，這實在是一個不值得爭論的問題，我只是道：「那麼，或者是他們的親戚！」

那生物學家的神情，這時也變得十分古怪，他道：「你那麼說，是不是說，他們居住的屋子，除了他們夫婦之外，還有別人？」

那是毫無疑問的事，在幾天前，雨夜之中，我曾見過有人替他們開門，所以我道：「是的！」

那生物學家笑了起來：「衛先生，你一定弄錯了，在那幢屋子之中，除了他們兩夫婦之外，別的僅有生物，就是他們培殖的細胞和微生物，或者，還有青蛙和白鼠，但決不會有第三個人！」

我呆了半晌：「只怕你弄錯了！」

那生物學家叫了起來：「我怎麼會弄錯？我是他家的常客，前天，我還曾代表學校，去探問王博士，他們家中，一直只有他們自己！」

我想將我前幾天晚上看到的情形講出來，但是我卻沒有講。因為那是我對潘博士夫婦，毫無理由的跟蹤，講出來自然不是十分好。

如果不是那天在雨夜之中，出來開門的人，使我感到他是一個熟人，因而給我的印象十分深刻的話，那麼，我在聽得那位生物學家講得如此肯定之後，我也一定認為是自己弄錯了。

但是現在，我卻確切地知道，我絕沒有錯，在潘博士的那幢古老大屋之中，除了他們夫婦之外，還有第三個人！

事情彷彿多少有點神秘的意味在內，我有登門造訪他們兩夫婦一次的必要。

我當時並沒有說甚麼，也沒有繼續和他們討論這個問題，我又和周圍的人，閒談了幾分鐘，然後，我藉詞走開去，來到了電話旁。

我撥了潘博士家中的電話，坐著，等人來接聽，電話鈴響了很久，才有人來聽，我一聽就聽出，那是潘博士的聲音，我報了自己的姓名，潘博士呆了一呆，他的聲音好像有點緊張，他道：「有甚麼事，衛先生？」

我忙道：「沒有甚麼，我在俱樂部，知道王博士沒有去上課，特地來問候一下。」

潘博士的話有點期期艾艾：「沒有甚麼，她只是不過稍微有點不舒服而已。」

我道：「我想來探訪兩位，現在，我不會耽擱兩位太多時間的，不知道是不是歡迎？」

潘博士發出「唔」的一聲響，在「唔」的一聲之後，他好一會兒不出聲。任何人都可以聽得出，那實在是他不歡迎我去的表示。我自然也聽得出，但是我的目的既然是要到他家中去一次，我也不管他是不是歡迎，裝出聽不懂他的意思：「我在十分鐘之內可以來到，至多不過耽擱你十分鐘而已。」

潘博士疾聲道：「衛先生，我——」

可是我明知他一定要拒絕的，是以，我不等他把話講完，立時就放下了電話。

我也料到潘博士如果不喜歡我去的話，他可能立時再打電話來拒絕的，是以我一放下電話，立時就離開了俱樂部。當我走出俱樂部門口的時候，我聽得有人在叫我的名字，但是我並不走回去，而是加快腳步，來到了車旁，十分鐘後，我已走上石階了。

無論我懷著甚麼目的去探望潘博士夫婦，在表面上而言，我的探訪總是善意的。我想，他們的心中，就算再不滿意，也不致於將我拒之門外的。

我的猜想不錯，當我按鈴之後，潘博士來開門，他的臉色很不好看，他道：「我在你放下電話之後，立時打電話，想請你不要來，但是你已經走了！」

我忙道：「應該的，我們既然是朋友，自然得來拜候拜候。」

對於我的這種態度，潘博士顯然一點對策也沒有，而我也已不等他的邀請，便自顧自向內走去，他倒反而變成跟在我的後面。

他的聲調有些急促：「對不起，內人睡了，而我的研究工作又放不下，你是否能……」

我忙道：「那不要緊，你可以一面工作，一面招呼我，或者，我可以作你的助手！」

潘博士終於找到發作的話頭了，他的臉色一沉：「你應該知道，我的研究工作，是絕不喜歡有人來打擾的，請你原諒！」

我攤了攤手：「各人有各人的習慣，不要緊，潘博士，你這裏真靜啊，那麼大的屋子，就只有你們兩夫婦住著麼？」

潘博士顯然有點忍受不住了，他不客氣地道：「是的，我們喜歡靜，對客人的來到，有時很不耐煩，如果沒有甚麼特別的事——」

他在下逐客令了，我仍然笑著：「對不起，我真的打擾你了，再見，替我向潘太太問好！」

潘博士點著頭，又來到了門口，打開了門，分明是要趕我走了。

我向門口走去，在我向門口走去的時候，我的心中，迅速地在轉著念頭。潘博士不歡迎我到他家中來的態度，明顯到了極點，我甚至可以肯定，潘太太一定沒有睡著。這種不歡迎人的態度，如果單以不喜歡他的研究工作被人打擾來解釋，是說不過去的。

看他的那種神態，自然是說他這屋子之中，有著甚麼不願被人發現的秘密存在，更合理得多！

我立時又想起前幾天，雨夜之中，來替他們夫婦兩人開門的那個人來。我覺得，我不應該就那樣糊裏糊塗地離去，我應該在離去之前，弄清楚我心中的疑問。

是以到了門口，我站定了身子：「你說屋子中，只有你們兩個人住嗎？」

潘博士的神色，變得十分異樣，他的神情看來像是很憤怒，然而很容易就可以看出來，他那種憤怒，其實是在掩飾他心中的不安。

他大聲道：「你這是甚麼意思？你是來調查人口的麼？」

我笑了笑：「對不起，我只是因為好奇！」

我在說了那句話之後，立時向外走去，因為我知道，如果潘博士的心中，真有甚麼不可告人的秘密的話，他一定會拉住我，不讓我走的，因為我的這句話，說得太模稜兩可了。

果然，我才跨出了一步，潘博士便伸手拉住了我，我覺出他的手背在微微發抖。

他道：「你覺得好奇？是甚麼使你覺得好奇？」

他的聲音很急促，在問完了這個問題之後，他甚至不由自主在喘著氣。

我望著他，嘆了一聲：「我們總算是好朋友，如果你的心中，有甚麼不能解決的麻煩，不妨向我說一說，我一定會盡力幫忙！」

潘博士的身子，又震動了一下，但是他卻立時道：「沒有，有甚麼麻煩？一點也沒有！」

我冷冷地道：「那麼，為甚麼你明明有一個僕人或者是你的助手，在這屋子之中，你卻一口咬定，只有你們兩夫婦住在這裏？」

潘博士的身子，陡地向後，退出了幾步，我攤了攤手：「我看到過這個人，在將近午夜時替你們開過門，他還可能是我的熟人。」

潘博士又後退了幾步，這時，他已退進了屋內，而我則在屋外。

看他的神情，我知道我的話，已經使他受了極大的震動。

我在想，就算他不願意向我說出實情的話，他也一定會向我有所解釋的。

但是，接下來發生的事，卻全然出乎我的意料之外，他突然一伸手，「砰」的一聲，將門關上，等我想伸出手來推住門，不讓他將門關上的時候，門已經關上了，我被他關在門外！

我呆了一呆，雖然隔著一道門，然而在門被關上之後，我還是可以聽到潘博士發出的急速的喘息聲，接著，便是一陣腳步聲。

那一陣腳步聲使我知道，潘博士一定已經離開了屋子門口，走進去了。

我在門口呆立了片刻，頗有點自討沒趣的感覺。

然而潘博士的態度，卻令人起疑，十足像是一個不善犯罪的人，在犯了罪之後，被人識穿了一樣。

他突然之間，將我關在門外，與其說是他的憤怒，那還不如說是他的驚恐，他不敢再面對著我，所以才將門關上。

直到這一剎間，我才將潘博士夫婦和「犯罪」這個名詞聯想在一起。在這以前，我只不過因為好奇而已。

然而這時，我雖然聯想到了這一點，我還是無法想像，像潘博士夫婦那樣的著名學者，會有甚麼犯罪的行動。

我在門口站了足足有好幾分鐘，才轉過身，慢慢走下石級去，當我走到最低的那級石級之際，我又聽到了大門打開的聲音，接著，便是王慧博士急促的叫聲：「衛先生，請你回來。」

我轉過身，看到潘博士夫婦，一起站在門口，我三步併作兩步，奔了上去。王慧博士的神情很緊張，她道：「真對不起，我們的研究工作太緊張了，以致不能好好招待客人！」

我微笑著：「只因為是研究工作緊張？」

王慧博士道：「是的，我們現在研究的，是一個人類從來也未曾研究的大課題，衛先生，我向你請求，別打擾我們！」

她那樣說，我倒真有點不好意思了，我忙道：「我絕對不是來打擾你們的，只是我覺得你們兩位，好像有甚麼麻煩，是以想來幫助你們！」

王慧博士搖著頭：「謝謝你，我們並不需要幫助，只要安靜。」

我攤了攤手，道：「好，那麼，請原諒我，我不會再來打擾你們！」

他們兩夫婦齊聲道：「謝謝你，謝謝你！」

我向他們點頭告別，又轉身走下石階，他們立時將門關上，當我走完石級，來到路邊的時候，恰好一輛警方的巡邏車，緩緩駛過來。

在巡邏車上的一個警官，是我認識的，他看到了我，向我揚了揚手，又向潘博士的舊屋子，指了一指：「來拜訪潘博士？」

我順口道：「是的！」

那警官道：「博士很少客人的。」

我心中陡地一動：「你怎麼知道，可是因為你常在這一帶巡邏？」

那警官點頭道：「是。」

我立時又道：「那一幢大屋子，就只有他們兩夫婦住在裏面？」

那警官道：「好像是，我沒有見過別的人！」

我向那警官告辭，來到自己的車邊，駕車回家。到了家中，我心中的疑惑更多了，我只覺得這對學者夫婦，在他們的屋中，一定有著不可告人的秘密！

自然，我又想起了那個替他們開門的人來。

潘博士夫婦，似乎竭力要否認那個人的存在，但事實上，我見過那個人，而且，還感覺到那個人，是我的一個熟人！

我苦苦思索著，回憶著我見到那人時一剎間的印象，想記起那是甚麼人。但是卻沒有結果。因為當天晚上下著雨，光線從屋中射出來，「熟人」的感覺，只不過是剎那間的印象，要我在事後，再去回想那個人究竟是誰，我實在沒有法子做得到。

然而，那一剎間「熟人」的印象，卻也十分有用。因為如果不是有那種印象的話，我根本不會再將這件事放在心上。

在這時候，我忽然想起，我可以趁著深夜，偷進他們的住宅中去一看究竟。

當我想到這一點的時候，幾乎已經要付諸行動了，但是在一轉念間，我卻又冷靜了下來。

我想到，這一切，可能全是潘博士夫婦的私事，任何人都有保持自己私生活不受侵擾的權利，我為甚麼一定要去多管閒事呢？

當我想到這一點的時候，我吁了一口氣，心想：「算了吧，人家的事，還是別理會那麼多了！」

第二天早上，我醒來的時候，天才亮。

我有時候睡得很遲才起身，但是有時，卻又起得很早。而每當我早醒的時候，我喜歡到陽台上去，呼吸一口清晨的新鮮空氣。

那天，我自然也不例外，我拉開了門，站在陽台上，那時，天才朦朧亮，可是我才站在陽台，就陡地一呆。因為我立時看到，在我家的門口，停著好幾輛警車，警員都下了車，一看到我在陽台現身，立時都躲到警車的後面去，看那情形，就像是我的手中，捧著一把機關槍，會向他們發射一樣。

我呆了一呆，不知發生了甚麼事，但是從那幾輛警車，就停在我的門前，和車上的警員，分明是在注視著我的屋子這兩點來看，他們一定是衝著我而來的。

正當我在莫名其妙之際，又是一輛警車駛到，那輛警車一到，幾個高級警官，一起跳了下來，其中有我的歡喜冤家，傑克上校在內。

一看到了傑克上校，我不禁皺了皺眉頭，他也來了，可知道事情絕不尋常了，因為普通的案子，絕對不需要像他們那樣高級的警務人員出馬的。

他們幾個人才一下車，也立時在車後躲了起來，到這時候，我實在忍不住了，大聲叫道：「喂，上校，又發生了甚麼事？」

我說「又發生了甚麼事」，自然是有理由的，在這以前，有過好幾次，傑克上校聲勢洶洶地要來逮捕我，以為我犯了罪，結果，證明只是他判斷錯誤。而現在，從這種陣仗來看，看來傑克上校，又像在導演著一齣喜劇了！

只不過，這齣「喜劇」的「場面」，看來比以往幾次，都要大得許多。

我大聲一叫，傑克還沒有回答，房中的白素，倒給我驚醒了，她含含糊糊地問道：「甚麼事？」

我道：「我也不知道，傑克帶了好幾十個警員來，好像我犯了彌天大罪！」

就在我以為事情還很輕鬆地那樣說的時候，傑克上校的想法，顯然和我絕不一樣，我看到在車後的那些警員，都舉起了卡賓槍，對準了在陽台上的我，而從他們身上的臃腫情形看來，他們全穿著避彈衣。

同時，傑克上校的話，也從傳音筒中，傳了過來，他的話，更令我啼笑皆非。他道：「衛斯理，聽著，你的住所已被包圍了，快將雙手放在頭上走出來，限你三分鐘之內走出來！」

聽得他那樣嚷叫著，我真是啼笑皆非，同時，我的心中，也不禁有點惱怒，我大聲喝道：「傑克，你究竟在搗甚麼鬼？」

傑克仍然躲在車後，卻重複著他剛才的那幾句話，白素也披著睡袍，到了陽台上。

白素就是有那麼好，平常的女人，一見到這樣的陣仗，一定驚惶失措了，但是她出來之後，向下一看，卻覺得好笑，道：「怎麼一回事，上校先生又發甚麼神經？」

這時，傑克上校已在做他的第三次喊話了！白素攤了攤手：「看來，你只好照他的話辦事了，不然，他可能會下令施放催淚彈，將你逼出去！」

我皺著眉：「看情形，他不像是在開玩笑，我當然要出去，你立時通知劉律師，請他到警局去，我看有麻煩了！」

白素揚著眉：「你最近做過甚麼事？」

我最近做過甚麼事，值得警方如此對付我呢？老實說，我完全不知道。

我用開玩笑的口吻道：「我最近將一架飛機，劫到哈瓦那去，換了一箱雪茄回來！」

白素也笑了起來，在笑聲中，我離開了陽台，下了樓，走出了大門。

第三部：驚人謀殺案

當我在大門口出現的時候，氣氛更來得緊張，傑克大聲叫道：「將手放在頭上！」

我不禁感到生氣，怒道：「傑克，你看到麼，我還穿著睡衣，我手上沒有任何武器。」

傑克上校總算從警車之後，閃出了身子來，可是他臉上的神情，仍然緊張萬分，他道：「誰知道，可能你睡衣的鈕扣，就是強烈的小型炸彈！」

我真是又好氣又好笑：「傑克，為了甚麼？」

傑克一揮手，四五個手持槍械的警員，已向我逼了過來，我自然不會做任何反抗，我向外走去，兩個高級警官向我走來，其中一個，揚著手銬。

我立時對那持手銬的高級警官叱道：「走開，就算你們有絕對充分的理由要拘捕我，也決用不到手銬，而且，拘捕我的理由是甚麼？」

傑克上校這時也向我走了過來，他將拘捕令揚在我的面前，道：「衛斯理，你涉嫌謀殺一男一女，死者是潘仁聲、王慧兩個人！」

我呆住了！

這實在是晴天霹靂！

老實說，我是很少受到那樣的震動的，但是我這時，真正呆住了！

潘仁聲和王慧，他們就是潘博士夫婦，而我涉嫌謀殺他們兩人，那也就是說，他們兩人已經死了！

直到想到了這裏，我紊亂之極的思緒，才頓了一頓，失聲道：「潘博士夫婦死了？」

傑克上校站在我的面前，冷冷地道：「自然死了，你以為他們在經過了你那樣殘酷的對待之後，還能夠活著麼？走吧！」

我深深地吸了一口氣，空氣無疑是清涼的，但是我這時，卻像是吸進了一團火一樣，我苦笑著：「傑克，你知道，我是從來不殺人的！」

傑克上校的態度仍然冰冷：「或許是你的第一次，你失手了。」

我無意義地搖著頭：「你弄錯了，上校，你完全弄錯了！」

傑克上校厲聲道：「他們的屋子中有你的指紋，你離開他們的屋子時，一個巡邏警官看見過你。」

我忙道：「是，我認識這位警官，我還曾和那位警官講過幾句話。」

傑克上校又道：「這就夠了，當時的時間，是十一點零五分，而法醫在檢驗死者屍體的結論，是他們兩人，死亡的時間是十一時左右。」

我又吸了一口氣：「十一時左右，可能是十一時半，那在我離開之後！」

傑克上校不讓我再講下去，他立時冷笑道：「你對我說也沒有用，留在法庭上，看看陪審員是不是可以接納你的話！」

我心中儘管十分惱怒，但是我也知道，在如今的情形下，發怒絕不是辦法，我只是冷冷地道：「上校，你想將我送上法庭，已不止一次了，可是每一次都只證明你白費心機，而且給真正的犯罪分子從容的時間逃走！」

當著那麼多警官的面，我那樣不留餘地地說著，這自然使得傑克十分狼狽，他大聲吼叫著：「帶他上車，快行動！」

我聳了聳肩：「不必緊張！」

我自動向前走去，在我登上警車的時候，我看到白素站在門口，向我揮著手，她一點也沒有緊張的神態，輕鬆得就像是我和朋友去喝一杯咖啡，聊聊天一樣。

我到了警局，連傑克上校也感到很意外，劉律師已經先在警局恭候了。

傑克上校狠狠瞪了劉律師一眼：「案情很嚴重，疑犯可能不准保釋。」

劉律師道：「衛先生是有聲望的人，我想檢察官接納我的意見的機會比較多一些。」

傑克又狠狠瞪了他一眼，和他一起進了另一間辦公室，我們在警員的嚴密看守之下，留在傑克上校的辦公室之中。

這時，我的心中十分亂。潘博士夫婦遇害了，法醫判斷他們死亡的時間，是在十一時左右。

其實，我並不知道我昨晚和他們分手的時間是幾點鐘，但是巡邏警官報告的時間是不會錯的，那就是十一時零五分。

潘博士夫婦自然不會在十一時之前遇害，因為那時，我還和他們一起。而法醫雖然不能判斷出精確的時間來，但是也絕對不致於相差太遠。

那也就是說，幾乎是我才離開，就有人殺死了潘博士夫婦，從時間的緊密接合來看，兇手幾乎不可能是由外面來的。

當然，傑克可以根據這一點，而認定在十一點零五分左右離開的我，就是兇手。但是，我卻有自己的想法，我自己的想法是：兇手當我在的時候，就在屋子中！

我可以有更進一步的推斷，兇手就是我曾經見過一次，但是卻遭到潘博士夫婦，堅決否認他存在的那個神秘的「熟人」！

當我想到這裏的時候，我更加混亂了！

因為本來，一個人存在，潘博士夫婦要竭力否認，這已經是夠神秘，和夠叫人傷腦筋了，更何況，現在又發生了謀殺案，兩位國際著名的科學家被謀殺！

除了我，曾在那夜見過他們的屋子中有另一個人之外，其餘的人都不知道，我就算將我所見的，所推測的全講出來，也沒有證據支持我的說法。

在傑克上校的辦公室中，我等了大約十五分鐘，才看到劉律師和傑克一起走了進來。

傑克的臉色顯得很難看，一看到他那種難看的神情，我就知道，如果我睡得著的話，我大可以回去再好好補睡一覺。

果然，劉律師道：「行了，你可以離開，但是你必須接受警方二十四小時不斷的監視，同時，每日要向警方正式報到一次。」

我搖了搖頭：「這些，我不準備實行！」

劉律師愕然地望著我，傑克道：「你敢不遵守規定，那是自討苦吃！」

我笑著：「上校，你完全弄錯了，我的意思是，從現在起，我要一直和你在一起。你知道，我也知道，這是一件大案子，而我還知道這件大案子的一些十分古怪的內容。你的心中更明白，你一個人破不了這件案子，而我一個人也破不了，我們必須合作，和以往的許多次合作一樣！」

傑克雖然沉著臉，但是我的話，卻確確實實打動了他的心。尤其當我提到「以往多次的合作」的時候，他更是心中有數。

他望了我半晌，才道：「可是，這一次，你是本案的嫌疑人！」

我道：「正因為如此，所以我就更有理由要參加這項工作，我想你應該知道，我參加，對你來說，只有好處，沒有壞處。」

傑克搓著手：「可是，可是……警方和疑犯合作，那史無前例！」

我拍了拍他的肩頭：「上校，別認定我是疑犯，你心中其實和我一樣明白，我沒有殺人，你拘捕我，只不過是為了那幾個脆弱的證據，我現在回家去換衣服，你到現場去等著我，別讓你的手下隨便進屋去，你也在門口等我好了，我相信有許多寶貴的線索，一定已經給你破壞了，但是我不希望你們破壞得更多。」

我講完之後，傑克像是又在想甚麼，但是我立時又道：「當我們再次見面，我會提供一些極其寶貴的資料給你！」

傑克的話，始終沒有再說出來，他目送著我離去，自然同意我的提議了！

我和劉律師一起出去，在例行公事上簽了字，對劉律師道：「真對不起，一清早將你吵醒了！」

劉律師道：「難得早起一次，是有好處的，潘博士夫婦被殺的事，早報上沒有消息！」

我道：「那自然又是上校的傑作，他是一個典型，有權在手，不弄弄權不過癮，哪怕他知道沒有用，封鎖幾小時新聞，也是好的。這實在是一種小人物的反應。」

劉律師點著頭，他送我回家，白素像是知道我一定可以立時回家一樣，為我準備了早點，但是我卻沒有吃，只是換了衣服，洗了臉，就駕車直駛向潘博士的住所——那幢舊得可以的大房子。

當我到達的時候，傑克上校已經在那裏了，屋子門口，守著許多警員，我一下車，傑克就向我走來，我和他一起登上石級。

才一進大門，我就呆住了！

地上全是血，血已經凝結了，但是斑斑塊塊，看來還是怵目驚心！

我呆了一呆，傑克道：「一個夜歸的鄰居，經過這房子的門口，看到有血自大門的門縫流出來，直流到石階上，他立時驚呼起來，驚動了其他的人，這才報警的，驚方人員到達後，發現了死者，我才趕到現場。」

我已經看到，就在大門口，地板上，用白粉畫著一個簡陋的人形，而在樓梯口，又有一個人形。

捷克指著門口的那個道：「潘博士死在這裏。」

他又指著樓梯口：「潘夫人躺在樓梯口。」

我望著滿地的血跡，嘆了一聲：「什麼兇器？怎麼流了這麼多血？」

傑克卻並沒有直接回答我的問題，他向身後的一個警官，招了招手，那警官立時打開公事包，取出幾張放大了二十吋的照片來，交給了傑克，傑克又將照片交到了我的手上。

他道：「你自己看，這是屍體還未曾被搬動之前，所攝下來的。」我接過了照片，我實在不想在這滿是血跡的地方多逗留，所以我走進了客廳，才去看那幾張照片。

當我看到了那些照片的時候，我的身子，不由自主地在發著抖。那實在太可怕，潘博士躺在血泊中，他的頭顱，完全破裂，他的身上，也有許多處傷痕，看來那是鈍物擊中了頭部之後，又給利刀砍過。而潘夫人的情形，也好不了多少，她顯然是在樓梯上遇害的，因為樓梯上有血。我可以做這樣的假定，潘博士先遇害，潘夫人聽到樓下有聲音，就趕下來看，而她才一下樓梯，就遇上了伏擊，也遇害了。

這兩個著名的科學家，在不到十二小時之前，我還和他們在一起，說話、討論問題，但是現在，他們卻已躺在冰冷的殮房裏了！

我抬起頭來：「兇手的兇殺方法，如此殘忍，他可能是一個神經不正常的人！」

傑克上校搖著頭：「不見得。」

我忙道：「為甚麼？」

傑克道：「我在趕到之後，發現壁爐中有許多紙灰，而我們詳細搜查的結果，潘博士一切研究工作的記錄都找不到，可能都被燒成灰燼了！」

我苦笑了一下，傑克上校反對我做出的兇手是一個神經不正常的人的判斷，顯然並不是意氣用事，因為一個神經不正常的人，斷然不會在殺人之後，還將一切文件，全部燒毀的。

而這時，我的心中，又立時生出一個疑問來，為甚麼一切文件全都被燒毀，包括潘博士夫婦研究的記錄在內？難道他們兩人的研究工作，對他們的死，有著甚麼直接的關係？

那時，我心中十分亂，雖然想到了這一點，但是實在理不出一個頭緒來。

我只是問道：「任何文件，都沒有留下？」

傑克道：「有的，在潘博士研究室的一張桌上，有著一份案頭日曆，在四天前那一頁，留下了三個字！」

我立時問道：「三個甚麼字？」

傑克直視著我：「你的名字，衛斯理！」

我陡地一怔，吸了一口氣。

我和潘博士說不上是甚麼深交，只不過在那個俱樂部中，經常見見面而已，他為甚麼要將我的名字，留在他的案頭日曆上？而且是在四天之前？四天前，我和他之間，發生過甚麼值得他留下我的名字的事？

突然之間，我想起了，四天之前，正是我在俱樂部，講了有關王亭的事，潘夫人感到不舒服，他們兩人突然離去那一天！

但是，這又有甚麼重要呢？為甚麼他在這一天，留下了我的名字？

我腦中混亂之極地在想著，傑克可能誤會了我的意思，他道：「筆跡專家已經證明，那是潘博士寫下的，你的名字！」

我苦笑了一下，傑克又道：「我還沒有問你，你為甚麼要連夜到這裏來？」

我道：「這件事，我會很詳細地告訴你，我相信我將對你說的一切，一定是整件案子的關鍵所在，但是，我要先看一看整幢屋子！」

傑克道：「這很重要麼？」

我道：「是的，你和我一起看。」

傑克這次，表現得很有耐心，或者他知道這是一件極其重要的案件，必須有我的合作，才能有破案的一天，或許是另有別的想法。

我和他從底層看起，那屋子的確很大，對兩個人來說，更是大得異樣。

屋子一共有三層，底層是客廳、飯廳、小會客室、廚房，以及另外兩間房間，第二層經過改動，是臥房和一間極大的研究室。

臥房和研究室連在一起，可知他們夫婦兩人，對於研究工作是如何認真。

臥房中的一切很整齊，那表示昨晚在我離去之後，他們可能並未進過臥房，也進一步證明，我來的時候，潘博士說他的太太，正在睡覺，是在說謊。他太太是從樓上下來的，當時在做甚麼？可能正在研究室中工作。

研究室中有許多儀器、試管，那可以說是一個十分完善的生物化學研究室，也一點不凌亂，看不出任何被破壞過的跡象。

在研究室中，有一樣東西，吸引了我和傑克兩個人的注意，那是一只極大的箱子，箱子裏面是一張椅子，箱子外，是附屬的一組儀器。我湊近去看了看，大致上認得出，那是控制溫度，和供給氧氣的，從一組儀表上顯示，這箱子之中，溫度可以下降到零下四十度。

而這箱子的大小，也足可以坐得下一個人有餘，我和傑克都極度的詫異。

但是我們兩人，都看不出那箱子究竟有甚麼用途來，是以我們誰也沒有說甚麼。

而屋子的三樓，則是幾間空置的房間，堆著不少雜物。本來，我是想在屋中找那個我曾見過的「熟人」的住所的。

因為只要發現有了潘博士夫婦之外，另一個人的住所，那就足以證明我所見過的那個人，的確是存在的了。可是我卻失望了。

因為從整幢房子看來，除了潘博士夫婦之外，實在找不出另外有一個人住過的痕跡來。

潘夫人顯然是一個十分能幹的人物，她不但在學術上有著巨大的成就，而屋子中的一切，她也整理得井井有條。

我們在上了三樓之後，又回到了客廳中，傑克瞪著我，我坐了下來。在那剎間，我只覺得頭部沉重無比，幾乎甚麼都不願想。

我只注意到傑克的神色，已越來越不耐煩，他不斷在我面前走著，而且步子愈來愈快，那更令我心亂。我正想喝阻他，叫他別再在我的面前，晃來晃去，他已經站定了身子，大聲道：「這件血案，一定轟動世界，我不能永遠封鎖這件事，也不能沒有兇手！」

我呆呆地望著他，在那一剎間，我的確有點發呆，那自然是為了傑克最後的那一句話，或許是案子的被害人實在太重要了，所以令得他有點語無倫次了吧！

我望了他一會兒，才道：「你那樣說是甚麼意思？你為了要一個兇手，是不是準備隨便找一個無辜的人去頂替呢，請問！」

傑克冷冷地道：「別忘記，直到現在為止，你的嫌疑最大，你仍然要出庭受審。」

我嘆了一聲，我心中在想，以後，我決定不再去理會人家的閒事了。理閒事，竟然理出了如此不愉快到了極點的結果來。

我的思緒仍然很亂，但是我還是必要將我如何會來探訪潘博士夫婦的原因，以及那天雨夜我跟蹤博士前來的經過，向傑克說一遍。

所以，我指著一張椅子：「你坐下，別焦急，我有很多話要和你說。」

傑克有點不大情願似地坐了下來，而我卻不理會他的情緒怎樣，我還是將我所知道的、所經歷的、所猜疑的，和他詳細說了一遍。

傑克這個人，不是全然沒有好處的，他雖然對我有偏見，而且在我說話的時候，儘管他心中在不斷地罵著，但是他卻並不打斷我的話頭。

他十分用心地聽著，直到我說完，他才用一種十分冷淡的語調道：「你的意思是，有一個神秘人物，別人都不知道這個人物的存在，但是實際上，這個人物卻和潘博士夫婦，生活在一起？」

我皺了皺眉，道：「對於『生活在一起』，或者還有商榷的必要，但這個人，能夠在深夜，還替潘博士夫婦開門，那麼，他和潘博士夫婦之間的關係，至少應該十分密切！」

傑克立時道：「剛才，我和你都看過了整幢屋子，你和我都知道，除了潘博士夫婦之外，這屋子之中，並沒有另一個人住著！」

我點頭道：「你說得對，但這個人可能不住在這屋子中，但時時和潘博士夫婦來往。」

傑克有點不懷好意地道：「這個人是甚麼人呢？」

我無法回答他這個問題，只好攤了攤手：「不知道，我只知道，這個人可能是我的一個熟人！」

傑克忽然嘆了一口氣：「衛斯理，你不要以為我時時和你作對，你要明白我所處的地位，我們兩人所處的地位如果掉轉來，那麼請問你是不是會去追尋一個一點頭緒也沒有的人？」

傑克的這一番話，倒是講得十分誠懇，我呆了片刻，才道：「你說得對，你說『一點頭緒也沒有』，我已經很感謝你了！」

傑克顯得十分疲倦地用手抹了抹臉，顯然這件案子給他的精神負擔，十分沉重，他道：「是的，我不想和你吵架，不然，我一定說這個人是子虛烏有的。」

我提高了聲音：「事實上，這個人是存在的，對了，只要這個人曾在這屋子中生活過，我們一定可以在這間屋子中找到這個人的指紋，我相信這個人留在這屋中的指紋，一定不在少數，只要尋找，我們就一定可以得到十分重大的線索！」

我那樣一說，傑克的眼睛，登時亮了起來，他道：「你說得對，事實上，兇案發生之後，我們已經做過指紋的搜尋工作，但只限於屍體的附近，現在，我們可以在整幢屋子的範圍內進行！」

我道：「還有，潘博士夫婦，全是高級知識分子，而人人都知道，他們從事一項十分重要的生物化學上的研究，在實驗室中，甚至沒有一點記錄留下來，這不是很意外麼？」

傑克點頭道：「是的，一點具有文字記錄的紙張都沒有，只有那案頭日曆上——」

我苦笑著，接口道：「我的名字！」

傑克也苦笑了起來。

我已經明白，傑克這一次，和我之間的態度那麼好，是他也知道，雖然我成了嫌疑人物，但是我決不可能是殺害潘博士夫婦的兇手之故。

所以我不妨堅持我的意見，我道：「上校，你一定得相信我。我還可以斷定，潘博士夫婦，一定是有意在對他人隱瞞我所見過的那個人，我來探訪他們的時候，他們的精神都很緊張！」

傑克嘆了一聲：「他們為甚麼要隱瞞這個人呢！究竟為了甚麼？」

我當然無法回答傑克上校的這個問題，我只好也跟著他嘆一口氣。

我站起來：「現在，除了等待在這屋子中，發現那神秘人物的指紋外，我沒有甚麼事可做了，我們只好等著吧！」

傑克望著我：「就算找到了指紋，你也很難在法庭上取得陪審員的同情，因為你所說的一切——」

他有點無可奈何地搖著頭，我卻道：「我倒不像你那樣悲觀，我的意思是，如果我找到了指紋，那麼，我們一定能夠找到那個人！」

傑克道：「你或者是太樂觀了！」

我只好道：「希望不是我太樂觀。」

我離開了潘博士夫婦的屋子。事實上，我急於要離開的真正原因，是因為我腦中太凌亂了，我必須一個人，靜靜地想一想。

我一直來到了公園，在樹蔭下坐下來。

我坐著，閉著眼睛，看來是在養神，決不會有甚麼人知道我是一個有了極大的麻煩，正在思索如何解脫麻煩的一個人！

第四部：三年前失蹤的劫匪

我將事情從頭想起：那天晚上，在街角處聽到潘博士夫婦的對話。我可以斷定，潘博士夫婦一定保持著一個秘密，不願被他人知道。

而這項秘密，他們兩人，雖然保持得很好，可是卻也帶給他們極大的煩惱，甚至，他們因為這件秘密，而遭到了被人殺害的噩運。

這件秘密，自然和那個神秘的人物有關！

我一向對我自己的推理能力很自負，但是，在潘博士夫婦的這件事上，我卻只能得到這些結論，無法再向下想去。因為所知實在太少，任何人都無法自那麼少的已知條件中，去推測很多的未知事件。

我在公園中坐了很久，又毫無目的地在公園中走著，在一只養著很多美麗的紅鶴的鐵籠前，又站了好一會兒，直到太陽偏西，才離開了公園。

我才回到家中，白素就道：「傑克打過幾次電話找你了，他要你立時和他聯絡，說有了重大的發現。」

我半秒鐘也不耽擱，立時向電話走去，聽到了傑克的聲音，他道：「唉，衛先生還沒有回來麼？」

我立時道：「我回來了！」

傑克幾乎叫了起來：「太好了，衛斯理，你的推斷不錯，屋子中，除了潘博士夫婦的指紋之外，還大量發現了另一個人的指紋！」

我道：「可以根據指紋的類型，找到這人的身分麼？」

傑克道：「那要感謝電腦資料存儲系統，不過，電腦可能出了毛病。」

我立時問道：「甚麼意思？」

傑克說他找到了另一個人的指紋，又說感謝電腦系統的幫助，那自然已經找出這個人物的神秘身分了，但是他卻又說可能是電腦系統出了毛病，這樣自相矛盾的話，確是令人莫名其妙的。

傑克並未曾立時回答我的問題，他在電話中，苦笑了一下，才道：「那可能有錯誤，但是……但是電腦系統既然那樣告訴我們——」

我實在忍不住了，大聲打斷了他的話頭，道：「你別再囉嗦了，看在老天的份上，爽爽快快地說出來吧，那指紋屬於甚麼人？」

傑克上校終於說了出來：「王亭。」

我呆了一呆，一時之間，我也想不起王亭是甚麼人來，因為我無論如何想，也無法將一個突然失蹤的劫匪，和潘博士夫婦連在一起的。

所以我在那一剎間，只是疾聲問道：「王亭，這個王亭又是甚麼人？」

傑克道：「你可還記得，那個劫匪王亭，他跟蹤一個從銀行出來的老婦人，下手搶劫時，反被那老婦人用槍逼進了一輛汽車，就此失蹤了的那個？」

我握著電話，但是我整個人都呆住了！

這個王亭，我自然記得這個王亭。幾天之前，我還曾在俱樂部中，將王亭的那件事講給許多人聽，那是一件不可解釋的怪事。

這個王亭，他的指紋，怎麼會大量出現在潘博士夫婦的住所之中的呢？

在那剎間，我的心中，亂到了極點，但是，許許多多事，也一起湧上了我的心頭，這些事，都是我當時未曾加以注意的，但是現在想起來，卻都有著特殊的意義。例如，當我說出王亭的故事之際，潘夫人便感到不適，潘博士夫婦提前離去。又例如，潘博士曾緊張地追問那銀行守衛是不是曾留意到那個老婦人，當他這樣問的時候，他的神情，也異乎尋常的緊張。

再例如，那天晚上，我跟蹤他們回去，看到了有人替他們開門，我當時的印象，只覺得那個人可能是我的熟人，但是我卻又無論如何想不起那是甚麼人來，現在想起來，也簡單得很，那人就是王亭！

因為我並不認識王亭，只不過在以前，傑克和我談過王亭失蹤的事件之後，我感到了興趣，曾經研究過許多有關王亭的資料，也看過王亭的許多照片，是以對他有深切的印象。

這就是為甚麼我自己覺得看到的是一個熟人，但是卻又無論如何想不起他是甚麼人來的原因！

當傑克說出了王亭的名字之後，我腦中湧上了各種各樣的問題，亂到了極點，是以並沒有出聲。傑克在電話那邊連聲道：「你為甚麼不出聲，你對這件事，有甚麼意見？」

我道：「有一些事，我沒有和你說過，那是因為當時我認為這些事和整件事全然無關的緣故，但是現在想起來，卻有著重大的關係，電腦沒有錯！」

傑克的聲音之中，充滿了疑惑：「你的意思是，三年前神秘失蹤的王亭，他——」

我的思緒仍然極之紊亂，但是我卻又打斷了他的話：「他就算不是兇手，也必然和整件事有關，快大量複印他的照片，命令所有的警員拘捕他，只要一找到了他，我看，事情離水落石出也不遠了！」

傑克並沒有立時回答我的問題，他只是不置可否地「嗯嗯」地應著我。

我又道：「上校，照我的話去做，不會錯的。我現在，甚至可以肯定，三年之前，劫匪王亭的突然失蹤，正是潘博士夫婦的有計畫的行動！」

傑克叫了起來，道：「你瘋了，潘博士夫婦，為甚麼要綁架一個劫匪，並且拘留了他三年之久？」

我道：「我不知道，上校，現在我無法回答你這個問題，因為所知實在太少，但是，王亭的指紋，既然在潘博士住宅之中大量出現，你難道能夠否認，他曾和潘博士夫婦長期生活在一起？」

傑克又呆了一會兒，才道：「好的，我們傾全力去找尋王亭，你準備怎樣？」

傑克那一句問話，陡地提醒了我。

我忙道：「行了，警方不必採取行動了！」

傑克聲音有點惱怒，他道：「究竟甚麼意思？」

我道：「警方大規模去找他，可能會使他藏匿不敢露面，我去找他！」

傑克道：「你怎麼找得到他？」

我苦笑著：「我去試一試，你還記得，我曾經詳細研究過有關王亭失蹤的資料，知道他有多少社會關係，也知道他曾到甚麼地方去，我去找他，找到他的機會比警方要多！」

傑克道：「你要小心，如果他已殺了兩個人，他不會在乎再多殺一個人的！」

我道：「放心！」

我放下了電話聽筒，仍然將手放在電話上，發著怔。潘博士夫婦離奇恐怖的死亡，竟然和三年前神秘失蹤的王亭，發生了聯繫，那實在是我無論如何，意想不到的！

也正因為事情來得實在太突然了，是以我腦中，才亂成一片。

我呆立了一會兒，立時開始尋找我保存的有關王亭的資料。幸而我有著保全資料的良好習慣，是以當我要找的時候，很快就可以找到。

我花了一小時的時間，將王亭的一切資料，重新看了一遍。

在我重讀了王亭的資料後，我得出了一個結論，如果王亭在這三年來，一直和潘博士夫婦生活在一起，那麼，出了事之後，他離開了潘博士的住所，最可能便是去找他以前的一個同居婦人。

這個婦人曾和他同居過一個時期，後來雖然分了手，但還時有來往，在王亭神秘失蹤之後，警方也曾在這婦人的身上，做過許多的調查工作，但卻一無所獲。

這個婦人在一家低級酒吧中做吧女——那是資料中的記載。事情已過了三年，她是不是還在那家酒吧，我當然不知道。

但是為了要找這個婦人，還是得先從那家低級酒吧開始！

我立時離開了家，因為我實在太需要找到王亭了，不但是為了洗脫我自己殺人的嫌疑，而且，為了弄清楚這一切撲朔迷離的經過。

我在二十分鐘之後，走進了那條狹窄的橫街。橫街的兩面，至少有十幾家酒吧，酒吧的門口，站滿了臉上塗得像戴著面具一樣的吧女。

我推開了其中的一家活動門，走了進去，除了喧鬧聲之外，才一進去時，我幾乎甚麼也看不見。

我略站了一站，聽得有一個女人在問我：「先生，喝酒？」

也許我的樣子，不像是這一類酒吧的顧客，是以那詢問的聲音，聽來很生硬。我循聲看去，看到在櫃台後，一個肥胖的婦人，正看著我。

我走近櫃檯，在櫃台前的高凳上坐了下來：「威士忌，雙份，陸瑪莉在麼？」

那肥婦人起身去斟酒，然後將酒杯重重地放在我的面前，望著我，笑道：「居然有人找陸瑪莉來陪酒，真是太陽西天出了。」

她咕噥了一句，就大聲叫道：「瑪莉！」

王亭的這個女人，居然還在，這真令我高興，可是，那胖婦人叫了兩聲，走進來一個吧女，向我笑著：「瑪莉今晚請假，先生，你要人陪？」

她一面說，一面已在我的對面，坐了下來，我忙道：「我有要緊的事，要找陸瑪莉，如果你能告訴我，她住在甚麼地方——」

我才說到這裏，那女人已然噘起嘴，轉過身去。這也是在我的意料之中的，是以我立時拿出一張鈔票來，在她的面前，揚了一揚。

那女人立時一伸手，將鈔票搶了過去，笑道：「她就住在這裏不遠，只有兩條街——」

那女人說了一個地址，然後又向我笑了笑：「不過，你最好別去找她，因為她的一個相好忽然回來了，正和她在一起！」

我高興得幾乎叫了起來，「她的一個相好」，那除了王亭，還會是甚麼人？

我已下了高凳，順口道：「你怎麼知道？」

那女人「格格」笑了起來：「我就和她住在一起，怎麼不知道？」

她將我給她的那張鈔票，塞進了低領衫中，轉身走了開去，我也離開了那家酒吧。

我照那女人所說的地址找去，走上了一道陰暗的樓梯，在一個住宅單位前，過了不一會兒，蓬頭散髮的陸瑪莉打開了門，望著我。

我認得她，因為我看過她的照片，她啞著聲：「找甚麼人？」

我先伸出一隻腳，頂住了門：「找你，也找你的朋友，王亭！」

陸瑪莉的臉色，一下子變得十分難看，也就在這時，我聽得屋內，傳來了「砰」地一下玻璃的碎裂聲。我用力一推，推開了門，陸瑪莉跌在地上，我衝進了屋子。

才一衝進屋子，我就看到一個人，正要跳窗逃走，那人的一隻腳，已然跨出了窗子，我雖然只看到他的背影，但是，我一眼認出他就是王亭。

既然已經看到了王亭，我如何還肯放過他逃走？我大喝道：「王亭！」一面喝叫，一面我已向前直衝了過去，伸手向他背後的衣服抓，只抓中了他背後的衣服，在他人向外撲去之際，「嗤」的一聲響，衣服破裂，我的手中，只抓到了一塊布。

緊接著，在陸瑪莉的驚叫聲中，我聽到了「蓬」的一聲響，我立時探頭向外看去，只見王亭跌在下面的一個鐵皮篷頂上，正在向下滾去。

從窗口到那鐵皮篷頂，並不是太高，我也立時一聳身，跳了下去，我跌在鐵皮篷頂上時，許多人都打開了窗，探頭出來看，和高聲呼叫著。

我自然不去理會那些住客的驚呼，因為王亭已經滾到了地上，那鐵皮頂，是一個賣汽水的攤子用來遮擋太陽的，王亭一落地，就站了起來。

我也就在他站起來的那一剎那間，向下撲了下去，可是我才向下躍去，王亭就捧起了一盤汽水，向我直拋了過來，我被好幾瓶汽水，擊中了身子，而王亭則已拔腳向前飛奔了出去。

我落地之後，在地上滾了一滾，王亭已快奔到巷口了，如果我再起身追他，一定追不到他，所以我在地上抓起了一瓶汽水，便向前拋了過去。

那瓶汽水，「啪」的一聲響，正擊中在王亭的小腿彎處，令得王亭的身子，陡地向前仆去。

也就在那一剎間，我身子疾躍而起，奔到了巷口，在王亭掙扎著，還未曾站起來時，我已經緊緊握住了他的手臂將他提了起來。

王亭也在那時候，大叫了起來：「我沒有殺人，我沒有殺人！」

我將他的手臂，扭了過來，扭到了背後，那樣，他就無法掙扎了。

我冷冷地望著他：「王亭，不論你有沒有殺人，你都得跟我到警局去！」

王亭低下了頭，這時，已有不少看熱鬧的人，圍了上來七嘴八舌地講著話。

王亭抬起了頭來，望著我，忽然嘆了一聲：「好的，我跟你到警局去，不過我說的話，一定不會有人相信。」

我不禁呆了一呆，因為王亭的談吐，十分鎮定，而且斯文，絕不像是一個劫匪。

我還沒有再說甚麼，兩個警員，已經推開看熱鬧的人，來到了我的身邊。我仍然扭著王亭，怕他逃走，那兩個警員來到了我的身邊，我就道：「請你們帶我去見傑克上校，上校等著要見這個人！」

那兩個警員中的一個，竟然認識我，他立時道：「是，衛先生，請你等一等，我們去召警車來。」

他一面說，一面取出了手銬，將王亭的雙手銬上，王亭也沒有任何掙扎，只是低垂著頭，顯得十分喪氣，神情也極其蒼白。

不一會兒，警車來了，我和王亭一起登上了車子。

傑克上校顯然早已得到了報告，警車才一駛進警局停下，他就奔了出來，叫道：「衛斯理，你捉到了誰？」

我下車，將王亭也拉了下來，道：「上校，你自己可以看，我們的老朋友來了！」

傑克上校盯著王亭，然後又伸手在我的肩頭上拍了拍：「到我的辦公室來。」

他轉身，親自押著王亭，向前走去，我跟在他的後面，他在快走到辦公室門口的時候，回頭大聲吩咐道：「不准任何人來打擾，不論發生了甚麼事，都不要來煩我，我有重要的事要處理。」

跟在他身後的幾個警官，一起答應著，退了開去，傑克上校在進了辦公室之後，又將辦公室中的兩個職員，也趕了出來。

整間辦公室中，只有我、王亭和傑克上校三個人了，傑克上校關好了門，開了錄音機，才轉過身來，王亭只是木然立著。

我首先開口：「上校，王亭說他沒有殺人，而且，他說他講的話，不會有人相信。」

傑克冷笑著：「當然不會有人相信，他以為他的謊話可以輕易將人騙倒，那太天真了！」

當傑克的話出口之際，王亭抬起了頭來，口唇掀動了一下，像是想講些甚麼，但是他卻終於未曾發出聲來，而且隨即又低下了頭去。

在那時候，我也忍不住想說話，可是我卻也沒有說出口來。

我想表示意見，是因為我覺得上校的態度不是十分對。上校可能是對付狡獪的罪犯，對付得太多了，是以他一上來就認定王亭會編造一套謊話來欺騙警方。而我的看法卻不一樣，因為我覺得王亭的這件事，和潘博士夫婦之死，可以說是充滿了神秘，那是不尋常之極的一件事。

我本來是想將我的意見提出來的，但是，向王亭問口供，是傑克的職責，我不便越俎代庖，而且傑克是一個主觀極強的人，我也不想在這個時候，和他發生任何爭執，是以我才忍了下來，沒有出聲。

傑克已坐了下來，將一枝射燈，對在王亭的身上，他道：「你喜歡站著也可以，但是你必須回答我的話。」

王亭不出聲，也不坐下，仍然低著頭，站著。

傑克道：「姓名？」

王亭仍然低著頭，不出聲，傑克的耐性，算得是好的了，他居然連問了三四遍，才陡地一拍桌子，霍地站了起來，厲聲道：「你是甚麼意思？」

王亭抬起頭來，我從他的臉上，可以看出他的心中，在感到一種極其深切的悲哀，他道：「上校，我認為，應該讓我先將我的遭遇說出來，我是一個受害者，你不應該將我當作犯人。」

我一聽得王亭那樣說法，心中又不禁一動。

那種感覺，和我才捉住他的時候，他講了幾句話之後一樣，我總覺得王亭的話，不像是出諸一個慣竊的口中，而像是一個知識分子。傑克冷笑道：「滿屋子全是你的指紋，你還要抵賴？」

王亭低著頭，在燈光的照射下，他的臉色，更是白得可怕，他道：「我想和衛先生單獨談談！」

王亭的這個要求，可能傷害了傑克的自尊心，因為在他嚴厲的責問下，王亭甚麼也不肯說，但是他卻表示要和我單獨談談。

是以傑克立時咆哮了起來：「你要說，對我說，你的姓名是王亭，你怎麼殺了潘博士夫婦！」

傑克的臉漲得通紅，在王亭的面前，揮舞著他的拳頭，但是王亭卻像是根本未曾看到一樣，在他的臉上，始終帶著那種深切的悲哀，一言不發。

我已經看出傑克上校這樣問下去，是甚麼也問不出來的了，所以，我十分委婉地道：「上校，他要和我單獨談談，就讓我——」

我的話還沒有說完，傑克已經對著我叫嚷了起來，伸手直指著門口，喝道：「出去，別在這裏，阻撓我的訊問工作！」

我呆了一呆，由於我無意和傑克發生任何爭執，是以我甚麼也不說，只是道：「好的，再見。」

在道了「再見」之後，我就走向門口，打開了門，當我出了傑克的辦公室之際，我仍然聽到傑克在咆哮著。或許是我的心理作用，也或許是傑克的咆哮聲真有那麼大，當我走出警局的大門時，我仍然好像聽到傑克的吼叫聲在嗡嗡作響。

未曾找到王亭前，整件事，自然是亂成一團，毫無頭緒。但是那時，不論怎樣亂，總還有一個希望在，那希望便是，在找到了王亭之後，一切便都可以水落石出，完全明白了。

至現在，王亭已經找到了！

在找到王亭之後，是不是事情已經完結，整塊神秘的序幕，都可以揭開了呢？

老實說，當我離開警局的時候，我一點也沒有那樣的感覺，我只感到，事情更神秘、更複雜了。

首先，王亭甚麼也不肯說，這三年來，他究竟在幹些甚麼？他是如何會在潘博士夫婦的家中的？他何以談吐斯文，全然不像慣劫犯？他何以在一被我捉住之後，就說他沒有殺人？他為甚麼肯定他就算照實講，他的話也不會有人相信？

找到王亭了，可是事情看來，卻比以前更加複雜了！

我在回到家中之後，嘆了一口氣，吩咐白素：「不論甚麼事，都別吵醒我，我要睡覺！」

的確，在那時候，我感到了極度的疲倦，一件事，本來以為已大有希望的，但是在忽然之間，發現原來寄托的希望，到頭來，竟是一條絕路的話，那真是會使人感到極度疲乏的。

我倒頭便睡，白素真的遵照著我的吩咐，不來吵我——自然，那是等我睡醒之後，我才知道的。

我一直睡到了第二天下午四點鐘，醒來之後，仍然覺得昏昏沉沉，頭痛欲裂。我在床上的時間雖然久，但是我卻根本沒有睡好，我不斷作著各種的惡夢。

我用手輕輕敲著額，站了起來，進了浴室，用冷水淋著頭。

當我從浴室中出來的時候，白素等在臥室中，道：「從中午到現在，傑克上校已來了四次。」

我陡地一怔：「他現在——」

白素道：「在客廳中等你，看來他好像心中十分煩，不斷在走來走去！」

我以最快的速度，穿好了衣服，衝下樓去，傑克一看到了我，就立時迎了上來，我忙道：「真對不起，我不知道你會來找我，而我實在太疲倦了——」

我講到這裏，便沒有再講下去，因為我發現，我實在沒有資格說我自己疲倦，傑克的疲倦，顯然在我之上，他的雙眼之中，佈滿了紅絲，他臉上的那種神情，就像是一個毒瘾極深的人，已有好幾個小時未曾注射海洛英一樣。

他甚至在講話的時候，都在微微地喘著氣，他道：「那該死的王亭！」

我早知道他來找我，一定是為了王亭的事而來，是以他那樣說，倒也沒有引起我甚麼驚訝，我也沒有插嘴，等他說下去。

傑克上校整個人向下倒去，倒在沙發中，可是他才一坐下，立時又跳了起來：「該死的王亭，我一直盤問他到今天中午，他甚麼也不肯說！」

我皺著眉：「一句話也沒有說？」

傑克「哼」的一聲，瞪著我：「我倒寧願他是一句話也沒有說！」

我立時明白了，不禁笑了起來：「可是他仍然堅持要和我單獨談？」

傑克有點狼狽，他搓著手：「是的，真不知道他是甚麼意思，為甚麼有話不肯和我說，要對你說！」

我道：「上校，道理很簡單，那是因為他所說的一切，一定是怪誕神秘得不可思議，他不認為他的話會被任何警方人員接受，所以他寧願對我說。」

傑克仍然恨聲不絕：「那麼，你自然會轉述他對你說的話？」

我想了一會兒：「當然會，但是說不說在我，信不信他講的話卻在你。」

傑克又悶哼了一聲：「那麼，請你到拘留所去！」

我搖著頭，道：「不是我不願意去，但是，我認為將王亭的手銬除去，將他帶到我這裏來，我和他像朋友一樣地談，我們可以獲得更多的東西！」

傑克望定了我，過了好半晌，他才嘆了一聲：「好吧，全依你的，我不知倒了甚麼楣，你看到今天的報紙沒有，為了潘博士的死，好幾家報紙在攻擊警方，催促警方迅速破案。」

我又道：「上校，你別將破案的希望，寄托在王亭的身上，我看這件事十分神秘，其中一定還有我們意想不到的曲折在！」

傑克用手拍著茶几：「王亭就是殺人兇手！」

我苦笑著：「我也願意王亭是兇手，因為我自己也是嫌疑人之一，但是無論如何，我們總得正視現實，先聽聽王亭如何說！」

傑克道：「如果太相信王亭的話，那可能上他的當。」

我拍著他的肩頭：「放心，我和你都不是沒有判斷力的人！」

傑克沒有再說甚麼，轉身離去。我立時對白素道：「王亭要來，他是一連串神秘事件的中心人物，而他堅持要單獨和我談一切經過。」

白素微笑著：「你看他會同意我在一起旁聽麼？」

我道：「他來了之後，我會在書房和他談話，你先去煮咖啡，只怕我們的談話會花很長的時間。」

我說著，上了樓，先檢查一下隱藏的錄音設備，並且準備了一具自動攝影機，使鏡頭對準了一張椅子，我準備讓王亭坐在那張椅子上。

第五部：博士夫婦的研究課題

王亭來得很快，當我準備好了一切之後，我就聽到了警車的嗚嗚聲，我走到樓梯的一半時，白素打開了門，王亭和一個警官，站在門口。

王亭遲疑了一下，向內走來，那警官跟在他的後面，我走下去，對那警官道：「我想上校說過，王亭要單獨和我談談。」

那警官道：「可是，警方要負責看管他。」

我有點不高興，立時臉一沉：「如果警方不信任我，那麼，請你將王亭帶回去，要不然，就請你回去，等我和王亭談完了，自然會和他一起去找傑克上校！」

那警官沒有再堅持下去，他只是連聲道：「好！好！」

而我已請王亭上樓，當我們走上樓梯的時候，我回頭看，看到那警官已經走了。

王亭和我一起進了書房，王亭在我事先替他預備的椅子上坐了下來，我遞了一杯咖啡給他，他只是啜著咖啡，一聲不出。

我也不去催他，兩個人都保持著沉默。足足過了十分鐘之久，他才放下杯子：「我沒有殺人，我真的沒有殺人！」

我道：「你必須將你的遭遇從頭至尾講出來，人家才會相信你沒有殺人。」

王亭又開始沉默，我仍然耐著性子等著他，這一次，他沉默得更久。終於，他嘆了一口氣：「真的，我實在不知從何處說起才好。」

我提示他：「不妨從頭講起，三年前，當你在那巷子中，著手搶劫，反而被人架走之後，就一直沒有人知道你的下落。」

王亭「啊」的一聲：「警方知道我是被人架走的？」

我道：「是，一個小孩在窗口看到了全部過程，警方在那巷子中找到了一柄刀，刀上有你的指紋，而你卻失蹤了，這件案子一直是一個謎，傑克上校曾經邀我作過詳細的研究，但沒有結果。」

王亭苦笑著：「於是你將這件事，當作是神秘故事，在俱樂部中講出來？」

我略呆了一呆，才道：「是的，潘博士告訴你的？那晚上潘博士夫婦要離開的時候，我突然意識到會有事發生，所以跟著他們，後來天下雨了，我看到你替他們開門，你和他們生活多久了？」

王亭並不立時直接回答我這個問題。他像是在沉思，過了片刻，才道：「那天晚上回來，潘博士就對我說：『王亭，居然還有人記得你，今天，就有人在俱樂部講了你的事。』」

王亭沉思了一會兒，續道：「那晚潘博士說道：『那個人叫衛斯理，他專喜歡參與一切奇怪的事，但願我們的事，不要給他知道才好！』接著，他就在案頭日曆上，記下了你的名字！」

我苦笑著，道：「原來是這樣，就是日曆上的這個名字，幾乎使我成了殺人的嫌疑犯！」

聽到了「殺人嫌疑犯」五個字之後，王亭又沉默了好一會兒，才道：「剛才你問我，和他們在一起多久了？我和他們在一起足三年了，自從我失蹤的那一刻起，我就和他們在一起。」

這一點，本來也是我意料之中的事，但是我自然得將其中的情形，問得更清楚。

這時，我的精神，極其振奮，因為看來，一件懸而未決，充滿了神秘性的事，已經快可以有答案了，看王亭的情形，他顯然準備將一切經過告訴我！

我道：「你的意思是，將你架走的一男一女兩人，正是潘博士夫婦？」

王亭苦笑著：「是的，人生真是奇妙，我是一個劫匪，可以隨意選擇搶劫的對象，如果不是那天在銀行大堂中，選中了潘夫人化裝的老婦人，我也不會有以後的這些經歷了。」

我本來想不打斷王亭的話頭，可是我的好奇心，使我忍不住口，我道：「潘博士夫婦顯然是有意安排使你上鉤的，他們的目的是甚麼？」

王亭道：「他們安排使一個犯罪者上鉤，而我恰好便上了鉤，因為他們要一個人，曾經犯罪或正在犯罪的人，所以他們才那樣做。」

雖然王亭的話，已然說得很有道理，然則我還是不明白，我道：「他們要一個罪犯？」

王亭伸了伸身子：「是的，他們要一個罪犯，一個罪犯意識極重的人，而我正好符合他們的需要，我有許多項搶劫的記錄，是一個無可救藥的罪犯，遲早會在監獄中度過一生，所以他們那樣做，根本不必在良心上覺得有甚麼虧負。」

我聽到這裏，忍不住又問道：「王亭，你以前受過很好的教育？」

王亭愕然地望著我：「沒有啊！」

我道：「可是聽你現在的談吐，你好像——」

王亭笑了起來：「別忘記我和潘博士夫婦相處了三年之久，他們兩人，全是舉世知名的學者，我想我和以前，大不相同了，更何況他們要我的目的，就是要在我身上做實驗！」

我不禁吸了一口氣，失聲道：「用人來做實驗？」

王亭的神情卻很平淡：「正如我剛才所說的那樣，我是一個罪犯，就算他們將我當做實驗品，他們在良心上，也不致虧負甚麼！」

我正色道：「那是犯罪行為，比起搶劫來，還要嚴重得多！」

王亭又呆了半晌，才苦笑道：「或許他們自己沒有想到這一點。」

關於王亭被潘博士夫婦架走的經過，我已經知道，我不想在這上面多耽擱時間，所以我直截地問道：「他們做甚麼實驗？」

王亭的身子，震動了一下，臉上也出現了一種極其古怪的神色來，不消說，潘博士夫婦的試驗，在他的身上，造成了一種極大的痛苦，使他如今想起來，猶有餘悸，這一點，可以自他的面肉，在不由自主、簌簌地跳動著得到證明。

王亭並不說話，他忽然低下頭，頭頂向著我，然後，伸手撥開頭髮，當他撥開頭髮的時候，我不禁嚇了一大跳，在他的頭蓋骨上，有著一圈可怖的傷痕。這種傷痕，只有施行過腦部手術的人才會有，而且，一般來說，就算是動過腦部手術的人，也不會在頂門上，留下一圈那樣大的疤痕。

從王亭頭頂上那圈疤痕看來，就像是他的頭蓋骨，曾經被整個揭了開來，看了使人不寒而慄！

我立時問道：「這是怎麼一回事？」

王亭抬起了頭：「你聽說過生吃猴子腦？將猴子的腦蓋骨揭起來，猴腦還在跳動——」

他才講到這裏，我已經叫了起來，道：「行了，別再說下去了！」當我叫出那一句話之後，我不由自主喘起氣來。我絕不是一個膽小的人，也經歷過許多古古怪怪的事。但是，我卻明白王亭忽然在這時候提起「吃猴子腦」這一回事的意思。

他的意思是說，他的腦蓋骨曾被潘博士夫婦揭開來過，而他當時還是活著的，這實在是一件駭人聽聞之極的事。

可是，看王亭的神情，反倒不如我那樣激動，他甚至笑著（當然是苦笑）：「潘博士夫婦，他們研究的課題是：『大腦、小腦結構對人的犯罪意識、行動之影響和操縱』。這是一個大題目！」

我沒有出聲，因為我回答不出，這個研究題目，自然是一個大題目，但是，用一個活人，將他的頭蓋骨揭開來，而進行研究……

王亭略頓了一頓之後，又繼續道：「他們研究的目的，是想找出支配一個犯罪者的犯罪活動的一種物質，他們起初稱之為腦細胞的染色體，後來，又改稱為思想儲存細胞的變態活動方式。」

我仍然不出聲，從王亭的話中聽來，他顯然已具有極其豐富的這一方面的知識，說不定在潘博士夫婦死了之後，他是這方面的唯一權威了！

王亭又道：「那一天，當我開始有了知覺之後，我只覺得冷得發抖，那是夏天，我不應該感到那樣寒冷的，我睜開眼來，看到了潘博士夫婦。」

王亭接著道：「當時，我不知道他們是甚麼人，我也無暇去研究他們是甚麼人，我發現我被固定在一張冰床上，在我的頭上，已有許多電線貼著，潘博士對我說：『對不起，你是一個罪犯，我們要用你來進行試驗，以證明我的理論……』」

王亭說到這裏，喘了幾口氣，才繼續講下去：「當時，我曾經大叫大吵，但是我隨即失去了知覺，而等到我又有了知覺之際，那種……那種……」

王亭的身子，突然劇烈地發起抖來，而他的神色又變得如此之蒼白，我真怕他會昏過去！

總算好，沒有多久，他又恢復了鎮定：「我又有了知覺的時候，發現自己坐在一只箱子之中的一張椅子，手腳仍然被固定著。」

我點著頭，心怦怦地跳著：「是的，我看到過那只箱子、那張椅子。」

王亭道：「我在那椅子足足坐了兩年！」

我不禁打了一個寒戰，一個人，被固定在一張椅子上，禁錮在一只箱子中，被人當作豚鼠一樣，那已經是十分可怕的事了，更何況在那兩年之中，這個人的頭蓋骨是被揭開的，他的腦子，暴露在外。

王亭大約也看出了我面色不對，他苦笑了起來，反倒安慰著我：「好在，這一切全都過去了，我再次有了知覺之後，聽得潘夫人在叫：『你看，他醒了！』潘博士則正在忙碌地工作著，他聽得潘夫人的叫聲，轉過身來望著我，又拿了一面鏡子，來到了我的面前，對住了我。」

王亭講到這裏，劇烈地在抖著，一面在發抖，一面將他的雙手，不斷地在膝頭上搓著：「我是世界上唯一，看到自己的頭蓋骨不在，看到了自己腦子的人！」

我在陡然之間，感到了一股極度的噁心，我站了起來，伸出一隻手，作著手勢，叫王亭別再向下講去，一面喘著氣。過了好久，我才漸漸回復了正常。照理說，身受的人，應該比我聽到這件事的人，更要難以忍受才是，然而這時，王亭看來，卻比我鎮定得多。

我又坐了下來：「他們那樣做的目的是甚麼？」

王亭道：「他們研究的目的，是想找出一個人之所以犯罪，是因為犯罪者的腦部組織中，有一種令人犯罪的因子存在，他們就需要一個罪犯，就在這個罪犯的腦中找到這種犯罪因子，再找出遏止它們活動的辦法。」

我的情緒，已經平靜了很多，等王亭講到這裏，我接口道：「如果他們研究成功了，那麼，就可以消滅人類的犯罪行為？雖然他們的手段聽來……很令人不自在，但是他們的研究，倒是極其偉大的創舉。」

王亭嘆了一聲：「空前的創舉！」

王亭講到這裏，停了下來，他停了好久，才緩緩地道：「而且，他們已經成功了！」

我吃了一驚：「他們已經成功了？」

我之所以吃驚，是不知道王亭何所據而云然，如果說潘博士夫婦他們已經成功了，那麼，他們的成功，將影響整個人類，將使人類的歷史，從此改寫，人類行為之中，再也沒有犯罪。

而「犯罪」這件事，從各方面分析起來，形成的原因極之複雜，而且，由於世界各地形勢的不同，「犯罪」的標準也大異，在某一個地區，是殺頭的大罪，在另一個地區看來，那可能是值得歌頌的英雄行為。

真正消滅了犯罪行為，可以從兩方面來看。從好的一方面而言，那就是人再也沒有了自私、貪婪的劣根性，而從壞的一方面來看，則是潘博士夫婦已找到了控制人類思想的方法，是以一時之間，我只是張大了口一句話也說不上來。

王亭顯然也看出了我的疑惑，他道：「我只在我自身的思想變化而言，說他們已經成功了。當我開始看到自己受到這樣的待遇之際，又驚又怕，每天不知盤算著多少方法，來對付他們，可是事實上，我卻一點實際行動也施展不出來，因為我被固定在椅子上，一直到兩年之後，潘博士才找到了他理論中的那種『犯罪因子』將聯結培養犯罪因子的激素系統截斷，自那一刻起，我整個思想，都改觀了！」

王亭低下了頭，他的聲音，聽來很和平，他續道：「你或許不相信，自那以後，我完全變成了另一個人，我不但不再埋怨他們，而且當他們提及我以前的搶劫、盜竊行為之際，我幾乎不相信那是我以前所幹的事，在後來的一年中，我成了他們的得力助手！」

我沉聲道：「你一直和他們生活在一起？」

王亭點頭道：「是的。」

我搖著頭：「可是，我和傑克上校，在他們的屋子中，卻完全找不到你居住的地方。」

王亭道：「那只箱子，那張椅子，就是我睡覺的地方，我必須盡量坐在那張椅子上，接受儀器的測量，記錄我腦部活動的情形。」

我呆了半晌，才道：「這聽來是一個很完整的故事了，一對胸懷大志的科學家，從理論上認為人之所以犯罪，是由於腦部特殊活動的影響，於是他們找來了一個罪犯，解剖他的腦，而他們終於成功了，使這個罪犯，完全變成了好人，和他們生活在一起，幫助他們進行這項空前偉大的研究，聽來是一個很動人的故事，就像童話一樣，從此他們無憂無慮，快樂地過著日子！」

王亭的嘴唇掀動了一下，他想說話，但是卻並沒有發出聲音來。

我的身子俯向前，瞪住了他：「只不過，可惜得很，王亭，你和我都知道，事實上，故事的結尾，沒有那麼圓滿，而極其悲慘，潘博士夫婦，在一種最原始的狙擊中死去。」

王亭的雙手捂住了臉，他的聲音很低沉，也充滿了悲哀，他道：「是的，他們死得實在太慘了。」

我和王亭的談話，已經到了極其重要的部分了，我故意使自己的語氣，聽來變得十分平淡，我道：「不是你下的手？」

王亭陡地放下了捂住臉的手，我預期他會現出十分激動的神情來，但是他沒有，他只是加深了他的那種深切的悲哀。他現出十分苦澀的笑容：「我？怎麼會？別忘了，我是潘博士夫婦研究成功的典型！」

我立時問道：「那麼，慘事又是怎麼發生的？」

王亭呆了很久，才道：「在半個月之前，潘博士夫婦，不滿意我一個人成功的例子，他們要再找一個人來實驗，而這個人，不止是一個小偷，或是一個劫匪，他必須是一個窮凶極惡的殺人犯。」

我吃了一驚：「他們準備去找一個殺人犯，用對付你的辦法對付他？」

王亭點了點頭。

我苦笑著：「他們簡直是玩火！」

王亭嘆了一聲：「是的，他們在玩火，我曾竭力反對他們的這個計畫，我在最近的一年，等於在實際上參加了他們的研究工作，我獲得了不少知識，我知道，潘博士夫婦的每一項工作，都有詳細的記錄，他不但找出了那種犯罪因子和激素有聯繫的一種分泌物，而且，還找出了它的分子結構。」

王亭痛苦地搖著頭：「可是他們是大科學家，大科學家的想法和普通人不同，他們不會滿足於一點成就，而要取得更大的成就。」

我緩慢地道：「於是，他們就去找一個殺人犯？」

王亭又點了點頭。

我挺了挺身子：「他們找到了甚麼人？」

王亭的聲音，聽來更悲哀：「他們帶來了一個年輕人，不，簡直是一個孩子，他只有十五歲。在他們有了這個決定之後，他們就在下等住宅區中流連，找尋目標，那一天，當他們將這個孩子帶回來的時候，潘博士對我說，他們遇上了一場械鬥，雙方各七八個人，用利刀互相砍殺，那種毆鬥，如果是在戰場上，一定可以獲得戰鬥英雄的稱號。」

我沒有出聲，因為事實上，我對於這種毆鬥，一點也不陌生，不但不陌生，每一個生活在大都市中的人，都不會陌生。

王亭續道：「潘博士又說，他親眼看到那孩子殺死了兩個人，他也受了傷，他們兩人就將他架回來，那孩子在來到的時候，在半昏迷狀態中，潘博士夫婦連夜替他施行手術，包紮傷口，本來，準備第二天，就像對付我一樣對付他的。可是第二天，他卻發起燒來。」

我「嗯」的一聲：「發燒是不適宜動大手術的。」

王亭點著頭：「所以，手術延擱了下來，潘博士夫婦一直照應著他，他燒了十多天，他那十多天中，我和他在一起的時間更多，他問我這裏是甚麼地方，潘博士夫婦是甚麼人，為甚麼要將他弄到這裏來——」

我吃了一驚，打斷了他的話頭：「你，你不致於將一切全告訴他了吧！」

王亭苦笑了起來，望著我：「我不應該告訴他的？可是我卻全告訴他了！」

我大聲叫了起來：「你這個傻瓜！」

王亭繼續苦笑：「衛先生，你不能怪我，你想，我經過了他們兩位的手術，已經完全沒有了犯罪因子，我是一個純正，絕沒有絲毫犯罪觀念的人，而說謊是一種罪行，所以我——」

他說到這裏，停了下來。而我也整個人都呆住了。

潘仁聲和王慧，他們兩個人，創造了一個絕對沒有一絲犯罪觀念的人，一個這樣的人，當然不會撒謊來隱瞞事實，所以王亭將一切全告訴了那個少年！

王亭低下頭去：「或許是我的話害了他們，但是我沒有辦法，我根本不會說謊話。」

我道：「以後的情形怎樣？」

王亭道：「那少年聽了我的話後，十分害怕，但是一句話也不說，當天晚上，你來拜訪潘博士夫婦，我和那少年在樓上，潘博士夫婦，已經決定在當晚，向那少年進行腦蓋揭除手術，潘夫人當你和潘博士在樓下談話的時候，她正在樓上準備一切。」

王亭繼續道：「後來她就下來了，當你走了之後，他們兩人一起回到樓上，那少年就發了狂，用一根鐵棒，先襲擊潘博士，再襲擊潘夫人，將他們打死，奪門逃走！」

王亭的聲音開始帶著一種嗚咽，他續道：「我見到出了這樣的大事，害怕起來，也逃走了，我沒有別的地方可去，只好逃到我以前認識的一個女人那裏，而你就找到了我，全部經過，就是那樣。」

他在講完了那一番話之後，停了半晌，又重複了一句：「全部經過，就是那樣。」

我沒有出聲，我們之間，維持著沉默，又過了好久，他才道：「我知道我的話，是難以使人相信的，我一定被當作殺人的兇手，但是我必須將我的遭遇說出來。衛先生，我要找你說這番話，是因為你聽了我的敘述之後，就算不相信，那麼，也至少認為有這個可能。如果講給別人聽，別人連這個可能，都不會考慮！」

我苦笑著，王亭的敘述，自然是不容易相信的，但是，潘博士夫婦的神秘行動，那張椅子，那麼多記錄腦部活動的儀器，王亭頭部，那麼可怕的疤痕，這一切，不會證實了他所說的是事實麼？

第六部：成功？失敗？

我呆了好一會兒，才道：「那麼，這個少年叫甚麼名字？住在甚麼地方？」

王亭道：「在我和他相處期間，我曾經問過他，但是他卻甚麼都不敢說。」

我皺著眉：「那麼，你當然記得他的樣子？」

王亭道：「自然記得，如果我再見到他的時候，也一定可以認得出他來，他的頭髮很長，人很瘦——」

我打斷了他的話頭：「你不必對我說，對警方的素描專家說好了。你的話，我認為必須給傑克上校知道，是由我來複述，還是你對他說？」

王亭顯出十分疲倦的神色來：「我再也不想提起那些事來了。不管人家信與不信，我都不想再說了，就由你來轉述吧。」

我道：「好的，自然，在未曾捉到那少年之前，你必須回到拘留所去！」

王亭忽然站了起來，握住了我的手：「如果警方找不到那少年呢？你知道，這樣的少年，在城市中，有成千成萬，而警方一點線索也沒有！」

看著王亭的那種神情，我也感到很難過，我只好用十分空泛的話安慰著他，我道：「會找到的，別將警方的能力估計得太低！」

王亭長長地嘆了一聲，鬆開了我的手，不再說甚麼，我來到門口，打開了門，果然，我的估計不錯，一輛警車就在我的門外。

而且，在我打開門的時候，傑克上校立時地從車上跳了下來：「怎麼樣，他向你說了甚麼曲折離奇的故事？」

我道：「故事的曲折離奇，在任何小說之上，你當然可以知道，但是你要著人先將王亭押回去，小心看著他，他的情緒很不穩定！」

傑克上校向我走來，他的神情很疑惑：「你的意思是，他不是兇手？」

我很難回答這句話，根據王亭的敘述，當然他不是兇手，不過問題就是在於我是不是完全相信他的敘述而已。

傑克召來了兩個警員，和我一起回到了屋子中，我們看著那兩個警員將王亭押走，王亭一直低著頭，一點表示也沒有。

等到王亭走了之後，白素走了過來：「剛才王亭所說的一切，已錄了下來，我想你不必複述了，我們一起聽錄音帶吧！」

對於複述這件事，我老實說，也覺得十分困難，讓傑克聽王亭直接講的，自然也好得多，所以我和傑克，都表示同意。

在接下來的一小時之中，我、白素和傑克，三個人甚麼也不說，只是聽著自錄音機中發出來的聲音。傑克聽得十分認真，也不作任何評論。

等到錄音帶放完，傑克立時站了起來，到了電話邊，他對著電話下令：「要王亭對素描專家，講述那個少年的樣貌，王亭知道是哪一個少年人，對，立即就進行！」

聽得傑克在電話中那樣下令，我也絕不覺得意外，因為任何人在聽了錄音帶上，我和王亭的對話之後，都會採取同一步驟的。

但是白素卻在傑克放下了電話之後：「上校，你相信了王亭的話？」

我和傑克，立時向白素望了過去，傑克先開口：「你認為有甚麼不值得相信的地方？他的頭上，的確有著可怕的疤痕，當我發現了他的那個疤痕之後，我曾經請腦科專家來看過，專家說，他從來也未曾見過那樣的大手術，也不知道世界上有任何地方，可以有人會施行那樣驚人的手術。」

我立時接著道：「那就證明王亭的話，可以相信。潘博士夫婦，的確曾將他的腦蓋骨揭開來，將他做為一個試驗品！」

白素對於我們兩人的話，並不反駁，只是微笑，她道：「或許我不應多口！」

傑克上校道：「別說客氣話了，你想到甚麼，只管說好了！」

白素道：「我並不是說潘博士夫婦未曾向王亭動過手術，我的意思是，潘博士夫婦的研究工作失敗了。」

我和傑克一呆，異口同聲地道：「失敗了？那是甚麼意思？」

白素微笑著：「很簡單，目的本來是想找出人腦中的一種被他稱為『犯罪因子』的東西，加以消除，使得一個罪犯，變為一個好人，但是結果它卻是使一個小罪犯，變成一個更狡猾、更兇惡的大罪犯。」

傑克笑了起來：「照你那樣說，王亭就是殺人兇手？你別忘記，王亭曾和他們一起生活三年之久，他如果要下手，可以用許多方法，不露痕跡，何必要將他們兩人打死？那樣的行兇方法，正是一般少年犯罪的一貫作風！」

白素仍然微笑著：「如果不是用那樣的方法殺死潘博士夫婦，他如何向別人編造有一個少年在潘博士家中的故事呢？」

我立時道：「這樣的指責，只是你的想像，不是一種有證據的說法。」

白素道：「我有證據，有事實上和心理上的雙重證據。」

傑克大感興趣，道：「請說。」

白素道：「第一，兇案顯然有預謀，看來，兇手的行兇方法，像是猝然衝動之下做出來的，正符合王亭的說法，但是事實上，卻有預謀，試問：潘博士夫婦研究的紀錄，都到甚麼地方去了？為甚麼在他們的住所之中，甚麼也找不到？」

我和傑克兩人，面面相覷，答不上來。這是一個大大的漏洞，我和傑克兩人，竟沒有想到。

白素下結論道：「自然，證據全被王亭毀滅，我甚至可以推測，潘博士夫婦到後來，已經知道了自己研究工作的失敗，他們創造的，並不是一個好人，而是一個更可怕的罪犯，所以才逼得王亭下手的。」

我和傑克兩人，更是講不出話來。

白素侃侃而談：「王亭將自己形容為一個連謊話也不說的完人，一個這樣的人，在兇案發生的時候，就應奮不顧身地去阻止那少年行兇，阻止不了，就應該報警，絕不會逃走，也不會逃到舊日的情婦家中，更不會有人去找他的時候跳窗，和人打架！」

白素的分析，實在是說得再透徹也沒有了，傑克猛然地一拍桌子：「這渾蛋！」

我吸了一口氣：「我們幾乎給他騙了！」

白素很高興，她道：「你們都接納了我的意見？還好，潘博士的研究，不致失敗到了使王亭成為一個聰明的罪犯！」

傑克轉身向門口走去：「謝謝你，我會使他招供，我只要將你的問題問他就行了！」

王亭絕想不到，就在他以為他所編的故事已將我和傑克上校騙到的時候，傑克會突然再次審問他，他開始的時候，自然矢口否認，但是他根本無法解釋白素提出來的問題，無法否認那是一件有預謀的事。

當他招供之後，他不斷地高叫：「我恨他們，我恨他們，他們將人當做老鼠，我實在恨他們！」

當王亭的高聲呼叫，連續了兩小時之後，他被送到了精神病院。

整件事似乎都完結了，但還有一些要交代的，那就是王亭在招供的時候，說出了他將潘博士的一切記錄全部毀去了，但是卻保留了一本潘夫人的日記。警方根據他的口供，找到了那本日記。

在那本日記之中，有很多記載，和潘博士夫婦的研究工作有關，我選擇了十幾則，摘要抄在下面，那麼，對整件事情的了解，就更加充分。

×月×日

仁聲和我，弄來了一個人，那是一個搶劫犯，正是我們需要的一個，但是，當將那人推進車子的時候，我忽然想到，我和仁聲那樣做，也在犯法，我們同樣是罪犯，這不是很滑稽麼？

回家後，我曾和仁聲討論罪犯的定義，他說：「犯罪的人，腦中一定有犯罪因子，何必找甚麼定義？」

我們將這個人麻醉，而且立即由我和仁聲，替他進行揭除腦蓋的手術。

×月×日

真叫人興奮，整個完整的、活生生的大腦和小腦，呈現在我們眼前，人的腦，我們曾擔心那人活不下去，可是那人活得很好，甚至醒了過來。當我們不必研究他的時候，用一副玻璃腦蓋，代替了他原來的腦蓋骨。

×月×日

仁聲疲倦得幾乎在工作的時候跌倒，但是我們必須繼續下去，我們也不能放棄教職，因為我們的研究是秘密的，還是極其偉大的工作。

×月×日

我們有了發現，今天，我們有了發現，我們在那人的腦下垂體中找到了一些東西，當我們遏制這一部分組織活動的時候，腦電動記錄圖就有顯著的改變。

經過了一年多辛勤的工作，我們終於有了發現。腦電圖每個人不同，我和仁聲的記錄曲線相同，王亭和我們截然不同，我們是高級知識分子，王亭是一個罪犯，只要使王亭的腦電動記錄曲線和我們的一樣，我們的研究就成功了，王亭就不再是罪犯，今天是值得紀念的日子，今天我們初步證明了，人腦組織中，某些組織和人的思想有關，而思想指導行動，也就是說，我們可以改造人的行動，創造一個和他過去的行為，全然不同的人！

×月×日

好幾天沒有睡了，研究工作實在太緊張，所以向學校請了幾天假，已有不少人知道我們在從事一項新的研究，但是，他們決不知道我們在研究甚麼，沒有人料得到，我們在研究的，是一個如此大的課題，將震動全世界，改變人類的歷史！

×月×日

今天更值得紀念了，仁聲動手割下了王亭腦中的那一小部分組織——我們稱之為人腦中的「犯罪腺」，王亭顯得很平靜。從發現「犯罪腺」起到現在，又快有半年了，在這半年之中，王亭的腦活動記錄表示，他的思想越來越接近我們，我們估計，在手術之後，我們可以得到完全相同的腦電動記錄曲線，自然，這一點，要等到王亭從麻醉中醒來，腦部活動完全恢復正常之後才知道。

×月×日

王亭醒過來了，他醒來之後，向我們微笑著，結果幾乎是極度圓滿的，我們已接近成功了。成功，這是多麼令人興奮的字眼，但自然，我們還得再繼續觀察很多日子，才能下結論。

×月×日

今天是第三個值得紀念的日子，我們將王亭自己的頭蓋骨，還了給他，除了那圈可怕的疤痕之外，他看來完全是一個正常的人，而當頭髮生長出來之後，就可以遮住那一圈可怕的疤痕了。王亭很合作，我們曾向他解釋過我們工作的意義，他可以全盤接受，他進步得真快，他的腦電動記錄圖，幾乎和我們完全一樣了，我主張將我們的成功公佈出去，但仁聲比較審慎，他主張再從行動上觀察王亭一個時期，我同意了他的意見。

×月×日

王亭的表現，實在是無懈可擊的，他完全變成了另一個人——我們所創造的一個新人，他不再是罪犯，他已經脫胎換骨。

×月×日

今晚在俱樂部中，一個叫衛斯理的人，忽然提起了王亭，那使我震驚得幾乎昏了過去。我們冒雨回來，回到了家中，我甚至仍然在發抖，隔了那麼多年，還有人記得王亭和王亭被我們帶走的情形，這實在太可怕了。

×月×日

我們實在已經成功了，一個人腦部的活動，就是思想，思想是無法探索的，但是每一類型不同的思想，都可以由儀器記錄，反應出不同的曲線。王亭的電動記錄曲線，已和我們一樣，我主張立時公佈，我們可以叫王亭簽一張自願做我們「實驗助手」的證書，那麼，我們就可以擺脫衛斯理的追查，我們已經成功了，我們就可以將王亭向全世界的科學界推出去，宣佈我們的成功！

王慧博士的日記，我擇其重要，轉述了十幾則，其中，有的只相隔一兩天，有的相隔一年多，從這十幾則日記之中，至少可以看出事情的一些經過，而且，也證明了我在俱樂部中，提起王亭那件神秘失蹤案的時候，潘夫人的確受了極大的震動。

潘夫人的日記，自然有助於我了解整個事實的真相，可是有一點，卻出乎意料之外。

因為我、傑克和白素的最後結論是，潘博士夫婦失敗了，所以王亭非但沒有被他們的研究工作創造為一個好人，而且成了更兇惡的犯罪分子。

但是，在潘夫人的日記之中，潘夫人卻一再強調他們的研究工作成功。

這很難使人明白，如果他們的研究工作成功，那麼，王亭何以從一個普通的搶劫犯，而變成了一個如此深謀遠慮的殺人兇手？

我不明白那是為了甚麼，而潘夫人的日記中，又不可能為她的失敗作掩飾，她在日記中，將他們如何獲得成功的經過，記述得相當詳細。

當我看了潘夫人的日記之後，我沒有結論，傑克看了之後，也沒有結論。

我向傑克上校情商，將潘夫人的日記帶了回來，讓白素也看看，因為首先發現王亭對我們在說謊的是白素，她或許可以在潘夫人的日記之中，看出一些甚麼來的。

當晚，白素就在燈下，一口氣將日記看完。

第二天我起身的時候，她睡著了，我只在床頭上，看到她寫的一張字條，那字條上是寫著一句話：「他們失敗了。」

看了那句話，我心頭的疑惑更甚，潘博士夫婦的研究是成功的，這一點，已是無可置疑的了，在潘夫人的日記中，有著那麼明確的記載，何以白素還說他們的工作是失敗的呢？

我想叫白素來問，但是看她睡得那麼沉，所以沒有叫她，只好心中納悶。

一直到了中午，白素才醒來，我一聽到臥室中的聲響，就衝了進去，白素還在伸著懶腰，道：「你看到我留下的結論了！」

我道：「看到了，我正在等著你的解釋！」

白素笑了一下：「那至少得等我洗了臉！」

我笑了起來：「好啊，要賣賣關子？」

白素沒有說甚麼，我又等了她十分鐘，她自浴室中出來，我們一起坐在陽台上。

白素道：「我說他們失敗，是站在我們的立場上而言的，在他們的立場而言，他們成功了。或者說，潘博士夫婦自以為成功了！」

我有點不明白，望著她：「這又是甚麼意思？」

白素忽然將話題，岔了開去：「在這世界上，真有好人、壞人之分麼？」

我呆了一呆：「當然是有的，而且每一個人的腦部活動，如果真的通過儀器的記錄，也的確可以展示不同的曲線。」

白素點著頭：「確定這一點：假定好人和壞人的腦電動記錄有很大的差異，王亭是犯罪分子，當潘博士夫婦開始記錄他的腦部活動之際，和他們自己大不相同，但當他們自以為成功之際，王亭和他們的思想活動，幾乎相同，是不是？」

我點頭道：「是的，所以他們成功了！」

白素望著陽台下的草地：「問題就在於：潘博士夫婦是不是好人？他們的腦電動曲線，是不是好人的記錄曲線？」

我呆住了，我未曾想到這一點！

潘博士夫婦，一直將王亭的腦電動記錄，和他們自己的做比較，結果幾乎相同，他們就認為成功了。而他們的目的，是要將王亭的犯罪思想去掉，成為一個好人。他們要創造一個新的、沒有犯罪思想的人，而這種人，是以他們自己作為藍本的。

可是他們自己，是怎樣的一類人呢？他們計畫周密，使得一個搶匪上了他們的鉤，成為他們的實驗品，他們利用活人來做研究，他們的野心大到要改造整個人類，要改寫人類的歷史，他們算是甚麼類型的人呢？

我深深地吸了一口氣，事情實在已經很明白了，潘博士夫婦，的確是成功了。他們將一個普通的搶劫犯，改造成為一個和他們一樣的人：深謀遠慮、殘忍、不顧一切後果、野心極大的人——這個人，就是現在的王亭。所以，王亭作了那麼周密的佈置，將潘博士夫婦殺死了。

看來，只怕潘博士夫婦至死還想不到這一點，他們絕想不到，他們想要創造一個好人，可是結果，創造出來的人和他們一樣！

我緩緩吁著氣，雖然我沒有說甚麼，但是白素在我的神情上，已經完全可以想到，我已經將所有的事，全然想通了！

白素也輕輕地嘆了一口氣：「其實一點也不意外，不論是甚麼人，當他想到要改造他人思想的時候，總是以他自己的思想活動做為典範，要人人都變得和他一樣，單就這一點而論，其意念已經極其可鄙，遠比搶他人財物，傷害他人身體為甚！」

我仍然沒有說甚麼，只是點了點頭。

要改造他人的思想，控制他人的思想，那毫無疑問是一種犯罪行為，這種犯罪行為，自然比搶劫、傷人，來得嚴重得多！

草地在陽光的照射下，顯得很燦爛，我緩緩地站了起來，心頭極其沉重。我沒有再去見王亭，因為我再也不想去想這件事，整件事，實在太醜惡。

事情本來是結束的了，但是還有一點小小的意外。王亭在審訊中，竭力替他自己辯護，說他是先被禁錮，然後在逃出來的時候，受了阻撓，是以才失手殺人的。可是結果，他仍然被判死刑。

在他死刑被執行之後的第二天，傑克上校打了一個電話給我，道：「王亭在臨刑之前，有一封信給你，你是自己來拿，還是我派人送來給你？」

我略呆了一呆，道：「信很長麼？」

傑克上校道：「不，只不過是一張便條。」

我道：「那麼，請你在電話裏念給我聽好了。」

傑克道：「好的，請你聽著：『衛先生，我無辜，任何人在受了我這樣的遭遇之後，都會做出比我的行為更可怕萬倍的事情來，是你使我走進煤氣室的。』」

我聽到這裏，不禁「哼」的一聲：「這算甚麼意思，他還想向我報仇？」

傑克笑了一下：「你聽下去：『你可能不知道我原來的計畫，我原來的計畫是，繼續他們的研究，那真是可以創造一個思想完全不同的人，可是，這種偉大的創造，卻叫你破壞了。』」

我嘆了一口氣：「這傢伙，真可以說至死不悟！」

傑克也跟著我嘆了一聲，我當然沒有任何負疚，只是感嘆於潘博士夫婦的遺毒之深而已。

〈完〉

倪匡珍藏限量紀念版 16

衛斯理傳奇之魔磁

作者：倪匡
發行人：陳曉林
出版所：風雲時代出版股份有限公司
地址：10576台北市民生東路五段178號7樓之3
電話：(02) 2756-0949
傳真：(02) 2765-3799
執行主編：劉宇青
美術設計：許惠芳
業務總監：張瑋鳳
出版日期：2023年7月倪匡珍藏限量紀念版一刷
版權授權：倪匡
ISBN ：978-626-7303-05-4
風雲書網：http://www.eastbooks.com.tw
官方部落格：http://eastbooks.pixnet.net/blog
Facebook：http://www.facebook.com/h7560949
E-mail：h7560949@ms15.hinet.net
劃撥帳號：12043291
戶名：風雲時代出版股份有限公司

風雲發行所：33373桃園市龜山區公西村2鄰復興街304巷96號
電話：(03) 318-1378
傳真：(03) 318-1378
法律顧問：永然法律事務所 李永然律師
北辰著作權事務所 蕭雄淋律師

行政院新聞局局版台業字第3595號 營利事業統一編號22759935

國家圖書館出版品預行編目資料

衛斯理傳奇之魔磁 ／ 倪匡著. -- 三版. --
臺北市：風雲時代出版股份有限公司，2023.05
面；公分 倪匡珍藏限量紀念版

ISBN 978-626-7303-05-4（平裝）

857.83 112002527